Queen's Heart

Queen's heart 4

정원용 판타지 장편 소설

초판 1쇄 찍은 날 § 2004년 6월 2일
초판 1쇄 펴낸 날 § 2004년 6월 12일

지은이 § 정원용
펴낸이 § 서경석

편집장 § 문혜영
편집책임 § 권민정
편집 § 최하나
마케팅 § 정필・강양원・이선구・김규진・홍현경

펴낸곳 § 도서출판 청어람
등록번호 § 제1081-1-89호
등록일자 § 1999. 5. 31
어람번호 § 제1-0501호

주소 § 경기도 부천시 원미구 심곡1동 350-1 남성B/D 3F (우) 420-011
전화 § 032-656-4452 팩스 § 032-656-4453
http://www.chungeoram.com
E-mail § eoram99@chollian.net

ⓒ 정원용, 2004

ISBN 89-5831-138-X 04810
ISBN 89-5505-988-4 (SET)

※ 파본은 본사나 구입하신 서점에서 교환하여 드립니다.
※ 저자와 협의하여 인지를 붙이지 않습니다.

Queen's Heart
퀸즈하트

정원용 판타지 장편소설 가출 4

FANTASY FRONTIER SPIRIT

도서출판 청어람

CONTENTS

가출

Chapter 13　전쟁의 의미 – 7
Chapter 14　Hazard – 87
Chapter 15　2 Years Later – 141
Chapter 16　가출 – 201

Chapter 13

전쟁의 의미

전쟁을 어떻게 생각하냐고? 훗. 그런 것도 질문 축에 들기나 하는 건가? 그래… 전쟁이라… 간단히 전쟁에 대해서 요약하자면 능력없고 인내심 부족하며 정치와는 담을 쌓은 머저리들이 자기의 의사를 극단적으로 빠르게 전달하기 위해서 벌이는 미친짓이지. 말하자면 순수하게 돌아버린 녀석들이 취할 수 있는 유일한 대화법이라고나 할까?

—제2대 황실 서기관이자 궁중 역사학자인
후렌 경이 집필한 '황실 비사' 중.
—책과 학자들을 사랑하시는 대 크레센트 제국의 황제
로이드 1세 폐하와의 대담 중.
—주: 내가 작성하고 있는 이 비사들 중 가장 위험한 대담이었다.
보안에 더 신경 써야 할 것 같다.
이 대담이 황후 마마의 손에 들어간다면
대륙을 무대로 한 역사에 길이 남을 부부 싸움이 벌어질지도 모른다.

전쟁의 의미

―대륙력 995년 늦가을. 크레센트 제국 북동부 레싱 평원.

푸르르…….

내가 타고 있는 말이 흰 콧김을 내뿜으면서 고개를 도리질 친다. 난 그런 말의 목을 손으로 쓰다듬어 주면서 작게 쓴웃음을 지었다. 해가 뜬 지 얼마 안 된 새벽이기에 사방은 아직 어두컴컴했다.

"마마."

"응?"

"더 이상 접근하시면 위험하실 수도……."

"괜찮아."

말을 몰아서 내 옆에 바짝 붙는 닐크를 향해 손을 저었다. 그리고 내 앞에 펼쳐진 광활한 평원을 보면서 작은 감상에 빠졌다. 우리 로세니아는 워낙에 산이 많은 지형이라 이렇게 지평선 너머까지 쭉 뻗어 있는 평원을 보기가 힘든데 이 크레센트는 대부분의 지형이 이렇게 평원으로 되어 있다. 뭐랄까… 좀 신기하다고나 할까? 겨우 말 위에서 올려다보는데도 수 킬로미터 밖까지 볼 수 있을 것 같은 기분이 든다. 하지만 경치나 구경하기 위해 여기까지 온 게 아니니 일도 해야겠지? 난 밀밭 사이를 헤치고 밭고랑 위로 말을 몰았다.

실개천 좌우로 높다랗게 쌓인 둔덕 위로 올라서자 주변 경관이 더욱 뚜렷하게 보였다. 저 멀리 새끼손가락만한 크기로 보이는 천막들이 눈에 들어왔다. 이에 난 말안장 위에 걸어놓은 가죽 주머니에서 놈(Gnome) 제 망원경을 꺼내 들었다. 40㎝쯤 되는 타원형의 길쭉한 망원경을 꺼낸 난 그것을 한쪽 눈에 붙인 뒤 반대쪽 눈을 감았다. 그러자 까마득히 멀리 있던 마틴 측 야전 진지가 바로 눈앞에 잡힐 듯한 모습으로 내 눈앞에 나타났다. 호오… 역시 대단한 물건이라니까. 물론 성직자의 마법 중에서 Reflecting Pool이라는 수경을 만드는 신성 마법이 있긴 하지만 보통 성직자들은 이런 전쟁에 비협조적인데다가 마법 자체도 상당히 고위 마법이고 마치 안개 낀 듯한 모습으로 비쳐서 쓸 만하지는 않다. 뭐… 성직자가 가봤던 장소라면 어디라도 비출 수 있다는 장점이 있긴 하지만…….

"흐음… 어제보다 더 늘어난 것 같은데?"

"워렌 자작의 말로는 어제저녁 몇 개 무리의 군대가 다시 합류했다고 합니다, 마마. 아마 그들이겠죠."

"그래……."

난 연신 상대의 진지 안을 바라보면서 고개를 끄덕였다. 확실히 어제 아침보다 눈에 띄는 천막의 숫자가 늘어 있었다. 넓은 평원 위에 세워져 있는 목책이 어제보다 좀 더 앞쪽으로 나와 있는 것 같았고 그 뒤로 약간 누런빛을 띠는 천막 몇 개가 늘어나 있었다. 흠… 좀 더 기다려야 할까? 아니면 이때 승부수를 띄워야 할까? 고민되네…….

"마마, 저쪽……."

"뭐?"

망원경에서 눈을 떼고 닐크를 바라보니, 그가 지평선 한쪽을 가리키고 있었다. 닐크가 가리킨 방향에서는 작은 먼지구름이 지평선 끝에서 피어오르고 있었기에 난 망원경을 그쪽으로 돌린 뒤 바라보았다. 잘은 보이지 않았지만 아마도 말을 탄 기병이 이쪽을 향해 달려오는 것 같았다.

"아군 같지는 않지?"

"아무래도 방향이……."

닐크의 말대로 그들이 오는 방향은 현재 마틴 왕자의 군 세력권 안쪽이다. 내가 서 있는 개천을 기준으로 남동쪽으로는 우리가, 북서쪽은 마틴 왕자 측이 점거하고 있는 형태였기 때문이다.

"우리를 봤을까?"

"눈이 좋은 자라면 봤을 겁니다. 그리고 먼지구름의 크기나 달려오는 속도를 보아하니 기사들은 아닌 것 같고… 아마 주변을 정찰 중인 경기병 무리일 확률이 큽니다."

"그래. 그럼 돌아가자. 볼 건 다 봤고 여기서 쓸데없이 일을 벌일 필요는 없으니까."

"예!"

내 명령에 따라 둔덕 아래에 흩어져 있던 기병들이 대형을 짰고, 나와 닐크가 그들의 중앙에 서자 말을 몰아서 우리 쪽 진지 방향으로 말머리를 돌렸다. 휴우… 어서 결판을 내긴 내야 하는데……. 벌써 열흘이나 지났단 말이야. 이러다가 10월도 다 가버리겠어. 여긴 잘 모르지만 로세니아에선 이 시기쯤 눈이 내리는데……. 첫눈이 내리기 전에 결판을 봐야지.

말을 몰아 돌아오던 난 이런저런 생각을 하다가 갑자기 로이드의 얼굴을 떠올렸다. 품위고 체면이고 전부 내던져 버리고 내게 손가락질을 해대며 화를 내던 로이드. 그를 생각하니 또다시 가슴이 아려왔다.

"…비겁한 이상주의자 같으니라고……."

"예?"

"아무것도 아니야."

그래. 별것 아니지. 비록 로이드가 화내고 소리 지른다 해도 현실은 이미 쏘아진 화살처럼 되돌릴 수 없게 되었는걸……. 난 날아가 버린 화살을 상상하면서 열흘 전 일을 떠올렸다.

기사들이 입는 갑옷—이번엔 크렌 것과 같은 번쩍거리는 플레이트 메일이었다. 하지만 역시 가슴이 답답하고 허리 쪽은 헐렁했다. 다음에 돌아오면 내 전용 갑옷을 제작하라고 지시해야겠다—을 껴입고 그 위에 망토를 두른 내가 막 왕성을 나서려 할 때 로이드가 찾아왔다. 이젠 국왕이 된 몸인데도 불구하고 아직도 왕자 적에 입던 간소한 복장을 하고 다니는 로이드는 내 방 안에 들어와 날 보자 화부터 냈다.

"어제는 크레센트를 반쪽으로 갈라놓더니 오늘은 여기사 흉내인가? 그럼 내일은 주검이 된 내 동생의 시신이 돌아오겠군."

"…무슨 말씀을 하고 싶은가요? 폐하, 보시다시피 전 바쁘답니다."

"그렇게 전쟁이 하고 싶어? 당신, 언제부터 전쟁광이 된 거지?"

"무의미한 논쟁은 다음에 하도록 하죠. 지금은 바빠서요."

난 로이드를 무시하고 방을 나서려고 했다. 하지만 그는 방문 앞을 막아선 뒤 나를 노려보며 소리쳤다.

"멈춰! 아직 내 말 안 끝났어!"

"전… 시간이 없답니다. 한가하게 소일이나 하면서 시간을 죽이시는 폐하와는 다르게 말이죠."

"아아… 그래? 사람 죽이고 다니는 망나니 짓 할 시간은 있고 남편인 나와 대화할 시간은 없다는 건가? 응?"

로이드가 내 앞에 서서 이죽거렸다. 평화로운 얼굴로 쿨쿨 자고 있던 내 남편의 모습은 어디론가 사라지고 나를 증오하는 눈빛으로 바라보고 있는 낯선 사내가 내 눈앞에 서 있었다.

"…폐하."

"나를 그렇게 부르지 마! 내가 언제 왕이 되고 싶다고 했어? 이 왕궁을 피로 물들이고 싶다고 했냐고? 응? 거기다 왜 이젠 죄도 없는 불쌍한 백성들까지 끌여들여서 죽음으로 몰아넣는 거야?"

"다른 방법이 없으니까요."

"있어! 바로 나! 내가 있잖아! 내가 죽으면 되겠지? 안 그래? 내가 목숨을 끊으면 모든 게 다 원래대로 돌아갈 거야. 그걸 원해?"

"폐하, 가령 폐하께서 자살을 택하신다 해도 변하는 건 없습니다. 아니, 오히려 상황만 더 악화되죠."

"왜?! 이건 다 나 때문에 벌어진 거잖아! 그러니……."

"이젠 늦었습니다, 폐하. 지금 저희 측에 모인 귀족들은 폐하를 왕으로 모시기 위해서, 나라를 위해서 싸우는게 아니에요. 보다 적게 가진 기득권자들이 더 많이 가진 자들을 몰아내고 한 치의 이득이라도 더 얻기 위해 싸우는 겁니다. 추악하고 이기적인 이유로 싸우는 거죠. 폐하는 명분입니다. 이미 벌어진 지금의 상황에서 명분이 사라진다 해도 멈출 수는 없습니다. 폭주하는 마차처럼 말이죠."

"……."

"휴우……. 이제 비켜주십시오."

난 그렇게 말하면서 발을 한 발짝 내디뎠다. 그와 조금 더 가까워졌지만 로이드는 내 말은 들을 생각이 없는 것 같았다. 아니, 오히려 손을 들어 내 발걸음을 제지하고는 꽉 다문 입을 한 채 나를 노려보았다.

그렇게 몇 분 동안 서로를 노려보며 눈싸움을 하던 우리 중 먼저 입을 연 것은 로이드였다.

"꼭 이렇게까지 해야 돼?"

"만약… 전 국왕 폐하께서 살아 계셨다면 이렇게 극단적이고 모험적인 일은 저 역시 벌이지 않았을 겁니다. 전 국왕 폐하가 계셨다면 천천히 공을 들여서 반발을 최소화하면서 폐하가 왕위를 양도받으시게 했을 겁니다. 하지만… 세상일이 어디 마음먹은 대로 되던가요? 훗."

쓴웃음을 지으며 그렇게 말하자 로이드가 갑자기 내 양 어깨를 잡고 내게 얼굴을 들이밀면서 말했다.

"그렇다면 아직 방법이 있을 거야. 응? 마틴 녀석도 아마 내 말이라면 들어줄 거라고. 우리 그냥 어디 조용한 곳에 가서 살자. 나… 나 모아둔 건 없지만 당신 하나쯤이라면 여기서처럼 사치스럽게는 못해줘도 불편하지 않게는 해줄 수 있어. 응?"

그의 두 눈은 나를 향해 있지만 나를 보는 게 아니라 아주 자그맣고 의미없어 보이는 미약한 희망을 바라보는 것 같았다. 이상적이고 아름다운 미래를 꿈꾸며 말하는 로이드. 그의 그런 모습을 본 나는 꼭 껴안아주고 싶다는 생각과 불쌍하다는 생각이 동시에 들었다. 로이드가 말한 이상적인 말들이 귓가에 떠돈다. 내 마음이 흔들릴 정도로……. 하지만 현실은 냉혹하고 냉엄하다. 그 산 증거가 여기 이렇게 서 있지 않은가. 지금까지 살아오면서 난 아무런 잘못도 하지 않았고 시키는 대로, 주변에서 원하는 대로 하면서 살아왔다. 그리고 단지 내 몸 하나를 지키기 위해서 당연히 행한 일의 결과로 이렇게 먼 타국으로 쫓겨난 신세가 되었지 않은가? 이게 현실이지. 후후후.

"그만… 가볼 시간입니다, 폐하."

"아넬리안!!"

"비켜주세요."

"왜? 왜 내 말을 안 듣는 거야? 응? 내가 그렇게 못 미더워? 아니면 애초에 날 사랑했던 게 아니야? 대답해 봐!"

"후우… 폐하, 폐하께서는 제게서 무엇을 보시는 건가요? 절 아내로 생각하시기는 하는 건가요? 딱 잘라 말씀드리지만… 전 폐하의 아내이지 폐하의 유모나 어머니가 아닙니다. 그리고 그렇게 말씀하시는 폐하께서는 절 사랑하시는 건가요? 절 다른 누군가의 대역쯤으로 생각하시는 건 아니고요?"

"그런!! 그런……."

그의 고개가 숙여졌다. 그리고 그의 턱을 타고 흘러내리는 작은 물줄기가 내 눈에 들어왔다. 난 역시 잔인한가 봐. 이렇게 무서운 말들을 서슴없이 내뱉다니 말이야. 아마… 로이드의 마음은 지금쯤 갈가리 찢겨 나갔겠지. 다시는 예전처럼 돌아갈 수 없을 정도로 박살나 버렸을 거야.

"비켜주십시오, 폐하."

"싫어!!"

로이드의 양손이 강하게 내 어깨를 움켜쥐었다. 부들부들 떨리는 그의 양손이 로이드의 마음을 대변하고 있었다. 하지만 나 역시도 더 이상 물러설 수 없는 입장이었기에 난 손을 들어 그의 양손을 떼어냈다. 그리고 그를 옆으로 밀쳐 내었다. 이젠 정말로 시간이 없었으니까. 아마 밖에서는 내가 나오길 기다리고 있을 거였다.

"다녀오겠습니다, 폐하. 이 모든 건 폐하를 위해서 행하는 것입니다. 그런 제 마음도……."

"전쟁광! 피에 미친 마녀! 악마!"

꿈틀. 뭐? 전쟁광? 마녀? 크으으!! 정말 화난다! 이런 미친 짓을 벌이는 게 다 누구 때문인데?! 이 몸만 큰 꼬맹이 같으니라고! 애초에 로이드가 자기 파벌만 좀 만들어놨어도 이 정도까지 일이 꼬이지는 않았을 거 아니야!

나도 모르게 저절로 주먹이 불끈 쥐어졌다. 그런 내 앞에 옆으로 밀려났던 로이드가 다시 뛰어와서는 손을 들어 올리며 소리쳤다.

"말을 안 들으면 힘으로라도 막겠어!"

그의 손바닥이 나를 향해 날아왔다. 이에 난 눈을 감았다.

짜아악!

내 고개가 오른쪽으로 홱 하고 돌아갔다. 그의 손에 맞은 부위가 금세 화끈거리면서 달아오르는 게 느껴졌다. 다시 눈을 떠보니 인상을 쓰며 이를 악문 채 나를 노려보는 로이드가 눈에 들어왔다. 그의 손이 다시 나를 향해 휘둘러졌다. 하지만 이번엔 내 왼손이 더 빨랐다.

터억.

"우욱."

"응?"

왼손으로 그의 팔목을 막은 난 반사적으로 오른 주먹을 뻗었고 내 주먹은 그대로 날아가 로이드의 안면을 강타했다.

뻐억!

"크앗……."

아앗! 난 몰라! 나도 모르게 손이 나가고 말았어! 그것도 힘 조절할 새도 없이 온 힘을 다해 때려 버렸어……. 내게 맞은 로이드는 그대로 문을 향해 붕 떠서 날아간 뒤 쾅 하는 소리와 함께 문에 부딪쳤다. 그리고는 그대로 앞으로 털썩 쓰러졌다. 그때까지 난… 오른 주먹을 내 뻗은 자세 그대로 얼어버렸다.

"폐… 폐하아아아!!"

놀란 난 바닥에 쓰러진 로이드를 향해 고함을 지르며 뛰어갔다. 그리고 엎어진 그를 들어 올려 내 무릎 위에 올려놨는데…… 로이드는 내 주먹 한 방에 쌍코피를 흘리며 기절해 버렸다. 우아앙… 난 몰라. 아무리 그래도 그렇지 남편에게 주먹질을 하다니…….

"카렌! 에린! 닐크! 댄! 아무나 빨리 들어와!! 누구 없어!! 빨리!!"

난 문을 부수고—연약한 숙녀의 발길질 한 방에 부서지는 문짝이라니. 이런 쓸모없는 문짝을 만든 목공 녀석, 사형이다!—밖으로 뛰쳐나가 복도를 뛰어다니면서 미친 듯이 소리지르고 다녔다. 지금 생각하니… 얼굴이 새빨개질 정도로 부끄럽다. 하아… 내가 왜 그랬을까?

뭐… 그 다음은 에린에게 로이드 폐하를 맡긴 뒤에 도망치듯 군대를 이끌고 이곳으로 와버렸지. 덕분에 찜찜해 죽겠다. 왕성에서 뭐라고 말이라도 있으면 그나마 낫겠는데 이건 아무런 소식도 없으니 더 속이 탔다. 에휴. 돌아가서 로이드를 볼 생각을 하니 벌써부터 한숨이 나오네. 내전을 좀 더 끌까?

"마마, 거의 다 왔습니다."

"응? 아… 응."

우리들의 앞으로 넓게 펼쳐진 군용 막사들이 나타났고 고개를 돌려 뒤를 바라보니 우리들이 달려온 넓은 평야만 펼쳐져 있었다.

"우리를 추격해 왔던 놈들은?"

"저희가 있던 둔덕 위로 올라와 이쪽을 감시하다가 돌아갔습니다. 못 보신 겁니까?"

"으음. 잠깐 다른 생각 좀 하느라고……."

다각다각.

난 내 뒤에 바싹 붙어서 말을 모는 댄을 외면한 채 말고삐를 살짝 당겨서 경보로 걷게 시켰다. 내가 타고 있는 말의 속도에 맞춰서 댄과 다른 기병들도 속도를 늦췄고, 우리들이 통나무로 만든 목책 앞까지 다가서자 창날을 앞으로 내민 채 우리를 경계하던 병사들이 그제야 창을 하늘로 들어 올리며 목책의 한 켠을 터주었다. 여자가 갑옷을 입고 말을 탄 채 돌아다니는 게 신기한지 자꾸 나를 힐끔거리는 병사들을 무시한 난 진지의 정중앙에 있는 가장 큰 막사로 향했다.

펄럭.

막사의 휘장을 거칠게 열어젖히며 안으로 들어섰다. 막사 내부에는 꽤 많은 인간들이 가끔 고함을 지르거나 뛰어다니면서 어지럽게 돌아다니고 있었다.

"하노만 자작 휘하 200여 명의 병사들이 방금 진지 안으로 도착했습니다."

"우리 전대는 화살이 남는다니까! 다른 데로 돌려!"

"누구 셔우드 남작님을 못 보셨습니까?"

"이런 머저리 같으니라고! 어떤 멍청한 자식이 서로 앙숙인 헨링 자작과 코렐라인 백작을 바로 옆 막사에 배정한 거야?"

"적의 수송 부대로 보이는 대규모 마차 무리가 10km 전방에 나타났습니다."

"정찰대로 보이는 기병대 무리 서쪽에 출현!"

정신없구만. 난 고개를 돌려서 대형 막사의 천장에 닿을 정도로 커다란 주변 지도를 올려다보았다. 지도는 레싱 평원의 절반 정도를 그리고 있었는데 북쪽 지역에는 붉은색 깃발이, 우리가 있는 남쪽은 파란색 깃발이 수도 없이 꽂혀 있었다. 그리고 그 깃발 아래에는 각 귀족들의 약칭과 함께 숫자가 어지럽게 적혀 있었는데 아마 병종과 병사 숫자를 구별해서 적어놓은 것 같다.

"흠……."

"마마, 지휘관용 막사로 가시는 게 어떠신지요?"

내 등 뒤에 서 있던 닐크가 내게 작은 목소리로 속삭였다. 이에 난 다시 시선을 돌려 서류와 종이 사이에 파묻혀 서로 고함을 지르고 악을 써가면서 난리를 피우고 있는 각 귀족 휘하의 장교들을 바라보다가 여기서 내가 할 일은 없을 것이라는 걸 다시금 확인하고는 닐크의 말에 따르기로 했다.

"앞장서."

내 말에 닐크는 뛰어다니는 장교들과 소년병—아마도 기사의 종자들일 확률이 매우 크다—을 헤치며 길을 만들었고 난 그의 뒤를 따라서 마치 전쟁터 같은 막사 반대 편의 휘장 쪽으로 걸어갔다.

지휘관들이 모여 있는 지휘관용 막사는 겉보기에는 다른 막사와 별 차이가 없었다. 하지만 이 근처에 무장을 한 채 경계를 서고 있는 병사들의 숫자가 눈에 띄게 늘어났기에 이곳이 중요한 지점이라는 걸 말해주고 있었다.

내가 휘장을 젖히고 안으로 들어가자 원형 탁자에 앉아서 무언가 대화를 주고받던 귀족들이 모두 자리에서 일어섰다. 그리고 귀족들의 대표인 프로센 후작이 내게 고개를 숙여 보이며 물었다.

"왕비 마마, 밤새 평안하셨습니까?"

"그럭저럭 보냈죠. 역시 왕궁만하지는 않더군요."

"하하하. 여긴 전장이니까 말입니다. 정 불편하시다면 지금이라도……."

"아니요. 그건 안 될 말이죠. 비록 제가 전투에 대해 아는 바가 없어서 여기 계신 용감하고 노련하신 분들에게 방해가 될까 걱정스럽긴 하지만 최소한 이 전투가 끝날 때까지는 여러분과 함께 있는 게 당연하다고 생각합니다."

아직은 돌아갈 수 없다고. 벌인 짓거리가 있고 지은 죄가 있는데 어떻게 빈손으로 돌아가? 최소한 이겼다는 명분이라도 있어야 빌든 울든 해서 씨라도 먹히게 할 거 아니야. 지금 빈손으로 돌아갔다간 쌍코피가 터진 채 기절했던 로이드가 내 머리카락을 쥐어뜯으려 할 게 분명해.

"그렇게 생각하신다면야……. 이쪽으로 앉으시지요, 마마."

프로센 후작은 다른 귀족들보다 등받이가 약간 더 큰 의자를 뒤로 빼면서 내게 앉을 것을 권했다. 물론 그 의자는 방금 전까지—내가 들어오기 전까지—프로센 후작이 앉아 있던 의자다. 난 사양할까 하다 그냥 자리에 앉았다. 어차피 난 군대에 대해서 아는 것도 별로 없고 이 자리에 앉는다 해도 허수아비나 다름없으니 내 아름다운 얼굴이나 보여주면서 칙칙한 막사 안을 화사하게 바꿔주지 뭐.

"그런데 무슨 이야기들을 나누고 계셨나요?"

난 내 오른쪽에 앉는 프로센 후작을 보면서 물어보았다. 그러자 그는 잠깐 막사 안에 있는 대여섯 명의 귀족들을 한번 쓰윽 보고는 아무것도 아니라는 듯이 가볍게 대답했다.

"별로 대단한 건 없었습니다. 그저 평소와 같이 적에 대해 파악하고 전술에 대해서 약간 토론을 한 것뿐입니다, 마마."

"흠. 그럼 전 상관 말고 계속하세요."

난 의자를 뒤로 빼면서 편안한 자세로 기대어앉았다. 그런 내 모습을 본 다른 귀족들도 처음엔 조금 주저했지만 이내 자기들이 할 말을 마음껏 내뱉기 시작했다. 내가 있건 없건 말이다.

사실 군사 회의에 참석한 건 오늘이 처음이었는데…… 지루하고 알수 없는 말들이 사방에서 터져 나와 내 귀로 들어온다. 가령 예를 들면……

"올해 포도 농사가 아주 잘 되었다더군요."

"허허허. 벌써부터 기대됩니다. 내년 포도주는 평년보다 질이 좋겠어요."

같은 연회장에서나 할 법한 이야기부터……

"오늘 오전 마틴 측에서 용병 부대로 보이는 무리가 들어갔다는 소문이 있던데……."

"그래 봤자 천박한 촌민들이 무기나 좀 들고 온 수준일 겁니다, 각하."

"아닙니다, 각하. 과거부터 저희 왕국 북부 지역은 언제 전쟁이 벌어질지 알 수 없는 상황이기 때문에 실력있는 용병들이 많이 활동하고 있습니다."

"저쪽은 돈이 많은가 봅니다. 참나. 우리는 병량과 무기 대기도 빠듯한데 말이죠."

"워렌 자작."

"예, 각하. 저쪽에서 오늘까지 모은 용병의 숫자는 대략 500여 명 수준으로 무장도와 훈련도 양쪽 다 정규 부대 수준입니다."

"흠. 수적 우위도 이젠 믿을 게 못 되겠군. 안 그런가?"

"그래 봐야 훈련이 필요없는 녀석들 아니겠습니까? 저희 군대에는 상대도 안 될 게 분명합니다."

등등……. 그런데 왜 용병들은 훈련이 필요없지? 갑자기 든 의문에 난 내 뒤에 서 있는 닐크를 손으로 부른 뒤 작은 소리로 물어보았다.

"왜 용병들은 훈련이 필요없지?"

"그건… 용병들은 가장 위험한 지역에 투입되기에 보통 화살받이 정도로 취급받습니다. 농민병들과 같은 수준이라고 생각하시면 됩니다, 마마."

농민병과 같은 수준? 그건 또 뭔 소리야? 에이… 모르면 그냥 모르는대로 듣기만 하지 뭐. 나중에 댄이나 다른 녀석에게 물어보면 되겠지.

그렇게 느긋한 마음을 먹고 귀족들이 떠들고 있는 걸 듣고 있을 때 휘장이 젖혀지면서 로이드 나이 또래의 제복 입은 소년들이 안으로 들어왔다. 그리고는 능숙한 손놀림으로 나와 다른 귀족들 앞에 차를 내려놓고는 사라졌다. 저 녀석들을 보니 로이드의 얼굴이 떠오르는군.

에이에이······. 나중 일은 나중에 생각하자고!

어느 무리에나 튀는 존재는 꼭 하나쯤 있는 법이다. 이건 어딜 가나 마찬가지이다. 그리고 지금 여기서 가장 튀는 존재를 꼽으라면 난 주저없이 프로센 후작을 찍을 거다. 그리고 가장 존재감없는 존재는 바로 나다. 이전부터 전쟁은 남자들만 해오던 것이었고 난 여기서 이방인이니까. 조금 자존심이 상하긴 하지만 괜히 나서서 일 망치기보다는 그냥 이렇게 가만히 있는 게 낫지.

"오늘 회의는 이쯤 하기로 합시다. 각 숙영지 주변의 경계에 만전을 기하도록 하고··· 적이 도발해 온다 해도 병사들이 함부로 움직이지 않도록 신경 써주기 바라오. 그럼. 아··· 마마, 혹시 하실 말씀이라도?"

"아니요. 모두 수고하셨어요. 그리고 폐하를 위하여 계속 수고해 주세요."

난 고개를 저으면서 프로센 후작의 말에 답했고 이내 자리에서 일어났다. 내가 일어서자 다른 귀족들도 모두 따라서 자리에서 일어섰고 몇몇 귀족들을 제외한 다른 귀족들은 나와 함께 막사를 나왔다. 난 막사 앞에서 기다리다가 막 밖으로 나오는 댄을 보고는 그에게 손짓했다.

"댄, 이리 와."

"···예? 저··· 지금 할 일이 조금 있는데요, 마마."

"맞을래? 나 따라갈래?"

"가겠습니다! 설사 지옥이라 해도 충심으로 뒤따르겠습니다! 마마!"

역시 말보다는 주먹인가······.

댄을 억지로 끌고 온 나는 내 막사 앞을 지키고 있는 병사들을 지나

처서 그를 끌고 안으로 들어갔다.

"휘유~ 여기 올 때마다 느끼는 겁니다만… 역시 사람은 출세하고 봐야겠습니다, 마마."

"불만이냐?"

"아니요! 전혀요!"

하긴 내가 봐도 이 막사는 좀 너무했다. 일반 막사보다 세 겹이나 두꺼운 천. 그것도 모자라 내 침대 근처는 모피로 도배를 했고 바닥에는 붉고 푹신한 양탄자가 깔려 있다. 거기다 원목으로 만든 커다란 옷장—난 속옷도 안 챙겨 왔는데 어느새인가 옷장 안에 드레스며 원피스, 여성용 속옷들이 한가득 걸려 있다. 모두 여기 숙영한다는 말이 나오자마자 이름도 모르는 귀족들이 바리바리 싸 들고 와서 바친 거다—도 있고 어디 저택에서 방금 가져온 듯한 책상에 의자, 오리털이 가득 들어가 있는 시트까지……. 막말로 돌벽이 천으로 바뀐 것과 공간이 왕성 안보다 조금 좁다는 것만 빼면 이전의 내 방과 별 차이 안 났다. 뭐라더라… 여기 꾸미는 데 사두마차가 세 대나 쓰였다던가?

"댄, 너도 귀족이라서 혼자 막사 하나를 차지하고 있잖아. 내일부터 일반 병사들과 같이 먹고 잘래?"

"사양합니다, 마마. 전 남자를 껴안고 자는 취향 같은 건 없습니다."

"그렇게 추워?"

서로 꼭 껴안고 자야 할 만큼 추운 건가? 하긴 이제 얼마 뒤면 겨울이니 좀 춥긴 하겠지만……. 아니, 그래도 야영하는 것도 아닌데 설마…….

"춥다기보다… 좁은 거죠. 심한 곳은 다리를 펴고 누울 데도 없는걸요."

"그래? 그럼 진지를 크게 만들면 되잖아. 그럼 공간도 넓게 쓰고 좋을 텐데."

"하지만 그래서는 만약에 있을지 모르는 적의 침입에 취약해지죠. 아무래도 좁은 곳에 몰려 있는 게 병사들 통제하기도 쉽고 방어하기도 좋거든요."

그런 건가? 뭐… 댄이 그렇다고 말하니 맞는 거겠지.

난 고개를 끄덕인 뒤 책상에 엉덩이를 걸치고 앉았다. 그런 날 보고 댄이 입가를 실룩이며 무언가 말을 꺼내려다가 삼키는 게 보였다.

"뭐? 하고 싶은 말 있어?"

"저… 저기. 마마, 그런 행동은 숙녀로서 하실 만한 게 아닌 것 같습니다만……."

"뭘, 우리 사이에. 댄이나 닐크 앞이니까 이러지 다른 귀족들 앞에서는 나도 예의를 차린다고. 그리고……."

"그리고?"

"내가 이런 행동을 한다는 소문이 돌면 둘만 족치면 되잖아. 안 그래?"

난 닐크와 댄을 보면서 씨익 웃었다. 그러자 댄은 '그럴 거면 애초에 안 하면 될 텐데……' 어쩌구 하면서 중얼거렸지만 가볍게 무시해 줬다.

"카렌!"

잠잠. 이 망할 꼬맹이! 또 날 무시해?

"카렌! 당장 안 튀어나와? 빨리 나와!!"

아마 사정을 모르는 사람이 봤으면 허공에다 대고 소리치는 날 보고 조용히 머리에 손가락을 가져다 대고 왼쪽 또는 오른쪽으로 원을 그릴 것이다. 혹은 어깨를 으쓱거리며 작게 한숨을 내쉴지도 모르지. 하지만 댄과 닐크는 그런 죽고 싶어 환장한 짓을 하기보다는 1골드짜리 동전을 꺼내 들고 카렌이 어디서 튀어나올지에 대해 내기하고 있었다.

"천장!"

"바닥!"

두 사내의 외침이 끝나자마자 내 침대 아래서 부스럭거리는 소리가 들리더니 붉은 머리가 갈색에 가까울 정도로 진흙투성이처럼 되어 있는 카렌이 바닥을 기어서 튀어나왔다. 난 옷을 툭툭 털면서 무표정한 얼굴로 날 올려다보는 카렌에게 손가락질하면서 말했다.

"망할 꼬맹이! 대답을 하란 말이야."

"내가 이겼지? 내놔."

"쳇. 자, 여기."

왠지 눈앞에 서서 나랑 눈싸움을 하고 있는 카렌보다 내 뒤에 서서 내기하고 있는 사내놈들이 더 마음에 안 든다. 확 다 뒤집어 버릴까?

"카렌, 가서 차 내와."

"…차? 홍차? 녹차? 독이 든 차?"

"홍차! 훔치든 빼앗든 알아서 가져와. 당장!"

"……."

내 말에 카렌은 작게 인상을 썼지만 이내 고개를 숙이고는 막사 밖으로 나갔다. 훗. 감히 이 몸의 명령을 어길 배짱은 없을 테니 알아서 잘 구해오겠지. 그런데… 설마 진짜로 프로센 후작이나 다른 귀족들의 차를 훔쳐 오는 건 아니겠지? 카렌아, 부탁이니 괜히 사고 치지 말고 그냥 주방장이나 취사병을 찾아가 주렴. 이럴 줄 알았으면 카렌을 내 당번병으로 데려오는 게 아니었는데. 지금이라도 다른 녀석 하나 붙여

달라고 할까?

"그런데… 무슨 일로……."

"아, 그래. 댄, 아까 나 들어 올 때까지 회의장에 있었지?"

"예. 그렇습니다만……."

"말해 봐."

"예?"

"말하라고. 거기서 나왔던 대화, 작전 계획, 기타 등등. 들은 거 다 읊어 봐."

"예. 뭐… 그리도록 하겠습니다."

댄은 머리를 긁적이면서 그렇게 대답했다. 이에 난 몸을 일으켜 의자에 앉은 뒤 책상 앞으로 다가온 댄을 올려다보았다.

"원하시니 말씀드리겠습니다만… 이런 건 아까 회의장에서 마마께서 한마디만 하시면 다 들으실 수 있는 겁니다, 마마."

"지금 내 처지가 그렇지 못하니까 그러지. 겉으로는 아무런 경력도 실력도 없는 내가 거기서 그런 말을 해봐. 당장 계집애 주제에 괜히 나댄다고 뒤에서 욕할걸? 그러니 만만한 녀석을 붙잡아다 실토하게 만드는 거야. 나도 귀찮다고 이런 거."

"…만만… 인 겁니까?"

"왜? 뭘 바라는데?"

"아닙니다. 하하하."

댄이 어색하게 웃는다. 그런 댄의 뒤에서 닐크가 쓴웃음을 짓고 있고……. 하여간 댄은 내 명령에 품속에서 꽤 커다란 지도를 꺼내서 책상 위에 올려놓았다. 역시 정보과 장교답게 지도에는 뭐라고 알 수 없는 용어들과 숫자들이 빽빽하게 적혀 있었다. 하도 많이 적혀서 그 뒤의 지도가 어떻게 생겼는지 보이지도 않을 정도로 말이다.

"저… 어디부터 할까요?"

"열흘 전. 그때부터 변동된 사항을 우선 말해 봐. 그리고 특이 사항 등도 다 말해. 지금 내가 어떻게 할 건 아니지만 최소한 무슨 일이 있었는지 알고는 있어야지. 그게 군주의 기본 된 자세 아니겠어?"

"예. 뭐… 맞는 말씀입니다. 그럼…… 우선 이 레싱 평원의 지형부터 말씀드리겠습니다, 마마. 대충 아시겠지만 여긴 넓은 평야 지대죠. 여기서 전투를 치르기로 합의한 이유는 아시겠습니까?"

"음…… 넓은 평지라 싸우기 좋아서가 아니야?"

"네, 그런 점도 있습니다. 하지만 이 부근은 거의 대부분이 개간된 밀 밭이기 때문에 일반 평야보다는 지형 요건이 나쁩니다. 그나마 추수가 거의 끝났기에 사정이 조금 나아지긴 했습니다만……. 저희와 마틴 왕자 측이 주둔하고 있는 양 군영 사이에는 수로로 사용하는 작은 강물이 흐르고 있어서 실제로는 지형이 꽤 복잡한 편입니다. 거기다 상류 쪽인 북서쪽은 로세니아와 인접해 있고 더 하류 쪽은 세 개의 수비군이 주둔하고 있는 요새가 있기 때문에 전장으로는 안 좋습니다. 남의 집 앞마당에서 싸우면 주인이 신경질을 부릴 수도 있으니까요. 이쪽이나 저쪽이나 중앙군이나 수비군이 움직이면 좋을 게 없기 때문에 양쪽으로부터 적당히 떨어진 이곳을 전장으로 잡은 것입니다."

"그래? 그냥 적군이 저쪽에 주둔해서 여기에 진지를 세운 줄 알았는데 생각보다 복잡하네."

"지휘관은 전술뿐만 아니라 전략도 염두해 둬야 하니까요, 마마."

"그리고?"

"뭐…… 저희가 왕성을 나올 때와 바뀐 점은 별로 없습니다. 아, 아군 측이 현재 9,000여 명이고 마틴 왕자 측이 7,000여 명 정도로 숫자가 좀 늘긴 했습니다. 주의하실 점이라면 우리 측에 충원된 병력은 대개 시민병이나 농민병인 데 반해 저쪽에는 잘 훈련된 용병이 500명이나 추가되었다는 것입니다. 그간 수적으로 우위를 차지하고 있었습니다만…… 실제 전력인 직업 군인의 비율은 이제 저쪽이 30퍼센트가량 더 높습니다."

"그거 위험한 거 아니야?"

"위험… 하지요. 마틴 왕자 측의 자금력이나 군사력이 예상보다 상회하고 있습니다. 그래도 출정 전까지는 칠 할 정도 승리를 예측하고 있었습니다만……. 지금은 절반 정도라고 생각됩니다. 힘든 싸움이 될 것입니다."

"흐음……."

"그리고 보급이나 물자 상황 같은 건… 양쪽의 보급선이 비슷하고 또 비축한 물자의 양이 병력에 비해 상당히 많은 편이기에 별 차이는 없습니다. 단지 저희 측에서는 왕실 무기고를 털어서 병사들에게 무장을 지급했기에 조금 더 무장도가 좋다는 정도입니다. 이 정도의 작은 차이는 실제 전투에서는 별로 눈에 띄지 않으니 신경 쓰시지 않아도 될 것입니다."

"프로센 후작은 어떤 작전을 준비하고 있지?"

내 말에 댄은 잠시 머뭇거렸다. 혹시 내게 말하기 곤란해서 그런가 하고 그의 얼굴을 쳐다보았다. 하지만 내가 보기엔 그의 찌푸려진 얼굴 표정은 말해선 안 될 걸 말하라고 강요해서 나온 것이라기보다는 어떻게 쉽게 설명해야 할지 곤란해하는 모습이었다.

"으음. 우선 후작 각하께서는 저희 군을 3개 전투 병대(Battle

Squadron)로 나누셨습니다. 이 세 전대를 각각 좌우군과 중앙군으로 나누고 중앙에 각 영주들의 사병들을 넣고 좌우군에는 농민병을 투입시켜서 단번에 전장을 밀어버린다는 게 기본 전략입니다. 마마께서 전투를 관측하실 후위에는 세 전대와는 별개로 운용되는 독립 기마전대를 운용해서 적의 퇴로나 측면을 타격하거나 적 기마대의 진격을 저지합니다. 이게 이번 전투에서의 기본 골격입니다, 마마."

"흐음. 그거 좋은 거야? 난 잘 모르겠는데……."

"전술 교리서에 언제나 단골로 나오는 진형입니다. 평야 지대이고 저쪽이나 이쪽이나 서로 힘이 비슷한 데다가 속임수를 쓸 만한 여지도 없으니 가장 정석적인 작전으로 힘 싸움을 할 것이라 판단됩니다. 아마 모르긴 해도 마틴 왕자 측도 저희와 비슷하거나 같은 전술을 운용할 것입니다."

"그렇다면 중요한 건 중앙 전대가 적의 주력을 얼마나 빨리 격파하는가, 하는 거겠군."

"예, 잘 아시는군요. 요는 얼마나 빨리 적의 중군을 격파하고 남은 병력으로 적의 좌우 양익을 분쇄하는가 하는 것입니다. 저희 측도 그렇지만 저쪽 역시 이번 전투 이후 병력을 보충할 길이 별로 없기 때문에 이번 전투에서 진다면 그걸로 끝장날 것입니다. 그나마 저희 측은 왕성을 등에 두고 있기에 최악의 경우 이번 전투에서 패한다 해도 왕성 안에서 농성을 하면 되지만 마틴 왕자 측은 위크 가의 작은 성 외에는 없기 때문에 이번의 야전에서 지게 된다면 그걸로 완벽하게 밀려버릴 것입니다. 저희의 승리죠."

후훗. 칭찬받으니 기분이 좋다. 역시 사람은 머리를 써야 한다니까. 흠흠. 왕성에 돌아가게 되면 나도 로이드처럼 책을 좀 봐둬야겠다. 전쟁이라고 해서 그냥 치고박는 싸움이 몇십 몇백 배로 확대된 것쯤으로 알았는데, 여기 와서 경험해 보니 어마어마하게 차이가 난다. 우습게 봤다간 단번에 목이 날아갈 정도로 살벌하다고나 할까? 하긴 진지를 세우는 자리 하나하나까지 꼼꼼이 따지는 곳인데 더 이상 말해서 뭘 할까. 그때 카렌이 찻주전자를 들고 막사 안으로 들어왔다.

"늦잖아!"

"…칫."

내 말에 고개를 돌리면서 입술을 삐죽이는 카렌. 저 녀석 또 한 번 엉덩이를 두들겨 줘야 고분고분 말을 들을까? 하여간 애들은 패야 된다니까. 로이드도 그렇고… 카렌도 그렇고…….

카렌은 날 무시하고는 침대 맡에 있는 상자를 열고 뒤적거리더니 사기로 된 찻잔 두 개를 꺼냈다. 그리고는 그 잔을 책상 위에 올려놓고 찻주전자를 들어서 따랐다.

쪼르르…….

주전자에서는 찻물이 딱 두 잔 분량만큼만 흘러나왔고, 두 개의 잔에서 김이 모락모락 피어오르는 걸 본 난 카렌을 바라보며 말했다.

"사람은 셋인데 잔은 두 개잖아!"

"……."

카렌 녀석 두 손으로 귀를 막고 등을 돌려 버렸다. 저 녀석!!

"카렌!"

"됐습니다, 마마. 괜찮습니다. 그렇지, 닐크?"

"물론."

"좋아, 준비됐겠지?"

"당연하지! 남자라면 앞이다!"

"훗. 그럼 난 뒤인가?"

핑.

댄의 손에서 금화가 허공으로 떠올랐다. 그리고 그것을 받아 든 댄은 책상 위에 탁 소리가 나도록 금화를 내려놓았다. 책상 위에는 반짝이며 윤기가 나는 금화의 뒷면이 보였다.

"후후후. 내가 이겼네, 친구. 거기서 향이나 맡고 있으라고."

"체엣. 다시 해! 3판 2선승제로 하자!"

"구차하게 그러지 말고 그냥 순순히 포기하는 게 어때? 응?"

"인정 못해!"

"시끄럿! 두 놈 다 닥쳐!"

더 이상 못 봐주겠다고! 내 앞에서 광대놀음하는 거냐? 아니면 맞고 싶어서 발악하는 거냐? 어느 쪽이든 상관없어! 죽여 버리면 그만이니까!

"둘 다 나가! 카렌! 너도 나가!"

내 서슬 퍼런 외침에 두 남정네는 꽁지에 불붙은 망아지처럼 화들짝 놀라면서 뛰쳐나갔고 사내들이 나가는 걸 물끄러미 보고 있던 카렌은 갑자기 내 쪽으로 다가와서는 내 앞에 놓인 찻잔을 들어 올려서 조금 들이마셨다.

후륵.

"…독은 없어."

그렇게 말한 카렌은 뒤도 안 돌아보고 막사를 나갔다. 크으… 진짜 독이 든 차를 찾아다닌 거 아닐까? 저 녀석……. 난 내 앞에 놓인 차를 마셔야 할지 말아야 할지를 고민해야 했다. 망할 녀석! 그런 말을 들으니 갑자기 불안해지잖아! 저 녀석이 말하면 왠지 농담 같지가 않단 말이야!

한밤중 갑자기 눈이 떠졌다. 누가 날 깨운 것도 아니고 무서운 악몽을 꾼 것도 아닌데……. 어느 순간 나도 모르게 저절로 눈이 스르륵 떠진 것이다.

"……."

천천히 몸을 일으키고 손을 들어 작고 새하얀 손가락을 물끄러미 바라보았다.

"훗……."

나도 겨우 이 정도였던 걸까? 외로움을 견디지 못해서 잠을 설치다니……. 난 내가 좀 더 대단한 인물일 줄 알았는데 말이야. 하아……. 차라리 사랑을 하지 않았다면 편했을 텐데. 후회한다고 해서 바뀔 리가 없지만… 역시 후회가 된다. 외로워……. 외로워……. 젠장!

잠을 설친 덕분에 충혈된 눈을 하고 아침을 맞았다. 계속 몸을 뒤척이느라 엉망이 된 침대에서 벗어난 나는 피곤에 절은 몸을 힘겹게 이끌고 아침을 맞을 준비를 했다.

"응? 후후……."

평소 때처럼 얇은 실크 잠옷을 벗던 나는 여기가 야전 막사라는 걸 문득 깨닫고 내 손에 들려 있는 전쟁터와는 지독히도 안 어울리는 물건을 쓴웃음 지으며 바라보다가 등 뒤로 내던져 버렸다. 잠시 뒤 카렌이 뜨거운 김이 올라오는 청동 주전자와 물이 찰랑거리는 세숫대야를 들고 천막 안으로 들어왔다.

"잘 잤어?"

"……."

 녀석. 자기한테 이런 일시킨다고 또 삐쳤나 보다. 후후. 난 뒤도 안 돌아보고 나가 버리는 카렌 녀석의 뒷모습을 멍하니 바라보다가 따뜻한 물을 대야에 적당히 따른 뒤 간단하게 세수를 끝마쳤다. 여기서 장미향을 탄 세숫물을 바라는 건 역시 사치겠지?

"킥……."

 꼭 소풍 나온 기분이다. 하긴 언제 이런 바깥나들이를 해봤어야지. 살아오면서 이렇게 밖에서 아침을 맞아본 건 랭스턴 자작령에서도 거의 없었으니까.

 물을 잔뜩 묻힌 채 수건을 찾던 난 그냥 셔츠를 들어서 얼굴을 닦았다. 왕성에서 이런 짓을 했다간 시녀들이 벌 떼처럼 달라붙어서 난리를 피워댔겠지. 그렇게 생각하면서 머리를 묶고 있으려니 카렌이 다시 들어와서 아침 식사를 책상 위에 올려놓았다. 갓 구운 듯 따뜻한 흰 빵과 길쭉한 소시지. 그리고 크림 수프 한 접시가 전부다.

"카렌, 같이 먹을래?"

"……."

 내 말에 카렌은 입을 삐죽이더니 고개를 설레설레 젓는다. 훗. 하긴 저 녀석이 뭘 먹는 걸 언제 봤어야지. 가끔 시녀들이나 하녀들이 먹을 게 자꾸 사라진다고 중얼거리는 건 듣기는 했었지만……. 뭐… 녀석도 굶어 죽긴 싫을 테니 알아서 잘 먹고 살 테지.

"자아~ 먹어볼까나?"

 즐거운 아침 식사. 행복한 아침 식사. 빨리 먹어치우고 빨리 일을 끝내 버리고 돌아가자고. 오늘도 활기차고 보람차게! 아자!

따각따각.

푸르릉…….

내가 타고 있는 갈색 말은 뭐가 그리 불만인지 연신 푸르릉거리면서 고개를 휘젓는다. 너도 내가 여자라서 만만해 보이냐? 콱! 한 대 쥐어박아 버릴까 보다. 에이……. 괜히 말도 못하는 말을 괴롭혀 봐야 나만 이상한 계집 취급당하지.

"워이~ 워이~ 착하지?"

내가 녀석의 목을 쓸어주면서 다독거려 주자 이 녀석이 조금은 진정한 듯 작게 푸르릉거리면서 진정하는 기색을 보여주었다.

"말을 잘 다루시는군요, 마마."

"…그냥. 승마에 취미가 조금 있어서요."

내게 말을 건 사내는 나와 같이 중무장을 하고 나온 프로센 후작이었다. 번쩍이는 플레이트 메일을 입고 사각의 투구를 쓴 그는 투구의 바이져를 위로 올린 채 얼굴을 드러내고 있었다. 덕분에 누가 내게 말을 건 것인지 쉽게 알 수 있었지만 말이야.

"일찍 시작하시려나 보군요."

"예. 저희 쪽도 그렇지만 저쪽도 그리 여유로운 편은 아니라서 말입니다. 이만큼 기다려 줬으니 서로 끌어 모을 만큼 끌어 모았을 터, 더 기다려 줄 필요가 없지요."

"그런가요? 흠. 그런데… 각하께서 지휘하시는 건가요?"

"예. 우선은 임시로 제가 지휘하기로 하였습니다, 마마."

"그럼 세부 지휘는 누가 하는 거죠?"

"예. 각 전대별로 유능한 귀족들을 배치했습니다. 우선 저쪽 우익을 맡은 전대는 역전의 노장이 불리는 시켈 백작이 같습니다. 재력가인

데다가 국지전에서 전투를 승리로 이끈 적도 있고 산적 토벌도 많이 해본 지휘관이니 충분히 이름값을 할 것입니다. 그의 휘하에 모인 귀족이 사십 명이나 되니 인망도 상당합니다. 그리고 좌군은 미노스 백작이 맡았습니다. 알고 계실지 모르겠지만 미노스 백작은 수도 근교에서 많은 지지를 받고 있는 귀족이고 넓은 영지를 가지고 있는 실력있는 영주지요. 그의 깃발 아래 모인 귀족도 서른 명이나 됩니다, 마마. 그리고… 예비 전력으로 돌린 후위 전대는 셔우드 남작이 맡고 있습니다. 남부 귀족들 전원이 그에게 병사를 맡길 것을 동의했기 때문에 작위는 낮은 편이지만 전대를 이끄는 지휘관이 되었지요. 그리고 중군은 제가 맡기로 했습니다. 더 아시고 싶은 것이 있으십니까?"

"음… 아니요. 고마워요, 후작 각하. 그럼 폐하를 위해 최선을 다해 주세요."

난 어디에 있어야 할지 물어보려다가 관뒀다. 이렇게 갑옷까지 입고 전장에 나왔지만 여기 있는 이들 중 누구도 내가 직접 나서서 싸울 거라고는 눈꼽만큼도 생각하고 있지 않을 테니까.

"여부가 있겠습니까. 하하하."

호탕한 웃음소리를 내면서 프로센 후작은 내게서 멀어져 갔다. 진지 앞에는 각 귀족들의 깃발별로 병사들이 모이고 있었다. 4~5m는 될 법한 커다란 장대 위에 매달린 깃발이 움직일 때마다 병사들이 그 뒤를 좇아서 뛰어다니고 있었고 그 깃발들도 더 커다란 지휘관용 깃발 주변에 몰려들었다. 흠……. 여기서도 이방인인 걸까?

수십 개의 깃발이 움직였다. 그 뒤를 따라 수천 명의 병사들이 좇아 갔다. 그런 광경을 진지 앞 공터에서 멍하니 바라보고 있던 내게 셔우드 남작이 다가왔다.

"마마."

"무슨 일이죠?"

"이곳에 계시겠습니까? 그렇다면 병사들을 나눠서……."

"아니요. 저도 보도록 하죠. 그 정도는 할 수 있으니까요."

"예. 그럼……."

서우드 남작은 고개 숙여 내게 예를 표한 뒤 스무 명의 기병―원래는 기사가 내 근접 호위를 맡아야겠지만 워낙 기사의 숫자가 적으니 별수없다―을 내 곁에 배치시키고는 이내 병사들을 이끌고 앞서 간 부대를 뒤따랐다. 이에 난 천천히 말을 몰아서 그의 뒤를 따라갔다. 괜히 병사도 얼마 없는 진지 주변에서 얼쩡대다 적의 배후 기습을 받아 포로라도 됐다간 역사서에 내 이름이 오르게 될 테니까. 나라를 말아먹은 마녀로 말이야. 아마 화형당하겠지? 후후후.

전날 내가 정찰을 나갔다 돌아왔던 둔덕까지 도착했다. 내 곁에 바짝 붙어서 경호를 하던 아르케네스는 어디론가 사라졌다. 댄이 데려갔다고 하던데……. 댄의 말에 따르면 이 조그만 둔덕을 사이에 두고 양군이 꽤나 신경전을 벌였다고 한다. 낮다고는 해도 사람 키만큼이나 올라와 있는 둔덕이기 때문에 말을 타고 있는 기사와 기병들은 기동력에 심한 제약을 받았고 일반 보병들은 작은 개울을 지나 반대 편 둔덕 위로 올라가는 동안 화살과 투창의 공격에 그대로 노출될 거다. 서로 온 힘을 다해 겨루는 일전이었기에 양쪽 다 신경전이 대단했다고 한다. 그러던 중 마틴 왕자 측에서 갑자기 한발 물러섰단다. 닐크의 말로는 이제야 꼬리를 말고 물러선 것이라 했지만…….

"이래서야… 도망치기 힘들겠군."

"예?"

"아니야. 아무것도."

닐크의 말을 대충 얼버무린 난 다시 뒤를 돌아보면서 약간 불만스러운 표정을 지었다. 우리의 발밑으로는 경사가 가파른 2m쯤 되는 둔덕이 서 있었다. 그 아래로는 흙으로 만든 수로를 따라 물이 흐르고 있었고 반대 편에도 비슷한 높이의 둔덕이 있었다. 이쪽으로 올 때는 널빤지를 양끝에 대고 넘어왔다지만 만약 전투에서 밀리기라도 했다간 제대로 도망도 못 치고 모조리 이곳에서 학살당하거나 포로가 될 공산이 클 것 같았다. 내 불만은 바로 이것 때문이었다. 내 경험으로 봤을 때 막상 전투가 시작되면 아무것도 눈에 들어오지 않으니까 말이야. 평소라면 차분하게 줄지어 서서 질서있게 넘어갈 수 있겠지만 죽고 죽이는 전쟁터에서 그런 침착한 행동을 할 수 있는 녀석은 별로 없을 것 같다. 나 역시 침착할 수 있을 것 같지도 않고 말이야.

둔덕 위에서 내려다보니 뒤로 물러났다던 마틴 측과 그리 멀리 떨어진 것 같지도 않았다. 한 700~800m쯤? 전력으로 달리면 1~2분이면 충분한 거리다. 말로 달리면 1분도 채 안 걸릴 테고 말이야. 전에 댄이 말했던 것처럼 상대 측도 군을 세 개의 전대로 나누어 우리 쪽과 맞서고 있었는데 잘 보이지는 않지만 상대 측 깃발들이 모인 모양으로 봐서 우리처럼 후위를 담당하는 부대까지 있는 듯했다. 우리 측은 내가 있는 둔덕에서 300m쯤 앞으로 더 나아가서 마틴 왕자 측과 대치한 채 대열을 이루고 있었고, 전장의 꽃이라 할 수 있는 기사들은 프로센 후작이 지휘하는 중앙 전대의 바로 뒤에 집결한 채 대기하고 있었다.

흠… 저기서 기다리고 있다가 상대 측 기사가 나오거나 밀리는 전대 쪽으로 지원 나가는 거겠지? 그 기사들 뒤로는 삼백 명쯤 되는 경갑 기병들이 한곳에 모여 있었다. 그 좌우로는 농민병으로 보이는 병사들이 창에 기대어서 있는 게 보인다. 농민병들은 대부분 넝마나 다름없는 꾸질꾸질하고 허름한 옷차림을 입고 있었는데 그들이 입고 있는 옷 뒤에는 푸른색으로 X 자 표시가 되어 있었는데 아마 염료를 사용해서 그린 듯했다. 음… 푸른색 안료라… 달개비꽃(Dayflower)이 염료로 사용되었던가? 뭐… 그런 건 별 상관 없겠지. 그보다 저들의 등을 보고 있으니 괜히 궁수들이 사용하는 과녁판이 생각난다. '제발 나 좀 쏴주세요'라고 하는 걸까? 훗. 난 닐크에게 농민병들을 가리키면서 물었다.

"부대 표식이야?"

"예? 아… 예. 대충 그런 겁니다. 농민병들은 대부분 갑옷을 갖추지 못했기 때문에 저렇게 대충이라도 표시해 둬야 아군의 검에 쓰러지는 경우가 적어져서요."

"흐음……. 농부도 할 직업은 못 되나 보네. 적군도 아니고 아군 칼에 맞아 죽을 수도 있다니……. 쯧."

"그래도 저들은 나은 편입니다. 어쨌든 예비대로 돌려져서 후방에 위치하고 있으니까요."

"그런데 저기서 붉은 망토를 휘날리며 농민들 사이를 뛰어다니는 놈들은 뭐야?"

난 스케일 아머(Scale Armor)를 입고 롱 소드를 한 손에 든 채 뛰어다니는 놈들을 가리키면서 물었다. 그러자 닐크가 작게 인상을 쓰면서 대답했다.

"독전대입니다."

"독전대?"

"예. 아군의 등 뒤에 서서 돌아서는 동료의 목을 찌르는 놈들이죠."

"무슨 뜻이야?"

"간단한 겁니다, 마마. 전의를 상실한 병사가 적에게 등을 돌려 도망치려 하면 그 병사의 목을 베고 소리치는 겁니다. '도망치면 죽는다. 싸워라'. 그리고 자신은 아군 병사 뒤에 숨는 겁니다. 치사한 놈들이죠."

"흠……"

치사한가? 닐크의 말을 들어보니 그런 것 같기도 하고……. 하지만 닐크의 대답은 왠지 저들에 대한 악의가 잔뜩 묻어 있는 것 같았단 말이야. 그리고 농민병들은 대부분 훈련도 제대로 안 받고 왔다니 독전대라는 게 필요하긴 할 것 같은데……. 실제로도 저렇게 뛰어다니고 있는 걸 잘 살펴보니 독전대의 숫자도 적은 편은 아닌 것 같았다. 후열의 전대뿐만 아니고 전열의 전대에서도 독전대의 붉은 망토를 쉽게 찾을 수 있었으니까 말이야. 아! 우리 쪽에서 백기를 든 기병 하나가 마틴 측 진형으로 달려가는 게 보인다. 그 병사는 마틴 측 앞까지 말을 몰아 달려간 뒤 뭐라고 소리친 뒤 금세 돌아왔다. 우리 쪽 진형으로 돌아오던 그 기병은 들고 있던 백기의 깃대를 높이 치켜든 뒤 반으로 꺾어 그것을 바닥에 버렸다. 그런 의식과 같은 절차가 끝나고 나자 진짜 전투가 시작되었다.

우우우웅……. 우우우웅…….

커다란 뿔나팔 소리가 전장에 울려 퍼졌다. 우리 쪽에서 울려 퍼진 나팔 소리에 호응이라도 하듯 마틴 측에서도 커다란 나팔 소리가 내가 있는 곳까지 들려왔다. 그와 함께 사방에서 둥둥둥 하는 북소리가 울려 퍼졌다.

"와아아아아!!"

쿵쿵! 쿵쿵!

귀청이 떨어져 나갈 것 같은 함성과 함께 창을 든 병사들이 일제히 창대 끝으로 바닥을 치면서 함성을 질러댔다. 그리고 마틴 쪽 병사들이 대열을 맞춰서 한 발짝씩 다가오기 시작했고 우리 측에서도 쩌렁쩌렁 울려 퍼지는 장교들의 고함 소리에 맞춰서 앞으로 나아가기 시작했다. 이에 난 말안장에 걸린 주머니에서 망원경을 꺼내 들면서 중얼거렸다.

"이제 시작인가?"

"예? 잘 안 들립니다!"

"아니야! 혼잣말이니까 신경 꺼!"

"예!"

전장에서 꽤 벗어난 여기서도 이 정도인데 저 한복판에 들어서면 소리고 뭐고 아무것도 안 들리겠군.

그렇게 생각하고 있는데 갑자기 양측의 뿔나팔 소리가 뚝 하고 멈추더니 앞으로 나아가던 병사들의 진격이 멈췄다. 북소리는 계속해서 둥둥 하고 울려 퍼지고 있었지만 병사들이 내지르던 함성이 사라지자 오히려 사방은 적막감이 감도는 듯했다.

"이제 시작이로군요."

"닐크는 전쟁에 나가본 적 있어?"

"예. 두 번쯤……. 하지만 영주들 간의 소규모 전투였기 때문에 이 정도의 접전은 처음입니다."

"장관이야."

"보기에는요."

"그렇지."

난 고개를 끄덕이면서 대답했다. 중군 쪽에서 장대 위에 매달려 있던 깃발 중 하나가 크게 좌우로 흔들리는 게 보였다. 그와 동시에 전면에 나서 있던 병사들 사이에서 방패를 든 병사들과 활을 든 병사들이 전면으로 나서더니 일 열로 대형을 이루고 섰다. 그리고 곧이어 두두둥… 하는 하프 현의 저음을 튕기는 듯한 소리가 사방에서 들리면서 하늘 위로 새까만 것들이 날아오르기 시작했다. 잘은 보이지 않았지만 하늘 위로 날아올라간 화살이겠지? 하늘로 날아오른 화살 무리는 몇 초 지나지 않아서 마틴 측 진형 위로 떨어졌다. 저 멀리 상대 쪽 대열 사이가 소란스럽게 뛰어다니는 걸 보면 화살이 떨어진 곳에 다치고 죽은 병사들이 생겼나 보다. 그리고 마틴 측에서도 답례라도 하듯이 화살이 날아들었다. 수백 발은 될 법한 화살들이 하늘로 높이 날아올랐다가 지면으로 떨어져 내렸다.

"크아아아악!!"

"나 맞았어! 맞았다고!"

"으아아악!!"

이번엔 우리 쪽에서 비명 소리가 터져 나오면서 대충 보기에도 수십은 될 법한 숫자의 병사들이 쓰러졌다. 이런 열렬한 환영에 감격한 우리 측 궁수들은 명령을 기다리지 않고 자율 사격을 시작했다. 사방에서 화살이 날아오르는 게 보였고 또 상대 쪽에서 날아온 화살이 우리 편 머리 위로 떨어지는 게 눈에 들어왔다. 그 광경을 보고 있던 난 닐크에게 갑자기 물었다.

"여기까지 날아오진 않겠지?"

"사거리가 거의 두 배쯤 되니 안전할 겁니다. 발라스타나 캐터펄트 정도가 아니라면 여기까지는 무리죠. 아리츠반의 노련한 레인져들이 아리츠반 산 장궁을 들었다면 모를까, 저들의 활로는 아무리 쐬도 여기까지 도달하지는 못합니다."

"그래. 흐음……. 닐크가 보기엔 어때?"

"초반이니… 뭐라고 말하기가 좀 힘들군요."

닐크의 말에 난 고개를 끄덕인 뒤 다시 전방을 주시하기 시작했다. 사람들이 죽어가고 있다. 뒤로 쓰러지는 병사의 머리 사이로 길쭉한 살대가 눈에 들어왔고 후방으로 들려오는 병사의 가슴에 꽂힌 반쯤 꺾인 화살대가 보였다. 귀족들의 사병들은 라운드 실드나 카이트 실드를 머리 위로 들어 올려 화살을 막고 있지만 농민들은 그런 방패도 없이 그저 몸을 낮추고 고개를 숙인 채 자기 머리들 위로 화살이 떨어지지 않기를 빌고 있는 것처럼 보였다. 개중에는 어디서 문짝 같은 조잡한 나무판자때기를 머리 위로 들어 올린 자들도 있었지만 높다랗게 솟아 올랐다가 빠른 속도로 떨어져 내린 화살은 그런 판자를 뚫고 그 밑에 숨어 있던 농민의 몸속으로 빨려 들어가곤 했다. 이런 게 전쟁이로구나. 죽고 죽이는…….

우리 쪽에서 얼마 떨어지지 않은 후군의 주변에는 벌써 수십 명에 달하는 부상자들이 들려와서 누워 있었다. 그들이 내지르는 비명 소리와 고통 어린 신음 소리에 내 귀가 다 멍할 정도다. 난 투구의 바이져를 내렸다. 시야가 십자 형태로 뚫린 작은 구멍 정도로 제한되었지만 반쯤 밀폐된 덕분에 병사들의 비명 소리가 조금은 작아졌다. 저기서 부상당한 채 울부짖고 있는 병사들을 보고 있으니 왠지 모르게 미안한 감정이 조금—아니, 아주 많이—들었기 때문이다. 그때 내 눈에 어깨에 화살을 꽂은 채 히죽히죽 웃고 있는 한 병사가 눈에 들어왔다. 귀족의 사병인지 제대로 된 갑옷과 무기를 착용하고 있는 병사였는데 그는 한 팔로 어깨 주변을 누른 채 웃고 있었다. 다친 주제에 왜 웃는 거지? 미친 건가? 이상한 놈이다. 그때였다. 갑자기 두두두… 하는 소리와 함께 중군의 뒤에 대기하고 있던 기사들이 말을 몰아 아군 병사들 사이를 빠져나가는 게 보였다. 그제야 난 그 병사가 왜 웃고 있었는지 이해할 수 있었다. 다치긴 했지만 적절히 치료만 하면 죽지는 않을 만한 부상이었다. 그런 부상자는 저 앞에서 방패를 들고 서서 화살을 막고 있는 병사들에 비하면 죽지 않고 살아 돌아갈 확률이 굉장히 높으니 어깨에 화살 하나를 박아 넣고 그 대가로 목숨을 건질 수 있는 기회를 잡은 것이다.

"휴……."

"긴장되십니까?"

"조금……."

난 순순히 인정한 뒤 전방을 주시했다. 아군 측 기사 무리와 적군 측 기사 무리가 중간에 모여서 싸우고 있다. 완전 혼전이었다. 한 치의 물러섬도 없이 기사들은 흙먼지와 피보라를 사방에 흩날리면서 싸우고 있다. 한 기사의 검이 상대 기사의 머리를 사정없이 후려쳤고 상대 측 기사가 말 아래로 떨어지는 게 보였다. 그리고 다른 상대를 찾던 그 기사는 등 뒤에서 날아온 배틀 헤머에 등을 찍힌 채 말잔등에 엎어졌다. 그런 그 기사를 향해 날카로운 창날이 날아드는 게 보였다.

접전이 벌어지고 있는 전장의 외각으로 튕겨 나온 기사가 창대를 버리고 롱 소드를 꺼내 들었다. 그 기사는 말을 몰아서 앞으로 내달렸고 반대쪽에서 그를 보고 말을 돌리는 기사를 향해 검을 길게 뻗었다.

콰직.

아마 내가 저 앞에 있었으면 저런 소리가 들렸을 것이다. 그 기사의 롱 소드는 상대의 흉갑을 반쯤 꿰뚫었고 두 기사는 서로를 지나쳤다. 가슴에 롱 소드가 꽂힌 상대 기사는 말 엉덩이 쪽으로 쓰러졌지만 말 아래로 떨어지지는 않았다. 그렇게 가슴에 검을 꽂은 주인을 등에 태운 말은 위아래로 흔들리는 주인의 몸은 아랑곳하지 않고 전장 밖으로 달려가 버렸다. 죽었겠지? 고통스러웠을까? 모르겠다.

"와아아아아아아!!"

한참을 싸우던 기사들 무리가 갑자기 떨어지면서 물러섰다. 그리고 그 사이로 양측의 보병들이 함성을 지르며 달려가기 시작했다. 서로 간의 거리는 채 100m도 안 되었고 거의 동시에 서로를 향해 달려든 병사들은 금세 부딪쳤다. 아까와는 비교도 안 되는 거대한 함성과 고함이, 그리고 비명 소리가 어지럽게 울려 퍼졌다.

"…잘 안 보이는군."

"깃발을 보십시오, 마마. 도움이 되실 겁니다."

"으응."

기사들의 싸움은 위쪽에서 싸웠기 때문에 그나마 어느 정도 식별이 되었지만 병사들끼리의 싸움은 너무 엉켜 있는 데다가 사방에서 싸워 대서 잘 보이지도 않는다. 난 망원경에서 눈을 뗀 뒤 병사들 머리 위쪽에서 펄럭이고 있는 깃발들을 쳐다보았다.

지휘관용 깃발과 그 아래 모인 작은 깃발들이 사방을 어지럽게 돌아다니고 있다. 그 깃발에 따라서 병사들이 모이고 흩어졌고 한곳의 깃발이 지면으로 떨어지거나 뒤로 물러서면 다른 곳의 깃발들이 그곳으로 이동해 갔다. 치열한 격전이 벌어지고 있겠지? 내가 그렇게 생각하고 있을 때 후군의 농민병 무리가 움직이기 시작했다. 작은 깃발들이 중군과 좌군 쪽으로 움직이기 시작한 것이다. 그에 따라 농민병들이 달려갔고 이제 우리 앞에는 채 백 명도 안 될 적은 수의 창병들과 삼백의 경장 기병만이 남았다. 아니… 이제 숫자가 오십도 안 돼 보이는 기사들도 있군.

"내려가자."

"예? 하지만… 마마."

"가자면 가는 거야. 명령에 따라."

"…알겠습니다. 이동한다."

난 천천히 말을 몰아서 후군 쪽으로 향했다.

내가 병사들 사이로 말을 몰아 들어가자 서로 수군거리면서 전장 쪽을 바라보고 있던 창병들이 무장이 잘되어 있는 걸 보니 아마도 귀족들의 사병인 듯하다. 날 의식한 걸까? 아니면 아직 여유가 있는 걸까? 내가 다가가자 병사들이 좌우로 갈라지면서 길이 만들어졌다. 이런 말단 병사들이야 내가 누군지 알 턱이 없겠지만 그래도 내가 입고 있는 갑옷과 닐크의 옆에 작은 왕실기를 들고 있는 기병이 뒤따르고 있으니 자연스럽게 길을 터준 것이다. 그들 사이를 지나쳐 아직 대기 중인 기병들과 전장에서 후퇴해 온 기사들 쪽으로 다가가니 서로 언성을 높이고 있는 두 명… 아니, 귀족 한 명과 기사 한 명이 보였다.

"당장 움직여야 합니다! 보고도 모르겠습니까?"

"명령이 내려오기 전엔 절대 부대를 이동시킬 수 없네."

"참 답답하군요! 지금 우리가 체스라도 두고 있는 줄 착각하고 있는 거 아닙니까? 네?"

"뭐? 겨우 기사 나부랭이 주제에 누굴 가르치려 드는 건가?"

"빌어먹을……."

"너… 너! 네놈의 주군이 누구냐? 내 그에게 가서 따지겠다!"

"자알~ 찾아보시죠? 저 깃발 어딘가에 제 주군이 있을 테니! 잘하면 시체와 대면하시겠구려!"

싸움인가? 흐음……. 그들의 말싸움을 지켜보고 있던 난 주변을 돌아보았다. 여기만 싸움의 여파가 번지지 않았는지―아니 이미 번졌는지도…―주변의 시끄러운 소음과는 별개로 돌아가는 세상 같았다. 그러던 중 말에서 내린 채 주저앉거나 전마에 기댄 채 서 있는 기사들이 눈에 들어왔다.

"일개 평기사 주제에!! 기사단 사령관은 어디 가고 너 따위가……."

"전사하셨습니다! 됐습니까? 제기랄! 기사단 다시 출진한다! 아군이 피 흘리며 죽어가고 있는데 손가락만 빨고 있는 멍청이와는 더 이상 할 말 없으니까!"

"뭐… 뭐야?"

고개를 돌려 그들을 바라보니 그 기사는 더 이상 상대할 가치가 없다는 듯이 몸을 돌린 뒤 비어 있는 말 쪽으로 걸어간다. 그의 명령에 따라서 축 늘어져 있던 기사들이 다시 몸을 일으키며 말 위에 오를 준비를 하고 있었는데 대충 세어보니 서른 명이 약간 넘는 것 같았다. 흠… 백 명이 나가서 겨우 삼 분의 일만 돌아오다니……. 그만큼 치열했다는 뜻이겠지? 대부분의 기사들은 은색으로 번쩍였을 갑옷에 붉은 핏자국을 한껏 칠하고 있었다. 개중에는 아직도 핏물이 줄줄 흐르는 기사도 있었는데 그게 그의 피인지 적군의 피인지는 모르겠다. 역겨운 혈향이 진동을 하는군……. 난 아직도 펄쩍펄쩍 뛰면서 고래고래 소리를 지르고 있는 그 귀족 쪽으로 말을 몰았다. 그러자 그 귀족이 날 보면서 소리쳤다.

"넌 또 뭐야?"

이거 대답해 줘야 하나? 아니, 귀찮아. 난 아무 말 없이 투구를 벗었고 이 전쟁터에서 유일한―물론 이건 정상적인 여성을 의미한다―여성인 내 얼굴이 드러나자 내 앞에서 시뻘게진 얼굴로 날뛰던 그 귀족의 얼굴이 갑자기 시퍼렇게 변했다. 그와 더불어 주변에 몰려 있던 기사들과 기병대 병사들도 날 보고는 놀라는 표정이 역력했다. 소문으로는 들었겠지만 실제로 날 본 병사는 많지 않으니 놀라는 것도 당연하겠지. 거기다 여자가 기사들이나 입는 중 갑옷을 입고 있으니까 말이야.

"그대……."

"예… 예! 왕비 마마! 하명하십시오!"

"이름은?"

"도르거 드 디젠타 남작이옵니다!"

"현 전황을 설명해 봐."

"예?"

"두 번 말하게 하지 마. 전황을 말해 보라고 했다."

"그… 그게……. 지금 곧 전령을 보내서……."

순간 입에서 '병신 같은 놈!' 이라는 욕설이 튀어나올 뻔했다. 난 최대한 표정 관리를 하면서 이번에는 아까 전 이 도르거 남작인지 도르래 남작인지에게 따지고 있던 기사 쪽을 바라보았다.

"제가 마지막으로 봤을 때 좌익이 밀리고 있었습니다. 아마 조만간 적의 공세를 버티지 못하고 패주하게 것입니다. 그전에……."

"마마! 좌익을 맡고 있던 미노스 백작의 사령기가 떨어졌습니다!"

그 기사의 말을 중간에 잘라먹은 닐크가 갑자기 소리쳤다. 이에 난 그를 바라보며 물었다.

"이름은?"

"티히터 데 프로텐프리히입니다."

"호오… 특이한 미들네임―가명(家名) 앞에 붙는 중간성―이군. 어디 출신이지?"

"…모레니안 출신입니다."

"모레니안이면 녹해 연안의 국가인가? 멀리서도 왔군. 그래, 그대의 말대로 부대를 이끌고 전투에 참가한다면 우리가 이길 수 있을 거라고 생각하나?"

"최선을 다할 뿐입니다."

최선을 다한다……. 마음에 드는군. 난 씨익 웃었다. 그리고 다시 투구를 고쳐 쓴 뒤―묶어놓은 머리카락이 거치적거렸지만 어젯밤 투구의 뒷목 쪽을 붙잡고 손 좀 봐준 덕분에 크게 불편하진 않았다. 망토 위로 묶어놓은 금발이 좌우로 흔들리는 것만 빼면…―소리쳤다.

"지금부터 독립 기병 전대는 기사단을 뒤따라 적을 물리친다. 모두 무장을 갖추고 말 위에 올라라!"

"마마! 이건 제 부대입니다!"

그 귀족 놈이 또 짜증나게 만드는군. 머저리 같으니라고!

"그래서? 아직도 모르겠어? 넌 방금 전 지휘권을 몰수당했다. 닥치고 어디 구석에 처박혀 있어."

"저런 무례한 기사 놈에게 지휘권을 넘기다뇨! 차라리……."

"차라리? 왜? 전향이라도 한다고 하지 그래? 그렇게 말해 주면 고맙겠군. 공개적으로 네놈의 목을 벨 수 있을 테니까! 닐크!"

"예! 마마. 기수 앞으로! 전군 이동한다!"

닐크의 외침에 내 깃발을 들고 있던 기병과 기병 전대의 전대기를 들고 있던 기병이 티히터라는 기사의 옆으로 달려갔다.

"창병대는 미노스 백작이 있는 좌군으로 가! 무슨 일이 있어도 버텨라! 우리가 승리를 떠안겨 줄 테니까."

훗. 아넬리안 많이 컸군. 승리 운운하는 소리를 해댈 정도라니 말이야. 뭐… 내 명령을 들었는지 창병들이 움직이기 시작했다. 기병대에 이어 보병대까지 빼앗긴 도르거 남작이 뭐라고 소리치려 했지만 한 번 째려봐 주는 걸로—투구 사이로 노려본 거라 내 눈을 봤는지는 잘 모르겠지만…—가볍게 물리쳤다. 그리고 난 기사단 선두로 말을 몰아간 뒤 기사단의 깃발을 빼앗아 들었다.

"어엇?"

내게 깃발을 빼앗긴 그 기사는 놀란 목소리로 날 바라보았지만 그보다 빨리 난 말의 배를 차면서 소리쳤다.

"최대 속도로 따라오라고! 늦으면 버리고 가겠다! 이랴!"

"마마! 위험합니다! 기다리세요! 마마! 마마아아!!"

등 뒤에서 들려오는 닐크의 외침은 무시. 난 전장을 길게 우회하여 왼쪽으로 말머리를 돌린 뒤 빠른 속도로 달리기 시작했다.

두두두두…….

내가 이끄는—이끄는 게 맞나? 하긴 내가 깃발을 들고 있으니 모두 날 따라왔을 것이다—기사단 무리는 조금씩 뒤로 밀리고 있는 좌군을 지나쳐 전장을 넓게 우회했다. 멀찌감치 떨어진 곳에 말을 멈추고 말머리를 돌리니 한창 격렬하게 싸우고 있는 전장의 모습이 눈에 들어왔다. 조금 떨리는군.

"마마! 이후부터는 제가 맡겠습니다. 위험합니다!"

"닥쳐! 네 눈엔 이게 뭘로 보이는 거냐?"

난 왼 허리에 메어놓은 롱 소드를 뽑아 들고 닐크에게 소리쳤다. 허공으로 튀어나온 롱 소드는 은빛으로 반짝이면서 날카로운 기운을 내뿜었고 그 기세에 닐크는 물론이고 내 주변에 있던 녀석들도 주춤거렸다. 난 검을 앞으로 내뻗으면서 소리쳤다.

"돌격! 국왕 폐하의 영광을 위해!"

"영광을 위해!"

"우와아아아아아!!"

등 뒤와 좌우에서 커다란 함성이 터져 나왔다. 그리고 나와 내 옆에 있던 기사들의 말이 마치 튕겨 나가듯 앞으로 뛰쳐나가기 시작했다. 난 왼손으로 긴 장대와 말고삐를 붙잡고 오른손에 든 롱 소드를 앞으로 치켜들면서 말을 달렸고 정말 눈 깜짝할 새에 접전이 벌어지고 있는 전장 한가운데로 빨려들 듯 달려들었다.

콰앙!

"크아악!"

우리 쪽을 향해 돌아섰던 적의 창병 중 하나가 내가 몰고 있던 말의 가슴에 채여 내 앞쪽으로 튕겨져 날아갔다. 그자가 날아간 빈틈으로 다른 적병이 내게 달려들었지만 내가 롱 소드를 횡으로 휘두르자 그자가 쥐고 있던 창대 끝 부분이 날아갔고 내 옆에서 말을 달리던 다른 기사가 위에서 내지른 창날에 등을 꿰뚫린 채 바닥에 쓰러졌다.

"죽여! 다 죽여 버려!"

"돌파한다! 거치적거리는 건 다 뭉개 버려라!"

눈앞에 나타난 적병 중 하나가 나를 보고 눈을 휘둥그렇게 떴다. 난 반사적으로 오른손을 위에서 아래로 휘둘렀고 내 롱 소드는 그자의 투구에 부딪쳐 불똥을 튀겨냈다. 상대는 반쪽으로 쪼개진 투구를 부여잡은 채 엎어졌고 말을 몰아 앞으로 달리던 다른 기사의 말발굽에 등을 밟혔다.

"우두둑……."

젠장.

"으아아아아!!"

끼기기긱…….

쇳덩어리가 서로 부딪치는 괴상한 소음이 내 가슴 쪽에서 들려왔다. 비명을 지르듯 달려든 적병은 내 가슴을 향해 창을 내질렀지만 창날은 흉갑의 반원형 곡선을 타고 옆으로 미끄러져서 내 겨드랑이 밑 쪽으로 파고들었다. 식은땀이 다 나네……. 죽을 뻔했다.

"죽고 싶냐? 이 개자식아!!"

"어… 어어?"

난생처음 큰 소리로 욕을 내뱉은 난 녀석의 창대를 겨드랑이에 낀 뒤 손목으로 창대를 휘감은 채 위로 들어 올렸다. 창대가 반원형으로 휘었다. 곧이어 놈의 몸이 마치 팅겨지듯 날아올라 내 머리 위를 지나쳐 뒤쪽으로 떨어졌다.

"쿠웅."

뒤를 돌아보니 다행히 우리 측 기병에게 부딪치지는 않았다.

"히이익……."

한 놈이 등을 돌리고 도망쳤다. 그러자 주변에 있던 적병들 중 일부가 제 동료들 사이를 헤치고 우리에게서 등을 돌린 채 도망치기 시작했다.

"물러서지 마라! 버티란 말이다! 이 빌어먹을 자식들아!"

십여 미터쯤 떨어진 적병 사이에서 말을 탄 채 고래고래 소리치고 있는 적의 장교가 보였다. 난 아직도 겨드랑이에 끼고 있던 창대를 지면에 꽂은 뒤 롱 소드의 손잡이를 잡고 높이 들어 올렸다. 그리고 놈이 있는 쪽을 향해 롱 소드를 힘껏 내던졌다.

피잉…….

괴상한 소리를 내면서 날아가던 내 롱 소드는 앞을 막고 있던 적군의 창대 두어 개를 단번에 박살 내고 약간 아래 쪽으로 떨어졌다. 그리고 적의 장교 근처에 있던 정말 재수없는 한 병사의 투구를 박살 낸 채 틀어박혔다.

"칫."

난 2m쯤 되는 창을 들어 올린 뒤 그것을 거꾸로 쥐었다.

"비켜! 앞길을 막는 자! 죽는다!"

난 그렇게 소리치면서 창대 끝을 한 손으로 쥔 채 크게 휘둘렀다.

퍼억!

내 앞을 막고 있던 적병 중 하나가 창날 바로 밑 부분의 나뭇대에 어깨를 얻어맞았다. 그자의 다리가 붕 떴고 그 옆으로 서 있던 다른 녀석들 대여섯이 그 적병과 함께 단번에 왼쪽으로 날아가며 제 동료였을 병사들을 덮쳤다.

콰직.

창대의 중간 부분이 부러지면서 내 손에는 조각난 나뭇조각만 남았다. 그래도 우리들 앞에서 창을 내민 채 버티던 적들 중 일부의 진형이 무너졌고 내가 머뭇거리는 사이에 그 안으로 우리 측 기사들이 뛰어들었다.

우둑. 으적…….

"끄아악!"

"내 팔! 아아악!!"

"그르륵……."

생생하게 들려오는 무언가가 부러지고 짓이겨지는 소리. 갑자기 현실감을 되찾은 듯한 괴상한 느낌. 난 지금 여기서 뭘 하고 있는 거지?

"마마!"

기긱.

창날의 뾰족한 끝이 내가 쓰고 있는 투구의 둥근 면을 긁고 지나갔다. 놀라서 옆을 돌아보니 어느새 내 곁으로 다가온 닐크가 말들 사이를 뚫고 들어온 적병이 내지른 창날을 왼손에 낀 건틀렛으로 쳐올리고 거꾸로 쥔 창대로 그 병사를 후려치고 있었다.

"닐크! 닐크!!"

"예! 여기 있습니다!"

"나… 나……."

"지금은 전투 중입니다! 마마! 전진하십시오! 물러서면 더 위험합니다!"

"그… 그래!"

"진격하라! 함성을 질러라! 왕의 영광을!"

"영광을!!"

"우와아아아!!"

고막을 찢는 듯한 함성, 강철덩어리들이 부딪치는 소리, 그리고 죽어가는 자들의 비명 소리. 그래, 여긴 전장이지! 난 아직도 들고 있던 깃발을 근처의 기병에게 내던지듯 넘겨주었다. 그리고 말을 몰아서 기사들 사이를 달리기 시작했다.

"마마! 무기도 없이……."

등 뒤에서 닐크의 외침이 들려왔지만 무시했다. 그리고 최대한 바닥을 보지 않으려고 노력했다. 발밑에서 들려오는 괴상한 소리도 무시했다. 지금은 전투 중이야. 전투 중이야. 전투 중이야!!

"으아아아!!"

눈앞에 아까 전 죽이려다 실패했던 적 장교가 점점 크게 나타났다. 그자가 검을 높이 치켜들었다. 난 아래로 내려치는 그자의 검을 왼손을 휘둘러 쳐냈다.

카강.

팔뚝 부분이 화끈했다. 하지만 덕분에 상대의 롱 소드는 어디론가 날아가 버렸고 그자는 무방비 상태에 놓였다. 당황해하는 적에게 말 머리가 붙을 정도로 달라붙은 난 주먹으로 그가 타고 있는 말의 눈가를 후려쳤다.

퍼억!

키히히히힝…….

적 장교의 말이 비명과 같은 울음소리를 내더니 입가에 피거품을 머금으며 쓰러졌다. 덕분에 등 뒤에 타고 있던 주인과 주변 병사 몇을 깔아뭉개 버렸다.

"하아… 하아……."

거친 숨을 내뱉으며 정신을 차린 이후 처음으로 아래를 내려다보자 붉은색으로 물든 흙더미 위에 쓰러져 있는 적 장교가 눈에 들어왔다. 하체가 말에 깔린 그는 투구 밑으로 연신 붉은 피를 뿜으며 작게 경련을 일으키고 있었다. 난 다시 말 배를 강하게 차면서 말을 앞으로 몰았다. 내가 탄 말은 눈앞에 장애물이 있자 위로 펄쩍 뛰어올랐다. 으득……. 이건 전쟁이야. 전쟁이야! 죽이지 않으면 죽어! 죽는다고! 그래, 내가 죽였어! 하지만 난 죽기 싫어!

"아아아아아!!"

악을 쓰며 말을 몰았다. 몇몇 적이 나를 향해 창날을 내질렀지만 대부분 빗나갔고 내 몸에 맞은 것들도 갑옷을 꿰뚫을 정도의 힘은 없었다. 갑자기 트라이던트처럼 생긴 포크가 불쑥 눈앞에서 나타났다. 놀란 난 반사적으로 손을 들어 그것을 막았지만 포크의 날 중 하나가 내 손바닥을 꿰뚫고 가슴 흉갑에 구멍을 내었다.

"잡았다!"

"끌어내!"

"미친 새끼!"

"배를 갈라 버려!"

주변에서 들려오는 욕설들. 누군가 내 발을 붙잡았다. 말 뒤쪽에서 뻗어온 손이 내 망토 위에 길게 늘어뜨린 머리카락을 휘어잡았고 갑옷의 이음새 사이로 손가락들이 들어왔다. 주변을 돌아보니 거렁뱅이같이 생긴 자들이 내게 손가락질하고 욕설을 내뱉으면서 주변에 빽빽하게 몰려 있었다. 이자들은? 뭐야? 여긴? 악! 오른쪽 허벅지에 강한 통증이 느껴졌다. 내려다보니 시꺼멓고 거친 손들 중 하나가 단검을 갑옷의 틈새에 찔러 넣고 있는 게 보였다. 틈새로 흘러나오는 피……. 죽어? 나… 죽는 거야? 웃기지 마! 난 못 죽어!

"싫어!"

"우와아악!!"

가슴에 박힌 포크의 날을 움켜쥐었다.

우직.

쇠로 된 날이 가볍게 부서졌다. 난 포크의 나무 부분을 붙잡고 그것을 들어 올렸고 두 명의 사내가 그 끝에 딸려 올라왔다. 말고삐까지 놓은 난 양손으로 그것을 잡고 옆으로 휘둘렀다. 적들끼리 서로 부딪치고 넘어지는 게 보였다. 가벼워진 포크를 거꾸로 잡은 난 그것을 들어 올려서 미친 듯이 내려쳤다.

뻐억! 빠직…….

내 주위에 몰려 있던 자들의 팔다리가 나뭇가지처럼 부러져 나갔고 머리가 괴상한 방향으로 꺾인 채 넘어진다. 으적……. 밀짚모자를 쓰고 있던 자는 내가 횡으로 휘두른 봉대에 머리를 얻어맞았다. 모자는 하늘 위로 날아올랐고 그자는 머리 한쪽 부분이 깊게 함몰된 채 옆으로 날아갔다.

"죽어! 죽어! 죽어어어!!"

빠각.

포크의 중간이 부러지면서 끝 부분이 날아갔고 남은 반쪽이 피가 줄줄 흘러내리는 내 손에 남았다. 난 그것을 적들 중 아무한테나 집어 던졌고 허리를 굽혀서 내 근처에 있던 자의 머리를 움켜쥐었다.

"아아악!! 살려줘!"

"뒈져 버려!"

인간의 몸을 한 손으로 잡고 내던져 버렸다. 적들은 서로의 몸이 엉킨 채 우왕좌왕거렸고 내가 던진 사내와 부딪친 적들 중 일부는 신음 소리를 내뱉으며 바닥에 길게 드러누웠다. 뒤를 돌아보니 우리 측 기병들이 5m쯤 뒤에서 나를 좇아오기 위해서 기를 쓰며 적군들 사이를 돌파해 오는 게 보였다.

콰직.

전쟁의 의미

아악! 한눈판 대가로 옆구리에 끔찍한 통증이 느껴졌다. 내려다보니 적의 창날이 갑옷 끝을 뚫고 속으로 파고드는 중이었다. 손으로 창대를 붙잡았다. 창대 끝을 보니 적병이 서너 명 정도가 한데 달라붙어서 창날을 내게 밀어붙이는 게 보였다. 맨 앞에 선 자의 입꼬리가 위로 올라갔다. 날… 죽이는 게 기쁘냐? 즐거운 거야? 그럼 너도 죽어!

"어엇?"

힘주어 창날을 뽑아내었다. 놀란 적병이 더욱더 내 쪽으로 힘주어 밀었지만 힘 싸움에서는 안 진다! 피 묻은 창날을 뽑아낸 난 그것을 가슴 쪽으로 힘껏 끌어당겼다. 그러자 창대 끝에 붙어 있던 적병이 내 쪽으로 딸려왔다. 그자의 놀란 표정이 아주 커다랗게 보일 때 난 팔꿈치로 그자의 얼굴을 강하게 후려쳤다.

빠각.

피와 이빨 조각이 뿌려지는 가운데 그놈이 붕 뜬 채 뒤로 날아갔다. 하지만 팔꿈치 부분의 갑옷이 조각조각 부서져서 살 속으로 파고든 듯 고통이 느껴졌다. 아파…….

"마마!!"

"여기야!"

적들은 내가 만만치 않다고 느꼈는지 주변을 둥그렇게 빙 둘러싼 채 머뭇거렸다. 그때 등 뒤에서 닐크의 목소리가 들려왔고 난 온 힘을 다해서 답했다. 곧이어 닐크가 한 번에 한 명씩 롱 소드로 적들의 머리를 후려치면서 내 쪽으로 달려왔다. 그 뒤를 따라 상당히 숫자가 줄어 보이는 기사들과 기병들이 닐크가 만든 조그만 길을 넓게 확장시키면서 뒤따라왔다.

"마마! 괜찮으십니까?"

58 Queen's heart

"하아… 하아…. 죽을 거 같아."

"휴우……. 죽겠다는 말을 하시는 걸 보니 다행이로군요. 아직 멀쩡하신가 봅니다. 하하."

닐크는 내 말을 코로 듣고는 내 근처에 있는 적병을 후려친 뒤 엉뚱한 대답을 하면서 웃어댔다. 정말 나 죽겠다니까! 온몸이 쑤시고 아리고 결리고… 화끈거려서 죽겠다고!

그때 적병들이 우리에게서 멀찍이 떨어진 채 도망치기 시작했다.

"어떻게 된 거지?"

"적이 도주하기 시작했습니다. 이겼군요. 휴우……. 다행입니다. 마마께서 혼자서 적들 사이를 뚫고 달려가셨을 때는 정말 어떻게 되는 줄 알았는데 덕분에 성공적으로… 마마? 왕비 마마?"

"으응……."

털썩.

난 제대로 대답하지도 못하고 그대로 말 위에서 떨어져 버렸다. 아파 죽겠어. 아니, 이건 엄살이 아니야. 진짜 죽을 거 같아. 나 죽어……. 난 놀란 표정으로 말에서 뛰어내리는 닐크의 모습을 마지막으로 기절해 버렸다.

내가 다시 눈을 뜬 곳은 내 막사 안이었다. 그런데… 폭풍이라도 지나간 듯한 몰골이군. 천막의 일부는 찢어진 걸 대충 기운 듯 허술해 보이는 바느질 자국이 나 있었고 핏자국으로 보이는 얼룩덜룩한 무늬도 보였다.

"끄응……."

아무도 없나? 목말라. 두통이 몰려오고 거기다 뱃속은 완전히 뒤집어져서 당장이라도 구토가 올라올 것 같다. 입술도 마구 갈라져서 따끔거렸고 입 안은 푸석푸석해. 우우… 죽을 거 같아.

"아무도… 없냐……."

크아……. 목소리도 안 나온다아. 훌쩍. 울고 싶어지네… 정말. 상체를 일으키려고 버둥대 봤지만 팔에 힘이 하나도 안 들어가서 침대 속에서 허우적거리기만 했다. 정말… 나 같은 중환자를 혼자 놔두다니 너무하잖아!

한참을 혼자서 허우적거리다가 그대로 뻗어버린 난 멍하니 천장을 올려다봤다. 할 게 없으니까……. 천장 위에 밧줄이 하나둘……. 밧줄? 노끈? 뭐냐, 저건? 힘겹게 손을 들어서 흐릿한 눈가를 몇 번 쓱쓱 문지른 난 눈을 가늘게 뜨고 천장을 자세히 올려다봤다. 천막을 받치고 있는 네 개의 나무 기둥 사이로 밧줄이 거미줄처럼 뻗어 있었다. 그리고 그 정중앙에 흐릿한 뭔가가 보였다.

"쿠우……."

귀를 귀울여 들어보니 작은 숨소리가 들려온다. 저건?

"카렌?"

대답이 없군. 하지만 저런 짓을 할 만한 인간은 카렌뿐이지. 카렌이 맞을 거야. 음……. 밧줄 틈새로 삐져나와 아래로 처져 있는 저 조그마한 손이라든지 어린애 정도로밖에 안 보이는 작은 실루엣이라든지 이런 걸 다 감안했을 때 저건 카렌이다. 망할 녀석! 남은 죽어가고 있는데 자기는 속 편하게―몸까지 편한지야 모르겠지만―퍼질러 자고 있어? 무언가 던질 게 없으려나? 주변을 두리번거렸다. 하지만 딱딱하고 단단할 만한 물건은 눈에 들어오지 않았다. 할 수 없이 난 머리에 베고 있던 폭신한 베개를 들어서 머리 위로 힘껏 던졌다… 라고 생각했는데 천장으로 날아간 베개는 반도 못 올라가더니 다시 내 머리 위로 떨어졌다. 풀썩… 크에엣!!

　한참을 혼자서 바둥거리면서 베개를 머리 위로 던지기를 십여 회……. 별로 한 것도 없는데 온몸은 노곤하고 땀이 배어 나와서 무지무지 찝찝해! 거기다 목은 이제 타 들어가는 것 같아! 에이이이!! 이 짓 하고 있을 동안 그냥 다른 인간 부르면 되었을 것을!! 하지만 나도 오기가 있다고! 빌어먹을 꼬맹이! 네 녀석이 이기나 내가 이기나 한번 해 보자!

　"끄으응차!"

　침대에서 반쯤 몸을 일으킨 난 두 손으로 베개를 붙잡고―솜털이 들어간 물건일 텐데 마치 돌덩어리가 가득 찬 듯한 기분이다. 이렇게 무거웠나?―침대 밑에서 흔들면서 숫자를 세었다.

　"하나… 두울… 셋!"

　휘익……. 내 손을 떠난 베개가 천장으로 날아올랐다. 오오! 그래, 조금만 더!

　툭…….

　좋았어! 맞았다아? 아아? 베개는… 천장에 매달린 밧줄에 살짝 부딪친 뒤 다시 떨어졌다. 하아……. 너무 가벼웠어. 좀 더 무거운……. 빌어먹을, 내가 지금 뭔 짓을 하고 있는 거야?

　"스으읍… 카레엔!! 콜록! 콜록! 콜록!"

　"…으응?"

　소리를 질렀더니 목소리가 갈라지면서 기침이 마구 터져 나왔다. 콜록……. 가슴이… 찢어지는 것 같아……. 침대보를 붙잡고 기침을 해 대고 있자 갑자기 위에서 침대 옆으로 작은 물체가 툭 하고 떨어져 내렸다. 빌어먹을 녀석! 두고 보자!!

"……."

"콜록… 콜록……."

난 기침을 해대며 카렌 녀석을 노려보았다. 그러자 녀석은 반쯤 감긴 눈으로 멍하니 날 보다가 갑자기 손을 뻗어서 내 등을 톡톡 하고 두들겨 주었다. 녀석 덕분인지 기침은 금세 잦아들었고 간신히 한숨을 내쉬며—눈물이 글썽거렸다. 흐윽… 너무 아파!—숙이고 있던 몸을 일으키자 카렌 녀석이 품속에서 작은 가죽 주머니를 꺼내서는 코르크 마개를 뽑은 뒤 내 입가에 대주었다.

"크흠… 쿨럭… 뭐야?"

"물."

물이란다! 난 녀석의 말이 끝나자마자 두 손을 내밀며 주머니를 빼앗으려 했다. 하지만 카렌 녀석은 내 손길을 아주 가볍게—무진장 열받게도……—쳐내더니 한 손으로 내 목뒤를 받치고 다른 손으로 입가에 물을 조금씩 흘려 넣어주었다.

"꿀꺽… 더… 더 줘."

"……."

내 말에 카렌 녀석은 작게 인상을 쓰더니 주머니를 기울여서 입 안으로 물을 흘려보냈다. 하아아아……. 목구멍이 따끔거리고 미지근한 물이라 맛은 없었지만 그래도 살 것 같다. 아. 세상이 아름다워 보인다아~ 너무너무~ 행복해……. 꼬르르륵……. 조금 덜 행복해.

"……."

"……."

"…꼭 말로 해야 되냐?"

"…흥."

망할 녀석! 어차피 할 거면서 꼭 한 번씩 반항을 한단 말이야! 난 입을 삐죽이며 나가는 녀석에게 베개를 집어 던진 뒤 다시 자리에 누웠다. 배고픈 것도 고픈 거지만… 온몸이 나른한 게 정말 죽겠다.

카렌 녀석이 가져온 건 희멀건 죽 한 그릇뿐이었다. 하지만 그게 어딘가. 난 뚱한 얼굴로 침대가에 서 있는 카렌 녀석을 외면한 채 스푼을 들어서 후후 불면서 수프를 떠먹었다.

"들어가도 되겠습니까? 마마."

"응?"

스푼을 입에 물고 있던 난 천막 밖에서 들려온 소리에 고개를 들었다. 아직 그릇에는 적당하게 식은 수프가 반이나 남았는데… 조금 있다 오라고 할까? 에이……. 뭐 여기 올 인간들이야 뻔하니 상관없겠지. 난 입에서 스푼을 빼낸 뒤 목소리를 가다듬고 말했다.

"들어와."

그러자 휘장 끝이 살짝 열리더니 뺀질뺀질하게 생긴 면상만 안으로 들어왔다. 옅은 다갈색 머리카락에 여자 얼굴처럼 가느다란 선을 가진 사내놈이라면 하나뿐이지. 바로 대니어스 드 워렌 자작! 줄여서 빌어먹을 댄! 혹은 망할 놈의 댄 녀석! 이건… 선입견인가? 흠흠. 그런데 들어올 거면 들어오고 아니면 말지 왜 얼굴만 들이밀고 있는 건데?

"뭐 해?"

"…역시. 조금 있다 오겠습니다."

"엉? 카렌, 넌 또 뭐야?"

"…바보."

아앙? 난 카렌이 손으로 내 몸을 가리는 걸 보고 이상한 기분이 들었다. 아래를 내려다보니…… 나… 왜 속옷 차림인 걸까?

"꺄아악!!"

"역시!"

빌어먹을 댄 자식! 죽여 버릴 테다! 너무 분해서 눈물이 글썽거렸다! 죽여 버리겠어! 죽여 버리겠어! 난 급히 침대 시트를 끌어당겨 몸을 가렸다. 덕분에 내 무릎 위에 올려져 있던 수프 그릇이 허공으로 날아올라 사방에 수프를 뿌리며 바닥에 내동댕이쳐지는 게 정상인데… 공중으로 날아오른 수프 그릇은 가볍게 내민 카렌의 손 위에 사뿐히 내려졌다. 오오오… 박수 쳐야 하나? 아니! 지금 그게 중요한 게 아니야!

"옷 가져와! 당장! 빨리! 냉큼!"

"…난 시녀가 아니란 말이야. 나쁜 주인."

이 녀석이고 저 녀석이고 다 마음에 안 들어! 다 죽여 버릴 테야!!

카렌 녀석의 도움을 받아 옷을 갈아입고 다시 침대에 누울 때쯤 댄 녀석이 안으로 들어왔다.

"카렌, 수프 줘."

난 이제 차갑게 식어버린 수프를 받아서 억지로 박박 긁어서 먹어치운 뒤 댄 녀석을 노려보았다.

"용건이 뭐야?"

"그냥… 괜찮으신가 보러 온 것뿐입니다."

"흥! 남의 부인 속옷 감상하러 온 게 아니고?"

"저런… 정말 섭섭합니다, 마마. 설마 제가 주군의 부인 되시는 마마께 불측한 마음을 품겠습니까?"

"응! 댄이라면 하고도 남지. 암."

난 팔짱을 끼면서 그렇게 말했다. 내 옆에 서 있는 카렌 녀석도 내 말에 작게 고개를 끄덕이면서 동의했다. 역시! 카렌조차 저렇게 동의할 정도면 저 녀석의 이미지란 결국 그 정도뿐이라는 거다. 그런데… 웬일로 조용하네? 평소 같으면 '억울하옵니다' 어쩌구 하면서 난리를 부릴 녀석이 말이야. 난 슬쩍 고개를 들어서 문가에 서 있는 댄을 올려다보았다. 댄은 내 말에 그저 쓴웃음만 지으며 한 손으로 머리카락을 쓸어 넘겼다. '훗' 하는 코웃음과 함께 말이야. 이거 왠지 굉장히 재수 없게 느껴지는걸?

"뭐야?"

"뭐가 말입니까?"

"왜 아무 말도 안 해?"

"후훗. 저를 너무 쉽게 보셨군요. 그 정도로는 절대 절 무릎 꿇게 할 수 없을 겁니다, 마마."

"그래? 명령이야. 꿇어."

"넵."

…장난하는 건가? 시키니까 냉큼 주저앉네. 왠지 무지무지 기분 나쁘다. 시키는 대로 하는 건데도 불구하고 말이다. 마치 내가 놀림감이 되어 저놈 손바닥 위에서 굴러다니는 것 같은 기분이 든단 말이야.

"도대체 왜 그러는 건데? 불만이 있으면 말로 하라고."

"훗. 말로 해서 들을 분이었으면 예전에 귀에 못이 박히도록 말해드렸을 겁니다."

"……."

그렇게 말한 녀석은 내가 명령하지도 않았는데 제멋대로 일어서더니 내가 누워 있는 침대로 뚜벅뚜벅 걸어왔다. 그리고는 제멋대로 침대가에 주저앉더니 갑자기 팔을 뻗어서 내 왼손 팔목을 세게 붙잡았다.

"악! 아프잖아!"

"흥. 아픈 건 아시나 보죠?"

눈물이 찔끔 나올 정도의 통증에 난 거칠게 녀석을 밀쳐 냈지만 오히려 내가 뒤로 밀려났다. 뭐야? 갑자기 왜 힘이……. 악! 그러고 보니 난 속옷 차림이었지! 내 속바지는 어디로 간 거야?

"그래도 다행이로군요. 고통을 느낄 수 있다니 말입니다. 마.마."

"얼굴 들이밀지 말고 말해. 다 들리니까."

"그렇습니까? 그럼 설교 좀 하죠. 그 왼쪽 팔목, 뼈가 부러진 건 아십니까? 새하얀 뼈가 드러날 정도로 긴 검상을 입어놓고 무리하게 힘을 써댔으니 당연한 거겠지만요."

"그… 그건 어쩔 수 없었다고!"

"네에~ 물론이겠죠. 적들로 둘러싸인 전장에서 상처나 돌보고 있을 시간 따윈 없으니까요! 좋습니다! 단검에 찔렸던 허벅지는 어떻습니까? 네? 마마께서는 아주 재수가 좋더군요. 동맥을 잘렸으면 과다 출혈로 죽었을 텐데 말입니다. 다행히 정맥을 찔러서 살았죠. 가슴은 어떤가요? 매우매우 불행하게도 전 못 봤습니다만 군의관의 말로는 바로 심장 위라더군요. 훗. 마마께서 남자였다면 지금 이렇게 깨어 있지도 못했을 겁니다. 폐까지 꿰뚫렸을 테니 말입니다!"

"그만!"

"아니! 더 해야겠습니다! 귀 똑바로 열고 똑똑히 들으십시오! 다행히 옆구리의 상처는 그리 크지 않아서 정말! 다행입니다. 마마께서 입으셨던 플레이트 메일의 허리 부근에 동전만한 구멍이 뚫렸더군요. 갑옷이 마마의 체형에 맞지 않아서 중간에 빈 공간이 없었다면 그대로 내장이 꼬치에 꿰이듯 꿰뚫렸을 겁니다! 만약 그랬다면 지금쯤 흙 속에 들어가 있었을걸요?"

"그만 하라고 했다!"

"죄송하지만 전 아직 더 해야겠습니다! 마마께서 전사하시면 전 어쩌죠? 분노한 폐하의 검에 맞아 죽을까요? 아니면 죄를 사해달라고 빌면서 단검으로 목을 그을까요? 네? 누가 마마께 전투에 참가하라고 했습니까? 그것도 피에 미친 광인처럼 날뛰면서 말입니다!"

심장이 오그라드는 느낌. 귀를 막고 싶어…….

"봐… 봤어?"

"물론입니다! 그렇게 미친놈처럼 날뛰었는데 못 봤으면 그게 이상한 거죠. 처음엔 저도 누군지 몰랐습니다. 어떤 돌아버린 기사 놈이 혼자서 뒈지기 위해서 날뛰는 줄 알았죠. 전투가 끝난 다음에야 그 돌아버린 기사 놈이 마마인 줄 알았죠. 그때 제 심정이 어땠는 줄 아십니까? 눈앞에 교수대 밧줄이 어른거리더군요."

"거… 거기까지. 이제… 그만 해."

"참 대단하시더군요! 전 인간이 성인 서넛을 하늘로 가볍게 내던지고 어린애 팔목 굵기의 나무 봉으로 투구와 함께 인간의 머리를 으깨 버릴 수 있다는 걸 처음 알았습니다. 하하하! 참 무용이 대단하시더군요! 안 그렇습니까? 전후 처리 중에 아주 재미있는 시체도 발견했습니다. 적병이었는데 투구 위쪽에 손자국이 나 있더군요. 아마 어디의 힘 좋은 누군가가 그자의 머리를 한 손으로 휘어잡고 휘둘러 댄 거겠죠. 목뼈가 기이하게 부러져 있고 손가락들이 두 개골을 꿰뚫고 휘저어놨으니 신이라도 살려내는 건 불가능할 겁니다. 참으로 장하십니다. 마마, 대단하십니다."

"…우읍……."

구역질이 올라왔다. 난 그대로 댄을 밀치면서―이런 정신머리가 있었다는 게 너무 슬펐다. 그냥 저 빌어먹을 놈의 몸 위에다 토해 버릴걸―침대가에 몸을 내밀고 그대로 바닥에 토하기 시작했다.

"우웩… 우웨엑……."

쓰디쓴 위액과 함께 방금 전에 먹었던 식은 수프가 그대로 올라와서 바닥에 떨어졌다. 우우……. 너무해. 죽을 거 같아.

"죽여 버릴 거야. 너……."

"훗. 어차피 이래 죽으나 저래 죽으나 마찬가지입니다."

난 저 빌어먹을 자식의 면상을 두들겨 주기 위해 팔을 들어 올렸다. 하지만 빌어먹을 댄의 면상을 뭉개 버리기는커녕 내 몸 하나도 제대로 주체 못해서 침대 위에서 허우적거리다가 바닥에 떨어질 뻔했다. 그런 날 보며 입꼬리를 말아 올리며 웃고 있던 댄은 한 손으로 내 몸을 잡아 주어서 침대 바닥에 떨어지지는 않았다.

"훗. 이래서야 어디 절 죽이실 수 있겠습니까? 네?"

그렇게 말하면서 재수없게 웃는 댄. 아아악!! 누가 저 자식 좀 죽도록 패줘! 소원이야!!

…하늘이 내 정성에 감동했다.

"…죽일까?"

지금까지 존재감이 없던 카렌이 어느새 스르르 다가와서는 댄의 목에 단검을 대고 무심한 어조로 물었다.

"……."

"……."

나와 댄은 아무 말도 못했고 카렌은 내 명령을 기다리는 듯 날 물끄러미 바라보았다. 댄의 목줄기에 붉은 핏방울이 점점이 묻어났다. 베인 건가? 녀석의 피를 보자 끓어올랐던 피가 식는 듯한 기분이 들었다.

"됐어. 카렌, 그만둬."

난 몸을 추스르면서 카렌에게 그렇게 말했다. 그러자 카렌은 작게 고개를 끄덕이면서 단검을 치웠고 그때까지 얼어붙은 채 꼼짝도 못하고 있던 댄은 입가에 걸려 있던 쓴웃음을 지워 버리더니 갑자기 눈을 크게 뜨고 귀밑까지 입꼬리가 걸리도록 웃으면서 내 두 손을 꼬옥 붙들었다.

"마마아~ 살아 계셔서 정말 다행입니다! 오오! 신이시여, 감사합니다!"

그렇게 말한 놈은 내 오른손 손등에 연신 키스를 퍼붓고는 갑자기 몸을 돌려 밖을 향해 뛰어나갔다.

"자… 잠깐……."

"마마께서 깨어나셨다! 군의관과 신관을 불러라! 와핫핫! 아무나 가서 지휘관들 다 불러와! 어서!"

척 보기에도 이상하게 느껴질 정도로 댄은 호들갑을 떨면서 뛰쳐나가 버렸다. 물어볼 거 있었는데… 칫. 저놈의 생존 본능은 정말 무섭군. 그런데…….

"뭐 하냐? 카렌."

"……."

내 말에 카렌은 날 한번 돌아봤다가 이내 입을 삐죽이며 날 외면했다. 그리고는 손에 들린 단검을 가지고 바닥을 쩔렀다. 녀석은… 내가 토해놓은 토사물이 묻은 양탄자를 자르고 있었던 것이다. 망할 녀석들!

그후 세 명의 종자를 거느린 나이가 많아 보이는 군의관과 두 명의 비젠 신관이 나를 찾아왔다. 군의관과 그의 종자들의 몰골은 마치 피 웅덩이 속에서 헤엄치고 나온 인간들 같았고 신관들은 그보다는 좀 나아 보였지만 눈 밑이 푹 꺼진 데다가 혈색도 창백해서 시체가 보면 형님이라고 고개를 조아릴 것 같은 몰골들이었다.

"기분은 어떠십니까? 마마."

군의관이 팔목에 감겨 있는 붕대를 풀어내면서 내게 물었다. 웬만하면 좀 떨어져 줬으면 좋겠는데……. 피 냄새가 진동하거든.

"그럭저럭. 뭐… 별로 나쁘지는 않은 것 같아."

"열이 난다는 느낌이나 몸이 저리다거나 하지는 않습니까?"

"응."

고개를 끄덕이며 내가 대답하자 군의관은 나와 같이 고개를 끄덕인 뒤 내 왼팔을 들어서 상처를 살펴보았다. 으음……. 내 상처를 보니 좀 끔찍하긴 하다. 내 머리카락으로 꿰맨 듯한 상처 부위는 뭐랄까… 징그러운 송충이를 보는 것 같다. 엉겨 붙은 피딱지와 대충 기운 듯한 바느질 자국. 우우…… 내 몸만 아니었으면 당장 밖으로 내쫓았을 텐데…….

"조금 곪기는 했지만 다행히 크게 덧나지는 않은 것 같군요."

반쯤 벗겨진 머리를 긁적이던 군의관은 그렇게 말한 뒤 내 책상과 의자에 앉아서 코까지 골아가면서 자고 있는 신관들에게로 다가갔다. 그리고는 신관들의 등을 후려갈겨서 깨운 뒤 나를 가리키며 몇 마디 말을 나눴다. 작게 하품을 하거나 말하는 도중에도 고개를 끄덕이면서 졸던 신관들은 군의관과 교대하였고 군의관과 그가 데려온 종자들은 밖으로 나가 버렸다. 그리고 그들 대신 두 명의 신관이 내게 다가왔다.
"지금부터 치료를 하겠습니다. 이걸……."
신관 중 키가 좀 더 큰 쪽이 내게 껍질이 벗겨진 마른 나무 막대를 건네주었다. 이걸 가지고 뭐 하라고?
"입에 물고 계십시오. 혀를 깨물 수도 있습니다."
"…됐어. 필요없어."
전장에도 나가봤던 몸이라 이거야. 누굴 어린 여자애 취급하는 거야? 흥!

미쳤지……. 난 세상에 둘도 없는 바보가 아니면 인간 중 다시 없을 멍청이이다!
"아아아아… 아흐… 으으윽……."
"잘 잡아!"
"칼질이나 똑바로 하십시오!"
끄아아악!! 나 죽어!! 이놈들이 날 고문한다아아아……. 엄마아아아……. 신관 중 하나가 날 엎드리게 한 뒤 내 등에 올라탔다. 그리고 내 겨드랑이 사이로 두 발을 집어넣고 두 손으로 내 왼 손목을 붙잡은 그 신관의 괴상한 치료법을 난 그저 신관들만의 특이한 처치법인 줄 알았다. 하지만 내 등에 온 체중을 실고 뒤로 꺾인 내 왼손을 붙잡은 신관보다 그 옆에 시퍼렇게 날이 선 손바닥만한 단검을 들고 있는 신관이 왠지 더 무서웠는데…… 그 빌어먹을 신관 자식이 봉합해 놓은 부위를 거침없이 잘라내더니 칼날 끝으로 상처 부위를 헤집는 게 생생하게 느껴졌다. 아파아아아아……!!
"아흐흑……."

"상처 부위가 흔들리잖아! 못 움직이게 꽉 잡아! 꽉!"
 정신이 오락가락했다. 거기다 등 뒤에서 들려오는 빠각빠각하는 소리와 무언가가 팔목 속을 헤집는 느낌은 진짜 미쳐 버릴 것만 같은 기분이 들게 만들었다. 평소엔 잘만 기절하더니 왜 이런 땐 말짱한 거야! 차라리 날 기절시켜 줘어어어…….

 눈에선 눈물이 쉴 새 없이 줄줄 흘러내렸고 신음을 참느라고 깨물었던 입술에선 비릿한 피 맛이 났다. 거기다 뒤로 꺾인 팔도 이젠 감각이 없을 정도로 저려오고 있다. 왜… 기절을 안 하는 거야……. 으흐흑.
 "시작한다! 조심해!"
 "걱정 마세요. 아직은 괜찮은 것 같으니까."
 "제대로 몸을 고정하지 않으니까 상처가 더 늘어나잖아! 똑바로 안 할래?"
 무슨 말을 하는 거야! 이 자식들은……. 아우……. 빨리 끝내달라고!! 끄아악!!
 "아아악!! 아흑…….."
 "꽉 잡아!!"
 무언가가 내 왼팔에 뿌려졌다. 그리고 그 상처 부위가 마치 타 들어가는 것 같은 느낌이 들었다. 무지무지하게 쓰라리고 아리다아!! 나 죽어! 나 죽어! 나 죽어! 엄마야…….
 "휴……. 다 됐다. 이제 내려와도 된다."
 등 뒤에서 그 말이 들려오자마자 내 등에 올라타고 있던 신관이 허우적거리면서 침대 아래로 굴러떨어지듯 내려섰고 건장한 사내의 팔에 단단히 붙잡혀 있던 내 왼팔은 실 끊어진 목각 인형처럼 아래로 축 늘어졌다. 눈물로 축축하게 젖은 베개를 옆으로 한 채 마치 남의 팔 같은 내 왼팔을 바라보니 새빨간 핏물이 주르륵 떨어지는 게 보였다. 끄으응……. 기절하자. 기절하자. 차라리 죽어버리자!

"끄으……."

완전히 탈진해서 그대로 축 늘어진 난 신관 둘이 서서 뭐라고 작게 중얼거리는 걸 멍하니 보고 있었다. 이젠 몰라……. 그래, 고문하려면 하라고. 모든지 다 말해 줄 테니까.

"Cure Serious Wounds."

"Cure Serious Wounds."

두 신관은 크게 영창을 하면서 내 왼팔의 상처 부위를 손으로 만졌다. 그러자 상처 부위에서 흰색의 빛이 미약하게 뿜어져 나오기 시작했다. 그리고… 쿡쿡 쑤셔오던 통증이 완전히 사라졌다. 놀란 내 눈에 상처 부위가 급격하게 줄어드는 게 보였고 10㎝는 되던 커다란 상처는 단 몇 초 만에 완전히 사라졌다. 단지 다른 점이라면 상처가 있던 곳의 피부가 다른 곳보다 좀 더 분홍색이라는 것 정도일까?

"휴우……. 끝났군."

그렇게 말한 두 신관은 내게 동의도 구하지 않은 채 예의도 없이 나가 버렸다. 홀로 남은—물론 카렌 녀석이 이곳 어딘가에 있기는 할 거다. 단지 눈에 안 띌 뿐이다—나는 치료인지 고문인지 분간이 안 되는 그 무엇(?)인가를 받던 자세 그대로 잠이 들었다. 우씨! 좀 더 일찍 찾아오던지! 다 끝나고 긴장이 풀리니까… 쿠울…….

내가 다시 눈을 떴을 때는 사방이 컴컴한 어둠에 휩싸여 있었다. 옆에서 들리는 두런두런하는 소리에 고개를 돌려보니 댄과 닐크, 그리고 아르케네스가 내 책상 위에 술병을 올려놓고 잡담을 나누고 있는 모습이 보였다. 거기다 카렌 녀석도 한자리 차지하고 있었는데 술은 안 마시고 안줏거리로 가져온 베이컨과 소시지만 잘라 먹고 있다. 우우……. 소시지, 베이컨… 맛있겠다아. 목소리가 안 나와서 말도 못 꺼내고 입속에 고이는 침만 꼴각 삼키고 있을 때 맛있어 보이는 베이컨 조각을 잘라 먹던 카렌이 갑자기 날 바라보더니 손으로 내 쪽을 가리켰다. 그러자 세 사내의 시선이 내게 모였다.

"일어나셨군요."

"…끄응… 무… 물."

내 말에 아르케네스가 구리 잔에 물을 가득 담아서 가져왔다. 상체를 일으켜 앉으려 했지만 몸에 힘이 안 들어가서 일어나지는 못하고 침대 위에서 허우적거리고 있자 닐크가 다가와서 몸을 일으켜 주었다. 그리고 아르케네스가 입가에 대어준 구리 잔에서 물을 조금씩 삼키면서 눈동자를 굴려서 책상 쪽을 보자 쓴웃음을 짓고 있는 댄과 카렌이 보였다. 하지만 카렌 녀석은 내가 자길 보는 게 마음에 안 드는지 '흥' 하고 콧방귀를 뀌더니 천막을 지지하고 있는 나무 기둥 쪽으로 쪼르르 달려가서 다람쥐같이 잽싸게 움직이며 천장 위로 올라가 버렸다.

"후아……. 살 것 같다."

단지 물을 몇 모금 마셨을 뿐인데 온몸의 기력이 샘솟는 듯한 느낌이다. 이제야 정말 내가 살았구나 하는 생각이 든다.

"마마께서 드실 게 있는지… 알아보겠습니다."

여기 있는 남정네 중 가장 무뚝뚝해 보이고 가장 무심해 보이는 아르케네스가 자청해서 천막 밖으로 나갔다. 역시 사람은 외모로 판단해서는 안 된다니까. 흠흠. 닐크나 댄도 좀 보고 배웠으면 좋겠어. 그런데…… 아픈 곳이 없네?"

난 상처 부위들을 만져 봤다. 하지만 아프다거나 하는 느낌은 없었다.

"응? 이제 다 나은 건가?"

"예, 마마. 신관들이 고생을 많이 했죠."

"흥! 그 돌팔이 놈들이 무슨 고생이야? 닐크 너도 한번 당해볼래? 몸으로 짓누르고 내 팔을 꺾고… 얼마나 아팠는데."

"…설마."

"아무 기억도 없으십니까?"

뭐… 뭐야? 이 두 남정네가 갑자기 왜 정색을 하는 거야? 응? 거기다 왜 한숨을 내쉬는 건데?

"뭐… 뭐야?"

"휴우……."

"그 사람들… 불쌍하군."

"왜들… 그러는 건데?"

왠지 내가 무언가 잘못한 것 같다는 생각이 드는 이유는 뭐지? 난 영문을 모르겠다는 표정으로 그놈들을 빤히 바라보고 있었는데 갑자기 댄이 내 천막 안에 있는 옷장으로 걸어가더니 거기서 내 옷가지 중 하나를 꺼내서 가져왔다.

"이제… 입으셔도 됩니다, 마마."

"이건……."

내 속바지? 이게 왜 거기가 있는 건데? 영문을 모르는 난 이해할 수 없다는 표정으로 녀석들을 보다가 속바지를 받아 들었다. 으응? 이거 빨아온 건가?

"누가 이거 만졌어?"

"아르케네스죠, 마마. 서비스 정신이 투철한 녀석이거든요."

"흐음……."

"피도 많이 묻은 데다가… 땀도 많이 나셨고… 뭐… 이런저런 이유 덕분에 녀석이 손수 빨아온 겁니다."

"……."

괜히 얼굴이 화끈거린다. 아무리 그래도 그렇지. 로이드면 또 모를까 남정네가 내 속옷을 빨다니……. 무언가 말하고 싶었지만 아무런 말도 안 나온다. 이럴 땐 어떡해야 하는 거야? 고맙다고 해야 돼? 아니면 화를 내야 돼?

"참 대단했지?"

"맞아. 정말 그 몸집에서 어떻게 그런 속도가 나오는지 궁금할 정도라니까."

"무슨 말들을 하는 거야? 알아듣게 설명해!"

"기억 안 나신다면 그냥 모르시는 편이 더 좋을 텐데요."

"맞습니다. 그냥 저희 말은 무시하십시오, 마마."

속에서 무언가가 꿈틀거리면서 저 빌어먹을 주둥이들을 작살내 버리라는 아주 매력적인 제안을 해온다. 안 돼. 안 돼. 이성을 가져야지. 이성을……

"맞고 말할래? 말하고 나서 맞을래?"

"…그러고 보니 프로센 후작이 찾았었지."

"나도, 나도. 이 천막 주변의 경계를 더 강화해야 하는데 너무 놀았네."

어딜! 지금까지 술 퍼마시고 있다가 이런 때만 갑자기 일거리가 생

76 Queen's heart

각나냐? 누굴 바보로 아는 거야?

"일이 있어? 이 한밤중에? 그래? 어디 나가봐. 내가 침대에서 일어난 뒤에 다시 보자고."

난 최대한 활짝 웃어 보이면서 그렇게 말했다. 그러자 눈치 빠른 댄 녀석이 갑자기 침대가에 무릎을 꿇고 주저앉더니 고개를 푹 숙였다. 어정쩡하게 서 있던 닐크 녀석은 댄의 잽싼 동작에 선수를 빼앗겼다는 표정을 지어 보이면서 그 옆에 주저앉았고……. 훗. 역시 권력이란 좋은 거야. 아니, 이 경우엔 주먹의 힘인가? 뭐… 어느 쪽이든 상관없지.

"살려주십시오! 전 아직 살아갈 날이 한참 남았다고요!"

"저… 저도입니다만……."

"그래? 자, 그럼 이제 말해 봐."

"저… 그게……."

"혹시… 기억나는 거 없으신가요?"

기억? 무슨 기억? 난 가볍게 고개를 저었다. 그러자 닐크와 댄이 서로의 얼굴을 힐끔거리면서 무언가 말을 꺼내려는 듯 입술을 실룩였다.

"저기… 혹시 여기로 모셔온 건 기억 안 나시는지……."

"몰라. 나 말에서 떨어질 때 기절해서 깨어나 봤더니 이미 여기던데? 거기다 이미 치료해 놨는지 몸에 붕대 감고 있었지 아마……."

"가장 중요한 부분을……."

"신이여… 너무하는 거 아닙니까?"

응? 갑자기 두 놈 다 왜 이래? 단체로 뭐 잘못 먹었나? 왜 둘 다 세상이 무너질 듯한 표정을 짓는 건데?

"사람 답답하게 하지 말고 이제 순순히 부는 게 어때? 진짜 맞아볼래?"

"예… 뭐……. 그리 대단한 일은 아닙니다만…….”

역시 닐크보다는 댄이 눈치가 좋다. 하긴 저 정도 눈치는 있어야 여자 두셋을 동시에 꼬시는 바람둥이 역할을 할 수 있겠지.

"계속해.”

"예, 마마. 마마께서 중상을 입으시고 이곳으로 실려오셨을 때 상태가 굉장히 안 좋아서 실례를 무릅쓰고 갑옷을 벗겨 드렸습니다.”

"응.”

"그리고 그때 마마께서 잠깐 정신을 차리셨는데 고통을 호소하셔서 독한 럼주를 거의 반 병이나 들이키셨죠.”

"으응… 그리고?”

"그 다음에… 마마께서… '내 남편 외에는 아무도 내 몸에 손 못 대!' 라고 소리치시면서…… 큰 부상에도 불구하고 치료를 위해 팔다리를 붙잡고 있던 네 명의 종자를 거뜬히 날려 버리시고는… 웃으셨습니다.”

웃어? 내가? 난 믿을 수 없다는 표정을 지어 보였다. 하지만 댄에 이어 닐크의 말을 들은 난 온몸의 피가 차갑게 식는 것 같은 느낌이 들었다.

"댄의 말이 맞습니다, 마마. 왕비 마마께서는… 피를 철철 흘리는 몰골로 깔깔거리며… 우윽. 아니, 교양있고 소박하게 웃으시면서… 발광… 아니, 몸을 움직이시려 하기에… 저와 댄, 아르케네스 이렇게 셋이서 마마를 말리려고 몸을 날렸었습니다. 뭐… 저희들도 먼저 날아갔던 종자들처럼 천막 밖으로 내던져졌지만요.”

닐크는 댄에게 찔린 옆구리를 쓰다듬으면서 죄지은 사람마냥 고개를 푹 숙였다. 내가… 내가… 설마… 이놈들이 날 놀리려고 이런 말을 하는 걸 거야. 음음! 맞아. 그런 걸 거야.
"재미있는 농담이네?"
"…진담인데요."
"……."
"……."

휘이잉……. 어디선가 찬바람이 내 몸을 휘감고 지나갔다. 이거 천막에 구멍 뚫린 거 아니야? 응? 왜 갑자기 이때 내가 미친 계집처럼 웃어대면서 천막 밖으로 남정네들을 내던지는 광경이 머리 속에 떠오르는 거지? 고개를 돌렸다. 어설프게 기워진 천막의 천이 보였다. 그래… 바로 저기로 이마가 깨진 아르케네스가 뛰어들어 왔고……. 저쪽 휘장으로 내 눈앞에 있는 녀석들이 뛰어들어 왔지. 그리고… 이 두 놈이 내 몸을 누르고 있는 동안 아르케네스가 지금 내 손에 들린 속바지를 벗겨 갔고……. 모조리… 기억나 버렸다아……. 나… 난…….

"저… 마마?"
"뭐야?!"

난 새빨개진 얼굴을 숨기기 위해서 자리에 드러누운 뒤 빽 하고 소리쳤다. 그 덕에 어렵게 내게 말을 붙였던 댄 녀석은 찔끔했는지 그 뒤로 잠잠했다. 저 녀석들 말이… 모두 사실이었어. 난… 통증을 잊게 하기 위해 먹었던 술에 취해 버렸고… 그리고… 끄아아악!!

"저기… 왕비 마마?"
"왜 자꾸 부르는데? 앙? 죽을래?"
"저… 저희는 안 죽이실 거죠? 예? 그래도 명색이 첫째, 둘째 부하니……."
"뭐?"

"그… 있잖습니까? 비밀을 아는 자는 적을수록 좋다고……."

"…끄응."

난 더 이상 상대할 가치를 못 느꼈다. 그래서 이불을 덮어썼는데…… 왠지 댄 녀석이 말한 의견(?)이 굉장히 끌린다. 이래서 왕성 안에서는 그렇게 치열하게 암투가 벌어지는 걸까? 설마…….

한 10분쯤 이불을 뒤집어쓰고 누워 있는데 갑자기 아르케네스의 굵직한 목소리가 들려왔다.

"마마, 드실 만한 것을 가져왔… 뭐 하냐? 너희들은……."

"어서 줘! 배고파 죽겠어!"

아르케네스는 이상한 눈으로 닐크와 댄을 바라보고 있다가 내 외침에 순순히 내 쪽으로 다가와서는 침대가에 걸터앉은 뒤 수프 그릇이 올려져 있는 쟁반을 한 손으로 들고 있는 묘기를 보여줬다. 한 손으로 들고 있는데도 마치 탁자 위에 올려놓은 것처럼 조금의 미동도 없다. 역시 이 인간은 인간이 아니야. 에이! 몰라! 우선 먹고 보자!

"후루룩……."

맛있네. 거기다 적당히 식어 있어서 먹기도 편하다. 난 단숨에 수프를 다 먹어치운 뒤 발이 저린지 몸을 이리저리 배배 꼬고 있는 녀석들을 노려봤다.

"힘든가 보지?"

"아… 아닙니다!"

"그럼요! 목숨 값에 비하면 무지무지 싼… 쿨럭. 미안……."

제명을 재촉하던 닐크는 댄의 인정사정없는 팔꿈치 공격에 고통스러운 표정을 지었다. 역시 입은 만악의 근원이라니까. 저런 게 바로 현

역 바람둥이와 바람둥이 후보의 차이구나. 음음. 어쨌든 괜히 또 이상한 소리 나오기 전에 말을 돌려야겠다.

"전황은 어떻게 되었지?"

"저희 측 사상자는 사망 1,220여 명. 중상 1,700여 명 정도입니다. 그리고… 저쪽은 자세히는 모르겠지만 저희 측과 비슷한 3,000여 명 정도의 사상자가 발생했다고 합니다."

"그래? 일 회 전투치고는 생각보다 피해가 크네?"

"양쪽 다 물러설 수 없는 총력전이었으니까요. 지는 쪽이 패한다는 건 기정사실이었지 않습니까."

"물론. 그렇겠지. 하지만 우리가 전투에서 졌다면 난 브래드릭 장군을 회유해서 중앙군을 움직이고 로세니아 군을 내전에 끌어들였을 거야. 전투에서는 졌더라도 전쟁에서 질 수는 없거든."

"그것참 다행입니다. 이제 다 끝났으니……."

그래, 이겼으니… 응? 다 끝나? 뭐가?

"뭐가 끝나? 내전이 끝나려면 아직 멀었잖아."

"아… 그렇군. 아직 모르시겠군요."

"마마께서는 이틀간이나 혼수상태였습니다."

이것들이 또 무슨 말을 하는 거야? 아우!! 누가 정리 좀 해서 말해 줘!

난 혼란스러운 표정으로 닐크와 댄을 바라보았다. 그러자 댄이 대표로 말을 했다.

"내전은 끝났습니다. 당연히 저희 쪽이 이겼고요."

"…어떻게? 그렇게 쉬운 상대가 아니었을 텐데?"

"예… 뭐……. 마마께서 참가하신 전투 이후에도 두 번의 소규모 격전이 벌어졌습니다만…… 상황에 비해서 너무 허무하게 결판이 났죠."
"마틴 왕자가 포로로 잡혔습니다."
"으응?"
난 불쑥 말을 꺼낸 아르케네스를 올려다보았다. 아르케네스 덕분에 자기의 말할 거리를 빼앗긴 댄은 불만에 찬 표정이었지만 내 의문을 풀어주는 쪽이 생명 유지에 도움이 된다고 생각했는이 이내 말을 이어갔다.
"아르케네스의 말대로입니다, 마마. 마틴 삼왕자가 너무 쉽게 잡혀버린 덕분에 적의 지휘부가 괴멸되었고 머리가 없는 군대는 알아서 공중분해 되더군요."
"어떻게? 그래도 명색이 왕자였고 호위하는 병력도 만만치 않았을 텐데?"
"그 호위하던 인간들이 배신했습니다."
"…배신이야?"
"예. 어차피 저쪽에 모여 있던 귀족들도 그간 투자했던 게 아까워서 내전에 참가한 것인데 아무래도 전황이 저희 쪽에 유리해지자 자신들의 왕을 버린 거죠."
"……."
"우리 쪽도 마찬가지입니다만… 어차피 귀족들이라는 게 다 그렇지 않습니까? 그들은 침몰하는 배에 같이 타고 있다 수장당하는 것보다는 선장을 내어주고 목숨을 구걸하는 쪽을 택한 것입니다."
"흠……. 그래서… 내전은 완전히 끝났다?"
"예. 적의 주력은 완전히 궤멸되었고 위크 후작 이하 주모자 여섯을 체포했습니다. 마틴 삼왕자는 로얄 가드의 호위를 받으며 도주하다가 같은 편 귀족에게 포로로 잡혀서 저희 측에 넘겨졌습니다."

"그래……. 하하. 참 웃기는군. 안 그래?"

"…귀족의 세계란 다 그런 것입니다. 더 강한 자에게 붙어야 자기 목숨을 보존하고 나아가 자기 가문을 키우는 법이죠."

"댄, 그리고 닐크, 아르케네스도 그런 거야?"

"다른 두 친구는 모르겠지만…… 전 그렇습니다. 하지만 제가 배신할 일은 없을 것 같은걸요? 마마께서는 엔간해서는 질 리가 없으실 테니까요."

댄은 그렇게 말하면서 넉살 좋게 씨익 웃었다. 저러니 미워할 수가 없지. 에휴……. 다음으로 난 닐크와 아르케네스를 보았는데 둘 다 댄의 말에 동의한다는 듯 고개를 끄덕였다.

"후우……. 뭐 할 수 없지. 물론 난 절대 지지 않아. 댄의 말대로 말이야. 내게 투자하면 몇십… 아니, 몇백 배로 돌려받게 될 거야. 훗."

요즘 너무 자만심에 빠지는 것 같지만… 뭐… 이 정도 허세야 누구나 다 하는 거 아니겠어? 그리고 그런 게 꼭 나쁜 것만도 아니잖아? 이들은 내가 질 때까지는 충성스러운 부하가 되어줄 테니까 말이야. 그리고 난 절대로 질 리가 없으니 결론은 난 충성스러운 부하를 곁에 둔다는 거잖아. 훗.

"좋아. 그럼 난 마틴 왕자나 보러 갈까?"

"…좀 더 있다가 가시는 게 어떻겠습니까? 지금 굉장히 날카로울 텐데요."

"음……. 그럴까? 왠지 다 이겼다니 여유가 철철 넘치는 것 같아. 후훗."

나도 모르게 웃음이 새어 나왔다. 하긴 웃기기도 하지. 배신으로 시작된 내전이 배신으로 끝났으니……. 후세의 역사가들은 이번 사건을 뭐라고 적으려나?

"아참. 그… 마틴 왕자는… 교수형이겠지?"

"아마도… 그럴 것입니다, 마마. 저희가 해줄 수 있는 건 최대한 고통없이 보내주는 것 정도죠."

댄의 말에 난 고개를 끄덕였다. 왠지 조금 피곤하네…….

"좀 쉴게. 나가서 일들 봐."

침대에 누운 난 그렇게 말한 뒤 이불을 뒤집어썼다. 그러자 사내들이 모두 천막 밖으로 나갔고 촛불이 일렁이는 안은 왠지 모르게 을씨년스러운 분위기를 자아내었다.

마틴 삼왕자라……. 처음 만난 날 그 작은 얼굴을 붉히면서 내게 청혼했었지? 아마……. 거기다 내가 타의에 의해서 왕성을 나갈 때도 전 국왕 폐하께 달려가서 소리쳤었다고 하고……. 하긴 그것도 다 예전에 나 그런 거고… 지금 날 보면 찢어 죽이려 들걸? 후후후……. 난 미움 받는 것밖에 할 줄 아는 게 없는 걸까? 왜 난 내게 잘해주는 이들에게 상처를 주는 거지? 하긴… 난 사랑하는 법을 모르는걸. 훗. 누구보다 강한 힘을 쟁취하기 위해서는 사랑 같은 나약한 감정 따윈 버리는 게 정답일지도…….

"…자?"

"으응?"

누군가 내게 말을 걸었다. 슬며시 이불을 젖히고 고개를 내밀어보니 카렌이 날 물끄러미 바라보고 있다.

"왜?"

"마셔."

카렌은 어디서 났는지 적포도주 한 병을 들고 있다가 내게 건넸다. 난 무표정한 카렌의 얼굴과 그 애가 내민 포도주 병을 보고 있다가 슬며시 손을 내밀어서 그것을 받아 들었다. 이젠 술 마시는 것도 익숙해진 느낌이야. 후훗. 남자들이 술을 좋아하는 이유가 뭔지 이젠 알겠어. 그래… 정말 오늘만 모든 걸 다 잊어버리고 술이나 마시자.

"기특한 것. 큭큭. 같이 마실래?"

"…홍. 일하는 중엔 안 마셔."

카렌은 여전히 건방진 얼굴로 날 외면하고는 이번엔 침대 밑으로 기어들어 갔다. 그래… 카렌 녀석의 호의를 받아들여서… 마시자. 마시고 죽자! 오늘 한번 죽어보자고!

Hazard

인생은 언제나 위태로운 줄 타기라고 할 수 있지. 떨어지면 더 볼 것 없이 즉사해 버리는 그런 외줄에 매달린 채 인간들은 앞으로 전진하는 거야. 그러다 떨어지면 그 인간의 인생은 거기서 끝나는 것이고. 다 그렇게 사는 거지. 그래, 내가 황후 마마와 체스를 둘 때 아슬아슬하게 져주는 것과 같은 거지. 응? 체스 정도 가지고 뭘 그러냐고? 훗. 그럼 네가 한번 해봐. 단 한 번이라도 이기기라도 했다간 황후 마마의 내일 아침 식사 메뉴에 너의 허벅지 살이 올라가 있을 테니까. 어이어이, 그런 건 적지 말라고. 비유야, 비유. 하지만… 솔직히 황후 마마의 눈 밖에 나느니 차라리 목에 단검을 찔러 넣는 게 낫지. 암. 이 나이에 그분의 악의가 넘치는 장난을 받았다간 팔다리가 부러져도 열댓 번은 부러질 테니까! 아참! 물론 내가 한 말들은 당연히 비밀이겠지?

—제2대 황실 서기관이자 궁중 역사학자인
후렌 경이 집필한 '황실 비사' 중.
—끝까지 자신을 밝히기를 꺼린 의문의 사나이와의 대담 중.
—주:누군지는 짐작이 가지만… 나와 그 사람의 남은 여생을 위해서
그의 정체를 밝히는 건 자제하기로 했다.
그건 그렇고… 아무래도 황후 마마께서 무언가 눈치 채신 게 분명하다.
도주냐 탈주냐를 선택할 때가 온 것 같다.

―대륙력 995년 늦가을. 크레센트 제국 수도 크론발.

웃기지도 않게……. 내가 잠들어 있던 사이에 모든 사태가 끝나 버렸다. 내 이름을 들먹이며 아넬 공국을 지나 크레센트로 들어오려 했던 로세니아 군도, 국경에서 무력 시위를 하던 케센 군도 내전이 이렇게 허무하게 끝나 버릴 줄은 몰랐을 것이다. 댄의 말에 의하면 로세니아 군 1개 전대, 2,000여 명이 아넬 공국의 영토 안까지 들어왔다고 하던데… 그놈들은 날 보호하기 위해서 왔다고 했으니 이제 어쩔려나?

"마마, 차를 내왔습니다."

"아음……. 그래, 이리로 가져와."

난 침대에 누운 채 에린에게 말했다. 에린은 그런 내 말을 충실히 따라서 침대 옆의 작은 서랍장 위에 찻잔과 티스푼을 올려놓았다. 난 조심스럽게 몸을 일으킨 뒤 찻잔을 들며 에린에게 물었다.

"밖의 상황은 어때?"

"오전에 위문객이 세 명인가 왔지만 마마의 말씀대로 다 돌려보냈어요. 그리고 워렌님께서 잠깐 오셨다 마마께서 주무시고 계신다니까 그냥 별말없이 가셨어요."

"그래? 폐하는?"

"저……."

"휴우……. 아직도인가. 알았어. 나가봐. 난 계속 아픈 거니까 지금처럼 하고."

"네에, 마마."

내 말에 에린은 순순히 고개를 끄덕이면서 방을 나갔다. 대외적으로 난 적의 공격에 휘말린 덕분에 매우 슬프게도 중상을 입고 요양 중인 걸로 되어 있다. 하아. 죽을 고생해서, 아니, 진짜 죽을 뻔해가면서 무용을 쌓았는데 말 한마디에 완전 헛고생이 되어버렸다. 열받아. 하긴 뭐… 나라도 전장에서 여자가 쌈박질하고 다니면 말리겠지만……. 그래도 이건 너무하잖아?! 누구 때문에 전투에서 이겼는데! 내 공은커녕 도망도 제대로 못 쳐서 부상이나 입은 얼뜨기 촌놈이 되어버렸다고! 우씨! 거기다 내가 다쳤다고 하면 혹시라도 로이드가 와줄까 했는데 왕성이 들어온 지 만 24시간이 다 되어가는 지금까지 본인은커녕 사람 보내서 괜찮냐는 말조차 없다. 하아아……. 크게 다친 걸로 되어 있으니 방 밖에도 못 나가고 진짜 죽을 맛이로구나. 꾀병도 아무나 피우는 게 아닌가 봐. 정말……. 꼬르륵…….

"배고파……."

벌써 식사 때인가……. 아우우우……. 멀건 죽 같은 수프 말고 고기가 먹고 싶어! 상큼한 샐러드에! 흰 빵에!! 훈제 햄! 오독오독 뼈가 들어간 소시지! 아우우우! 수프 따윈 질렸다고!!

한밤중에 눈을 떴다. 눈물 나도록 슬픈 일도… 술을 퍼마시고 잊고 싶을 정도로 아픈 기억이 떠오른 것도 아닌데 갑자기 눈이 떠진 것이다. 난 작게 한숨을 내쉰 뒤 슬그머니 상체를 일으켜 침대에 앉아 중얼거렸다.

"…배고파."

꼬르르륵…….

저녁에 멀건 수프를 세 그릇이나 퍼먹었는데……. 새벽도 되기 전에 전부 소화됐나 봐. 확실히 요즘 뛰어다니는 거에 비해서 못 먹긴 했지……. 흐윽……. 이러다가 간신히 단련한 근육들이 모두 다 지방이 되어버리고 말 거야. 꼬륵……. 안 되겠다.

"카렌, 에린, 누구 없어?"

잠잠……. 에린이면 몰라도 카렌이라면…….

"카렌? 꼬맹아? 사내 녀석처럼 촐랑거리는 녀석아?"

…흠. 잠시 기다려 봐도 대답이 없다. 정말 없는 건가?

"엉덩이 빨간 카렌아? 맨날 심술만 부리고 툴툴거리는 바보 카렌아?"

역시 없군. 이 녀석은 어디 간 거지? 꼭 필요할 때는 없다니까. 쳇. 결국 일어나야 한다는 건가. 귀찮은데……. 할 수 없지. 난 침대에서 일어난 뒤 잠옷 위에 얇은 실내용 드레스를 껴입고 어깨에 스톨―목이나 어깨에 걸치는 장식용, 혹은 방한용 천 넓은 의미로 스카프에 들어간다―을 걸친 뒤 방을 나섰다. 복도에 걸린 두 개의 랜턴 불빛이 어두운 복도를 비추고 있었지만 인기척은 들려오지 않았다. 다들 자는 건가? 흠……. 할 수 없지, 1층에 내려가서 뭐 먹을 거라도 좀 찾아봐야겠다.

　계단을 타고 아래층으로 내려가는 동안 궁 안은 조용했다. 가끔 창밖으로 경비병으로 보이는 이들이 지나가는 게 흘깃 보이기도 했지만 내 방이 있는 2층이나 1층에는 아무도 없었다. 덕분에 난… 식당을 찾기 위해 헤매야 했다. 언제 내가 1층에서 돌아다녀 봤어야 알지. 쳇. 아마…… 대식당 근처에 주방이 있겠지? 흐음……. 여기 본궁에 와서 식사를 해봤어야야 알지. 그렇다고 뭐 하는 덴지 다 표지판이 붙어 있는 것도 아니고……. 뭔 놈의 문들이 이렇게 많담? 쳇. 가서 아무나 깨워 가지고 다시 올까? 에이… 귀찮은 것도 귀찮은 거지만 한밤중에 배고픔을 못 참아서 먹을 거 달라는 것도 체면 구기는 일이잖아. 우우……. 응? 발소리? 누구지? 우선 숨고 보자!
　저벅저벅.
　바닥을 울리는 발소리가 굉장히 크게 들려왔다. 난 복도가 꺾여지는 곳까지 소리 죽여서 걸어간 뒤 몸을 숨겼다. 그리고는 고개를 살짝 내밀어서 발소리가 들려오는 복도를 빼꼼이 내다보았다. 이거 내 집 안인데 왜 이 짓을 하고 있는지 모르겠네. 체에. 슬쩍 바라보니 갑옷을 입은 두 명의 병사가 서로 잡담을 나누면서 복도를 걷고 있는 게 보였다. 그들은 내 눈앞에 잠깐 나타났다가 다른 복도 쪽으로 사라졌는데 왠지 그들을 보고 있자니…… 먹을 게 떠오른다! 이건 여자의 직감이야! 저 녀석들을 따라가면 먹을 게 나온다! 분명해! 라고 혼자 확신한 난 그들이 지나간 복도 쪽으로 조심스럽게 걸어갔다.

빠른 걸음으로 걸어가는 두 병사를 쫓아가는 건 생각보다 어려웠다. 나는 발소리 내서 달리지 못하는데 저 녀석들은 아무 거침 없이 복도를 걸어가니까 말이다. 그나마 두 병사가 대화에 집중하고 있어서 주변을 돌아보거나 하는 등 경계하는 빛이 없어서 다행이었다. 만약 뒤돌아보거나 했으면 꼼짝없이 걸렸을 텐데……. 응? 멈췄네?

난 잽싸게 툭 튀어나온 기둥 뒤에 숨은 뒤 그들을 주시했다. 두 병사 중 하나가 뭐라고 떠들면서 열쇠를 꺼냈고 다른 병사가 그것을 받아서 둘이 서 있는 복도의 문 중 하나를 열쇠로 열고 안으로 들어갔다. 그리고 잠시 뒤에 복도에 서 있던 병사도 안으로 들어갔고 무언가 부스럭거리는 소리와 퉁탕 하는 소리가 들려왔다. 저 병사들을 따라서 안으로 들어가 볼까도 생각해 봤지만 왠지 저들이 일찍 나올 것 같아서 밖에서 기다렸다. 몇 분 뒤에 두 병사는 어깨에 무거워 보이는 자루를 들고 밖으로 나왔고 한 병사가 열쇠를 돌려서 문을 잠근 뒤 끙끙거리면서 자루를 들고 반대쪽 복도로 뚜벅뚜벅 걸어갔다.

좋아……. 분명히 무기고나 그런 건 아니렷다. 난 병사들이 코너를 돌아서 완전히 시야에서 사라진 뒤에 조심스럽게 그 문 앞으로 다가갔다. 훗. 이러고 다니니 내가 마치 카렌이라도 된 것 같잖아. 쿡쿡.

문은…… 나무 문이었는데 툭툭 쳐보니 서너 겹의 판자를 이어 붙여서 만든 것 같다. 이거 생각보다 힘들겠는걸? 흠……. 어쩐다? 그냥 부숴 버려? 아니야. 그랬다간 밖에 있는 병사들까지 소리를 듣고 달려올 게 분명해. 그렇다고 잠긴 자물쇠를 열 만한 기술이 있는 것도 아니고……. 후에……. 배는 이제 고프다 못해 쓰려오는데에……. 에이! 확 부숴 버리자!

"후우······."

난 그렇게 마음먹고 주먹을 치켜들었다. 빗장 윗부분을 손으로 부숴 버리고 열면 될 거야. 하나··· 둘······. 아앗! 잠깐!!

투웅······.

힘껏 뻗었다가 부딪치기 직전에서야 간신히 힘 조절을 한 나는 나무 문짝을 살짝 쳤다. 그래도 문이 부르르 떨릴 정도이긴 했지만 큰 소리가 나지는 않았다.

"난 바본가. 그냥 경첩을 부수면 될걸. 쳇."

그대로다. 주먹을 날릴 때 간신히 문의 왼쪽에 위아래로 달려 있는 경첩을 본 거다. 하여간 난 한 발로 벽을 짚은 뒤 위쪽 경첩을 두 손으로 잡았다. 그리고 힘을 주자 투두둑··· 하는 돌 부서지는 소리가 나더니 경첩이 쑥 하고 뽑혀 나왔다. 덕분에 문짝이 덜컹거리며 내 쪽으로 조금 기울어졌지만 다행히 쓰러지거나 하지는 않았다. 이에 난 아래쪽 경첩마저 뽑아버렸고 지지해 주는 경첩이 사라진 문짝은 끼이익··· 하는 소리를 내면서 반쯤 내 쪽으로 기울어졌다. 문의 양 가장자리를 잡고 잡아당기자 투둑 하는 소리와 함께 문짝이 내 손에 들려졌다. 이에 난 행복감에 젖어서 문짝을 들고 안으로 뛰어들어 갔다.

"우와와! 와아! 홉!"

나도 모르게 소리 질렀다. 설마··· 들은 사람 없겠지? 난 문짝을 벽에 기대어놓은 뒤 눈앞에 주렁주렁 달려 있는 소시지와 바닥에 수북이 쌓여 있는 보리빵, 그리고 짚단에 쌓여 있는 훈제 햄들을 보고 행복한 미소를 지었다. 아아······. 먹을 게 눈앞에 산처럼 쌓여 있다! 너무너무 행복해! 지금껏 살아오면서 단 한 번도 느껴보지 못한 감정이야! 이런 느낌… 정말 처음이야!! 꺄아아!

우걱우걱……. 손에 잡히는 대로 입에 집어넣었다. 그리고 목이 메이면 주먹 한 방에 뚜껑을 반쯤 내버린 맥주통 안에 고개를 집어넣고 맥주를 벌컥벌컥 마셨다. 덕분에 머리카락에 끈적끈적한 맥주가 묻었지만 지금 그런 게 중요하겠어? 우헤헤……. 교양? 예절? 그 딴 소리를 하는 자식은 이틀 동안 쫄쫄 굶기고 다시 이틀 동안 건더기 하나 없는 수프만 퍼마시게 해야 돼! 암!

"우물우물……."

정말 정신없이 먹어댔다. 손을 들면 천장에 묶인 소시지가 줄줄이 딸려왔고 바닥에 널린 포대기를 찢으면 양상추, 당근, 감자가 주르륵 흘러나왔다. 거기다 좀 딱딱하긴 했지만 그런대로 먹을 만한 보리빵도 한 자루나 찾아냈고 둥글넓적한 무쇠솥에서는 주방장이 쓰는 시큼한 맛의 소스가 한가득 있었다. 찢어 먹고 벗겨 먹고 뜯어 먹었다. 우걱우걱……. 그리고 출렁이는 맥주통에 얼굴을 집어넣고 되는대로 마셔댔다. 크아아아……. 살 것 같다. 너무너무 행복해.

"끅……."

몰라……. 트림까지 나온다. 우후후…….

"후헤헤헤……."

왠지 모르게 자꾸 웃음이 나오네……. 너무 행복해서 그런가 봐. 후후. 그런데… 조금 졸리다아……. 쿠울…….

잘 자고 있는데 누군가 내 어깨를 툭툭 쳤다. 난 귀찮아서 내 어깨를 치는 걸 옆으로 밀어버리고 돌아누웠는데 그 물건이 집요하게 내 어깨를 툭툭 쳐댔다. 아… 짜증나게… 뭐야?

"뭐야?!"

으응? 눈을 뜨고 고개를 들어봤다. 웬 산도적처럼 험상궂은 표정을 지은 병사들이 눈에 들어왔다. 체인 메일—검은 가죽으로 된 흉갑을 체인 메일 위에 입은……—을 입고 있는 두 명의 병사가 날 내려다보고 있었다. 그들은 내가 빽 하고 소리를 지르자 깜짝 놀랐는지 몇 발짝 뒤로 물러섰는데 그중 한 명의 손에 검집이 씌워진 롱 소드가 들려 있었다.

"에… 에엥?"

"에엥? 누구냐? 넌!"

"도둑이냐?"

얼레? 이 녀석들 내 얼굴을 모르나? 하긴 본궁에 온 지 얼마 안 됐으니 모를 수도 있지.

"나는……."

"나는?"

…대답하려다가 입이 막혀 버렸다. 내 눈앞에 흩어져 있는 음식 찌꺼기들, 반쪽난 술통 뚜껑……. 머리에서 피가 쏴 하고 빠져나가는 느낌이다. 우앙……. 난 몰라아……. 어쩌지? 어쩌지?

"이 녀석……. 요즘 별궁에서 본궁으로 옮겨온 무기 도둑 아닐까?"

"아니야. 내가 다른 동료한테 들었는데 그 도둑은 보이지도 않는다고 하던걸? 두 눈 부릅뜨고 있어도 단검 같은 걸 도둑맞는다는데 이런 멍청하게 생긴 여자애가 그 도둑일 리가 없잖아."

"하긴……. 음식 창고를 터는 것도 웃기지만 거기서 술 먹고 뻗어 있는 것도 웃기긴 하다. 그런 이 녀석은 뭐야?"

"침입자지 뭐."

한 병사가 그렇게 단정했다. 그러자 다른 병사도 이에 동의하는지 고개를 끄덕이더니 갑자기 검집에서 롱 소드를 빼 들었다. 그리고 그 검날을 내게 겨눈 뒤 말을 했다.

"일어나. 어떻게 여기까지 들어왔는지는 모르겠지만 취조해 보면 다 나올 테지."

"허튼짓하면 베어버린다. 두 손 머리 위로 올리고 천천히 일어나."

어쩌지? 확 받아버려? 아니야… 괜히 사고 칠 필요 없을 것 같다. 이들도 내가 누군지만 알게 되면… 알게 되면… 으으윽!! 한 나라의 왕비가 한밤중에 음식 훔쳐 먹다 잡혔다? 안 돼! 절대 안 돼! 죽어도 안 돼! 차라리 죽는 게 낫지!!

"저… 저기……."

"닥쳐! 경고했다. 입도 뻥긋하지 마!"

우앙……. 말도 못하게 한다. 이제 어쩌지? 할 수 없이 난 두 손을 머리 위로 올리고―머리카락에 맥주가 묻어서 퀴퀴한 냄새랑 끈적거리는 느낌이 났다. 무지하게 불쾌하다―시키는 대로 천천히 일어섰다. 그 병사 중 하나가 검끝으로 날 가리키더니 문밖을 가리켰다. 나가라는 건가? 할 수 없지. 우선 순순히 따라야 할 것 같다.

난 그 병사가 시키는 대로 문밖으로 나왔다. 그러자 병사들이 나를 따라서 나오면서 경첩이 떨어져 나간 문가의 븓을 힐끗 보고는 나를 빤히 바라본다. 하긴 힘을 쥐어뜯은 거니 이상하긴 할 거야. 하아……. 그냥 확 패버리고 내 방으로 도망쳐 버릴까? 자는 척하고 있으면 다 잘 될 것 같은… 쳇.

"똑바로 걸어. 뒤돌아보지 말고."

그 병사 중 하나가 검끝으로 내 등을 슬쩍 찌르면서 말한다. 아아…

이래서야 도망도 못 가잖아. 에이……. 쯧. 어쩐다? 이대로 순순히 끌려가서 정체가 밝혀지면 정말 얼굴 못 들고 다닐 텐데……. 아우…….

"푸휴……."

"수작 부리지 말고 똑바로 걷지 못해? 맞고 갈래?"

"아… 아니… 에요."

우아앙……. 진짜 울고 싶다.

그들은 날 왕궁 1층에 있는 커다란 홀까지 데려갔다. 아마 그 근처에 경비병들 막사가 있든지 하는 것 같다. 평소에 관심이 없었으니… 뭐 알 수가 있어야지. 시키는 대로 걷다 보니 눈앞에 2층으로 통하는 계단이 보였다. 안 돼… 그대로 끌려갔다간 정말로 끝장이야!!

"호… 밝은 데서 보니 뒷모습이 끝내주는걸? 어이… 어때?"

"쓸데없는 소리 하지 마라. 응? 뒈지고 싶냐?"

"에이… 뭐 어때? 어차피 아는 건 우리 둘뿐이잖아."

뭐… 뭐시라? 저 자식이 감히 누구 몸을 보고… 콱 죽여 버릴까! 라고 말할 처지가 아니군. 우… 속에서 뜨거운 무언가가 부글부글 끓어오른다. 두 병사는 아예 날 세워놓고 자기들끼리 떠들기 시작했다.

"어차피 왕성에 침입했으니 죽을 텐데… 응?"

"안 돼. 괜히 쓸데없는 짓 벌일 생각 마라."

"참나. 꽉 막히긴……. 쟤 봐라, 척 보기에도 네 녀석 마누라보다 백배는 나아 보이지 않냐? 응?"

"미친놈. 왕성 안에서 네놈의 냄새나는 물건을 꺼낼 작정이냐? 내일 아침이 되면 네 녀석 모가지랑 네 녀석 가족들 목이 성벽에 걸릴 걸?"

"에이, 설마……."

"넌 소문도 못 들었냐? 전장의 마녀가 우리들 머리 위에서 자고 있다고. 괜히 걸렸다간 진짜 농담 아니고 사지가 잘려 죽을걸?"

"아…… 그 피로 목욕한다는 무시무시한 왕비?"

"그래. 거기다 그뿐인 줄 알아? 소문으로 듣기론 맨손으로 사람 목을 잡아뜯는다고 하더라."

"아아! 나도 들었어. 기사들 갑옷을 무슨 종잇장처럼 찢고 팔뚝만한 쇠봉을 휘둘러서 사람을 피곤죽으로 만든다며?"

"내 동료가 전장에서 그 마녀가 날뛰는 모습을 봤는데 지금 반쯤 돌았지. 아마… 무슨 피에 미친 악마 같다고 하더라. 그러니까……."

"에이… 그래도 설마 자기도 사람인데 지금쯤 자고 있을 거 아니야? 거기다 중상을 입었다며?"

"아니야. 그거 다쳤다는거 다 거짓말이래. 사실은……."

무언가… 내 이미지가… 어허허……. 말도 안 나온다. 난 귀를 열어서 그 병사의 말을 기다렸다.

"사실은?"

"사실은… 전장에서 가져온 적병의 심장을 먹느라고 방 안에 처박혀 있는 거래. 끔찍하지 않냐? 맨손으로 뱃속에 든 심장을 뽑아내서 피가 뚝뚝 떨어지는 걸 그대로 꿀꺽 삼킨다더라."

"크으… 그게 인간이야? 악마도 그 정도는 아니겠다."

그 말엔 나도 동감……. 그런데 왜 내가 저런 소문의 대상이 된 거지? 나같이 연약하고 가냘픈 소녀가 어디 있다고……. 로이드가 저런 소문 때문에 안 오는 게 아닐까? 자기 심장이 빼 먹힐까 봐……. 에이, 설마… 난 작게 고개를 저었다. 로이드는 저런 소문을 안 믿을 거야.

분명해! 난 그를 믿어! 그렇게 생각하고 있을 때 내 뒤에 서 있던 병사 중 하나가 말을 계속했다.

"그러니까… 네놈 심장 빼 먹히고 싶지 않으면 그냥 일이나 잘하라고. 응? 알겠냐?"

"쳇. 별…… 하긴 뭐… 나도 왕성 안에서 그 짓 하는 건 좀 찔리긴 하다만……. 할 수 없지. 에이… 빨리 근무 마치고 시내나 나가봐야겠네."

"흥. 또 창굴에 가려고? 그러니까 네 녀석이 그 나이가 되도록 장가를 못 가는 거다. 멍청한 녀석."

"시끄러! 자, 빨리 걸어! 이 계집애야. 에이… 퉤! 예쁘장하게 생겨서 입맛만 버렸잖아. 빨리 안 걸어? 맞아볼래? 앙?"

예쁜 것도 죄냐? 아우우우!! 오늘 아넬리안 자존심 완전히 박살나는 날이로구나! 어머니… 흐윽… 눈물 난다.

난 다시 그들의 명령에 천천히 걸어갔다. 하지만 내 옆에 2층으로 통하는 긴 계단이 나타나자 나도 모르게 발걸음이 멈춰졌다.

"뭐야?"

두 병사 중 하나가 내 등을 살짝 찌르면서 소리를 질렀다. 하지만 이번엔 나도 양보할 수 없다고! 난 슬그머니 머리 위에서 손을 내린 뒤 손등으로 눈가를 세게 문질렀다. 눈앞이 뿌예질 때쯤 난 작게 울먹이면서—너무 세게 문질러서 아팠지만 덕분에 눈물이 주르륵 흘러내렸다—몸을 돌렸고 밝은 불빛 밑에서 날 본 두 병사는 '헉' 하고 신음 소리를 내면서 자기들도 모르게 뒤로 한 발짝씩 물러섰다.

"제… 제길. 더럽게 예쁘잖아."

"으응……."

"저기요……."

"뭐… 뭐냐?"

"제발… 흐윽……."

두 병사의 얼굴에 당혹감이라는 게 피어오른다. 이에 난 손으로 눈가를 가리면서 작게 흐느꼈다.

"뭐… 뭐야? 울지 말고 말을 해."

"제발… 저를… 에레니아 시녀장… 님에게 데려다 주세요. 흑……. 그분은 절 알아보실 거예요. 제발……."

"너… 너 여기 시녀였나?"

두 병사 중 한쪽이 나를 손가락으로 가리키면서 물었다. 이에 난 고개를 세차게 위아래로 끄덕이면서 대답했다.

"네! 저 2층에 살거든요. 여기 온 지 얼마 안 되어서… 흑. 잘못했어요. 너무 배가 고파서……."

"그… 그래……."

눈가를 손으로 가린 채 훌쩍이면서 살짝 바라보니 두 병사가 '어쩌지', '진짤까?' 라고 자기들끼리 소곤거리면서 날 미심쩍은 눈으로 쳐다본다. 휴우… 믿어줄려나?

"그… 그럼 같이 가자… 요오."

"야야……. 그래도 우선 대장에게 보고해야……."

"시끄럿. 저 계집… 아니, 시녀님… 아니, 아니. 시녀로 보이는…… 분이 우리 이야길 들었잖아."

굉장히 혼란스러운 듯한 표정이다. 훗. 좋아. 이제 거의 다 넘어갔어! 조금만 더…….

"전 아무것도 못 들었어요! 진짜예요!"

"저… 진짜 시녀인가… 요?"

"네! 못 믿겠으면 확인해 보세요. 시녀장님이면 절 알아보실 거예요."

"끄응……."

"어쩌지?"

둘은 내게서 조금 멀찍이 떨어지더니 서로 소곤거리면서 나를 힐끔거렸다. 그리고는 잠시 뒤에 한 병사가 흠흠 하고 헛기침을 한 뒤에 내 앞으로 나선 뒤 말했다.

"그렇다면… 같이 가… 봅시다. 시녀장님이 확인해 줄 테니……."

그는 어색하게 경어와 평어를 섞어 쓰면서 그렇게 말했고 그 말에 난 울어서 발개진 눈을 한 채 생글거리면서 웃었다.

"정말 고마워요! 아아… 살았다!"

"흠흠. 어서 갑시다. 하지만 아직 확인된 게 아니니 허튼짓하면 진짜 벨 거… 요."

그 병사는 주저주저하면서도 그렇게 내게 겁을 주었지만 홋… 시녀장이 날 못 알아볼 리가 없잖아! 다행이다. 난 나도 모르게 작은 소리로 콧노래까지 불러가면서 계단을 올라갔다. 뒤에서 병사들이 '뛰지 마!' 라고 말하는 것 같았지만 무시무시!

몇 분 뒤 우리는 시녀장이 기거하는―다행히 시녀장이 있는 방은 내 방에서 겨우 몇 발짝 떨어져 있는 곳이다. 에린의 바로 옆방이기에 이건 기억하고 있다―방문 앞에 섰다. 그리고 내가 문에 노크를 하려고 할 때 갑자기 병사 중 한 명이 '잠깐!' 하고 말하더니 헛기침을 하면서 내게 말했다.

"아가씨… 가 진짜 시녀면… 오늘 일은……."

"네에! 아까도 말했잖아요. 전 아무것도 못 들었다니까요."

"흠흠. 뭐… 그럼 다행이고……."
똑똑.
문에 노크했다. 조용……. 으윽… 이번엔 또 뭐야! 일어나라! 일어나라! 어서 일어나!!
똑똑!
"시녀장님! 저예요! 문 좀 열어주세요!"
"조… 조용히 해! 여긴 왕비 마마께서 기거하시는 곳이라고!"
"그런 것쯤은 저도 안다고요. 누굴 바보로 아나……."
"뭐… 뭣?"
난 당황하는 병사들을 무시하고는 쾅쾅거리며 문을 쳤다. 이에 병사들이 놀란 얼굴로 복도를 두리번거렸지만 난 그러거나 말거나 계속 문을 두들겼다. 그러자 잠시 뒤에 방문이 끼익… 하고 반쯤 열리면서 잠옷을 입고 있는 에레니아 시녀장의 얼굴이 나타났다.
"무슨 일… 허업… 마……."
"와아아앙… 시녀장님!! 무서웠어요. 흐윽……."
난 시녀장이 '마마' 라는 말을 하기 전에 반쯤 열린 문을 활짝 열어젖힌 뒤 그녀의 몸에 안겨들었다. 덕분에 시녀장이 엉덩방아를 찧으며 바닥에 주저앉았지만 그러거나 말거나 난 그녀의 가슴에 얼굴을 파묻고는 엉엉거리며 진짜 서럽게 울어댔다.
"무… 무슨 일이니? 네… 넬리?"
"히이잉… 죄송해요. 잘못했어요."
"저어… 시녀장님, 밤늦게 죄송합니다만……."
문밖에 서 있던 병사 중 하나가 날 안고 머리를 쓰다듬어 주는 시녀장에게 말을 건넸다. 하지만 난 정말로 이젠 살았다는 생각이 머리 속에 돌아다니고 있어서 깊게 안도했고 그 덕분에 진짜 울고 말았다. 왠지 설움이 복받쳐 왔거든.

시녀장은 울고 있는 날 위로하면서 가만히 떼어내고 밖으로 나가서 문을 닫은 뒤 병사들과 이야기를 나눴다. 그리고 얼마 뒤에 다시 돌아왔는데 얼굴이 장난이 아니었다. 눈꼬리는 하늘을 찌를 듯 솟아 있었고 미간에는 주름이 져 있었다. 거기다… 입술을 꽉 닫고 있는 모습은… 마치 내가 잘못했을 때 매를 들던 예절 선생이 생각나게 했다.

"저… 저기."

"하아……. 전 믿을 수가 없습니다, 마마. 어떻게… 다 큰 숙녀 분이… 한밤중에 음식 창고를 털 생각을 하셨습니까? 네? 아랫것들 보기에 민망하지도 않으세요?"

"미… 미안해."

"정말이지… 망신도 이런 망신이 없을 겁니다. 이 일이 밖으로 새 나간다면 마마나 저희들이나 얼굴을 들고 다닐 수 없을 거예요. 어떻게……."

"하지만… 배고팠단 말이야. 맨날 수프만 먹고 있으니까 먹어도 먹어도 허하다고."

"…후우. 하여간 뒷처리는 제가 할 테니 우선 주무세요, 마마. 밤이 늦었습니다."

"으응……."

에휴……. 잘난 아넬리안 오늘 완전히 망가지는 날이구나. 난 시녀장의 명령에 순순히 따르면서 내 방으로 돌아갔다. 거기까지 잔소리를 늘어놓으면서 좇아온 시녀장은 침대에 누우려는 나를 억지로 일으켜 세우고는 욕실로 내몰았다.
"우선 머리부터 감고 계세요, 마마. 아이들 시켜서 바로 뜨거운 물을 보낼 테니까요. 도대체 꼴이 그게 뭡니까? 한번 거울로 보세요! 국모이신 마마께서……."
"아… 알았어. 할게. 하면 되잖아."
난 에레니아 시녀장의 잔소리에서 벗어나기 위해 곧바로 물통에서 물을 퍼담은 뒤 손을 넣었다. 우아아아아… 손가락이 얼어붙는 것 같아아……. 이런 얼음물로 씻으라는 거야?
"……."
"어서 씻으세요! 뭐 하시는 건가요? 네?"
"아… 알았다고."
우우……. 죽겠다. 산 넘어 산맥이로구나……. 역시 하늘은 날 버린 거야. 흑…….

그 소동을 벌인 난 한밤중에 에레니아 시녀장의 잔소리를 들으며 쫓겨 들어온 시녀들의 시중을 받으면서 두 번이나 목욕을 했고 그 다음에 진한 장미 향수를 몇 번이나 뿌린 뒤에야 침대에 들 수 있었다. 우… 피곤해……. 내 다시는… 이런 짓 하나 봐라! 죽어도 안 해!!

자고 일어났더니 속이 더부룩하다. 거기다 요 며칠 동안 운동을 안 했더니 몸도 찌뿌둥하고……. 한마디로 컨디션이 말이 아니다. 하지만 그런 내 몸 상태보다 더 날 짜증나게 만드는 건 내가 이 모양이 되어 있는데도 불구하고 와볼 생각조차 안 하는 한 사람 때문이었다.
"바보 같은 로이드… 치잇."

아아… 일어나기 싫어. 어차피 어제 그런 짓을 해댔으니 당분간 방 안에 처박혀 있어야겠지만… 왠지 오늘만큼은 하루 종일 침대 위에서 뒹굴면서 빈둥대고 싶다. 물론 할 일이야 많겠지만… 아무것도 하고 싶지 않아.

그런 생각을 하면서 내가 침대 위에 엎드린 채 한숨을 내쉬고 있을 때 내 눈에 카렌이 내 쪽으로 다가오는 게 보였다.

"카렌? 웬일이냐? 니가 내 앞에 다 나타나고?"

"……."

카렌 녀석, 내가 빈정거리는데도 별다른 반응이 없는걸? 그보다는 내 앞에 서서 우물쭈물거리는 폼이 왠지 낯설다. 저 녀석이 저러는 건 한 번도 본 적이 없는데 말이야. 으음? 뭐지?

"왜 그래? 어디 아파?"

"……."

설레설레. 고개를 젓는다. 그런 건 아닌 것 같고… 그럼 뭐지? 저 녀석이 저렇게 고민할 만한 일이… 있을 리가 없잖아. 단순하기 그지없는 꼬맹이 녀석이니까.

"도대체 왜 그러는 건데? 말해 봐."

"…역시 관둘래."

저 녀석! 궁금하잖아! 가지 말란 말이야!! 가더라도 이 궁금증은 풀어주고 가야지!

"거기서! 명령이야."

"……."

돌아서 방을 나가려던 카렌은 내 말에 멈춰 섰다. 그리고는 고민하는 듯한 표정으로 날 바라봤다. 마치 잔뜩 혼날 일을 만들어놓은 말썽

쟁이 꼬맹이가 앞으로 혼날 일을 미리 예상하면서 주눅 든 모습처럼 말이다. 난 손짓을 해서 우물쭈물하는 카렌을 불렀고 녀석은 주저하면서도 천천히 내게 다가왔다.

"이제 말해 봐."

"…왔다가 갔어. 그가……."

"누구? 댄? 아니야? 그럼? 닐크? 아르케네스? 아니야. 그 녀석들은 낮에 왔을 테고 다른 귀족들 역시 한밤중에 날 찾아올 리가 없지. 누가 왔다는 거야?"

"……."

답답해! 하아……. 저 녀석 입은 분명히 먹을 때만 쓰이는 걸 거야. 카렌은 언어 능력이 너무나도 부족해! 사교성도! 다인 관계도! 대인 관계… 라. 설마?

"그 사람이 왔던 거야? 응? 말해 봐! 카렌! 그 사람이지? 로이드… 로이드가 왔었던 거지? 응?"

"…으응."

"언제? 언제 여기 왔었던 거야? 왜 날 안 깨웠어? 응?"

"깨우지 말라고 해서……. 그리고……."

"그리고?"

"……."

아우우우우!! 미치겠네! 정말!

"카렌!!"

"…말하지 말랬어. 왔다 간 거. 아무 말도 하지 말라고 말했어."

"로… 로이드가 그랬어? 나 자는 거 보고 간 거야? 응?"

"아니. 문 앞에서만 서성이다가… 그냥 나갔어. 나갈 때 나 불러서… 그래서 같이 나갔다 왔어."

"그… 그래. 하아… 아직도 화가 안 풀린 건가? 하긴… 평생 미움받아도 할 말 없긴 하지만… 그런데 로이드가 넌 왜 부른 건데?"

"…물어봤어."

"뭘? 카렌아, 좀 자세히 말해 봐. 응?"

"내게 물어봤어. 정말로… 심장을 먹는 건지."

커허헉……. 설마 그 소문을 로이드가 믿었단 말이야? 말도 안 돼! 난 로이드가 남색가라고 소문난 거—물론 이건 내 입에서 나온 말 덕분이긴 했지만…—조금도 안 믿었는데! 너무해!!

"그리고… 많이 아픈 건지 물어봤어. 그래서… 아는 대로 대답해 줬어."

"어… 어디서?"

"밖에. 저쪽 밖."

카렌이 가리킨 곳은 내 방에 있는 커다란 테라스였다. 그 테라스 너머로는 넓은 후원이 나타났다. 카렌은 그곳을 가리키고 있었다. 아마도 로이드는 저 창가 너머에서 내 방 안을 올려다보며 카렌과 이야기를 한 것 같다. 왠지 그랬을 거라는 생각이 들었다.

"그래… 그리고는?"

"갔어. 나한테 자기 온 거는 비밀이라고 했어. 말하지 말라고 했지만… 명령이니까……."

"그래. 잘했다, 카렌."

로이드가……. 그래, 아직은… 버림받지 않은 것 같아. 아직은…….

정오가 조금 지난 오후에 갑자기 댄이 찾아왔다. 그동안 내전의 여파로 서류 더미에 파묻혀 있던 녀석이 그 바쁘신 와중에 나를 찾아온 것이다.

"왜 왔어?"

"…섭섭합니다, 마마. 전 왕비 마마께서 심심하실까 봐 일거리를 만들기 위해 분주하게 뛰어다니는데요."

"필요없어. 알아서 처리해. 재가가 필요한 건 로이드 폐하께 찾아가 보도록 하고."

"너무하십니다아. 저희들에게 일거리를 다 맡겨놓고 혼자서 편하게 노실 생각이십니까? 네?"

"응."

미안하지만 난 지금 아무것도 하기 싫단 말이야. 그리고 무엇보다 중요한 건 난 지금 환자라는 사실이잖아. 훗. 난 중상을 입은 아주아주 위험한 환자란 말씀!

"설마 이 나라는 불쌍한 환자를 마구 부려먹는 악독한 법이라도 있는 거야?"

"……"

댄 녀석, 인상을 쓰는군. 훗. 그런다고 누가 무서워 할 것 같냐? 하여간 난 오늘 푹 쉬면서―심심하다고 침대 위에서 데굴데굴 굴러다니는 것도 휴식의 일종이다. 아마도……―그간 쌓인 스트레스를 싸악 풀고 재충전의 기회로 삼을 거라고.

"쉿… 쉿쉿."

"…뭐 하십니까?"

"응? 귀찮게 왈왈대는 강아지 내쫓는 중이야."

난 그렇게 상큼하게 대답해 주면서 댄에게 손을 내저으면서 계속

'쉿쉿……' 하고 내쫓는 시늉을 했다. 그러자 댄이 얼굴이 시뻘게지더니 빽 하고 소리를 지른다.

"마마아!!"

"왜 소리는 지르고 난리야? 나 귀 안 먹었어."

"자꾸 이러시면… 어젯밤 일을 사방에 떠들고 다닐 겁니다아!"

뭐… 뭐라고? 서… 설마…….

"아… 알고 있었냐?"

"어제 마마께서 마주친 그 두 병사를 하룻밤 만에 진급시켜서 수도 밖으로 내보낸 게 도대체 어디의 누구라고 생각하는 겁니까? 네? 아니, 그런 건 관심도 없었겠죠? 정말이지… 도대체 요즘 왜 그러십니까? 뭘 해도 대충대충. 매일 멍하니 있질 않나……. 처음에 그 거침없이 밀어붙이던 마마는 어디로 간 겁니까? 예?"

"하지마안……."

'숨 쉬기도 귀찮다고' 라는 말은 속으로 삼켰다. 이런 말까지 했다간 저 녀석 진짜 폭발할 것 같은 모습이었으니까. 스마일, 스마일……. 그냥 웃자. 설마 웃는 얼굴에 욕설을 내뱉거나 하지는 않겠지?

"뭘 헤실거리는 겁니까? 누구 복장 터져 죽는 꼴 볼려고 하십니까? 네? 에휴우우우… 정말이지 빨리 자리를 마련하던지 해야겠군요."

"누구랑?"

"누구긴 누구겠습니까? 로이드 1세 국왕 폐하시죠. 마마께서 이러는게 다 폐하 때문 아닙니까? 틀린가요?"

"…싫어! 무섭단 말이야. 좀 더 있다가……."

"죽을지도 모르고 겁없이 날뛸 때는 언제고 이제는 겁쟁이 행세입니까? 예? 하여간 그건 좀 더 지켜볼 테니 어서 외출복으로 갈아입으십시오."

"…왜에?"

"하아아아……."

다 들려. 댄은 '신이시여, 그만 좀 시험하시죠? 네?'라고 작게 중얼거렸다. 내가 알기로 댄은 특별히 믿는 신이 없는 걸로 아는데……. 혼자서 꿍얼거리던 댄은 이내 날 노려보면서 말했다.

"마틴 삼왕자가 마마를 뵙고 싶다고 하더군요. 가보셔야겠죠?"

"…꼭 내가 가야 돼?"

"로이드 폐하께서 거절하셨으니……. 왕실 가족 중 남는 건 마마뿐이죠. 설마 이런 면담 요청까지 제가 해야 하는 건 아니겠죠? 전 끝발에서 딸린다고요."

흥! 그 말을 누가 믿을 줄 알아? 귀족원에서의 영향력이 어느 정도인지는 나도 안다고. 누굴 바보로 아나? 솔직히 댄 정도의 실력과 인맥이면 엔간한 후작보다 세가 강하다는 걸 알고 있는데 말이야. 하지만… 마틴이라… 역시 한 번은 마주쳐야 할 테니…… 가봐야겠다.

"알았어. 금방 준비할 테니까 나가 있어."

"30분… 아니, 20분 내로 끝내주십시오. 부탁드립니다."

"시끄럿! 아름답고 정숙한 귀부인의 몸치장에는 강연히 그만한 시간이 드는 법이라고. 어서 나가. 어서… 쉿쉿……."

댄은 내 손짓에 인상을 썼지만 별말없이 내 방을 나갔다. 자아… 뭘 입고 간다? 갑옷? 아니야, 여긴 왕궁 안이니까 이미지 관리상 안 돼. 무도회용 드레스는 상대를 놀리는 꼴일 테니 패스고……. 나들이용으로 할까? 그것도 왠지 좋지 않을 것 같다. 흐음……. 역시 평상복으로 할까? 그냥 수수한 실내 드레스로 하자. 지금 마틴 왕자는 그리 기분이 좋은 편이 아닐 테니 말이야.

 마틴 왕자는 이전에 나와 로이드가 쓰던 바로 그 별궁에 자알~ 모셔져 있다고 한다. 덕분에 오랜만에 보게 된 별궁은… 병사들로 가득했다. 여길 봐도 무장한 병사, 저길 봐도 훈련받는 병사……. 낙엽이 지기 시작한 정원에는 열댓 개는 되는 커다란 천막이 쳐져 있었고 그 천막들 사이로 1m는 될 법한 커다란 무쇠솥이 모닥불 위에 올려져 있었다. 그리고 그 주위로 옹기종기 모여 있는 병사들의 모습도 보였다. 꽤 쌀쌀할 텐데 고생들이 많군.
 "언제부터 여기가 군 주둔 시설이 된 거야?"
 "저 별궁 안에 마틴 왕자와 전 왕비, 그리고 반란군의 주요 귀족들이 모여 있으니 그에 걸맞는 대우를 해준 것뿐입니다."
 댄은 그에게 달려와 경례를 하는 장교에게 회답을 해두면서 내게 대답했다. 대충 보기에도 백 명은 훨씬 넘을 것 같고……. 별궁 주위를 둘이나 넷씩 짝 지어서 돌아다니는 병사들과 문 근처나 창문 주변에 있는 병사들까지 합치면 대충 이삼백 명은 되겠군. 겨우 열 몇 명을 지키기 위해서 이 정도 병사들을 움직이다니. 이것도 낭비라고. 그런 생각이 얼굴에 떠올라서였을까? 댄이 내게 설명을 해주었다.
 "이 정도로도 모자릅니다. 와해됐다고는 해도 삼왕자파는 오랫동안 기득권을 유지하기 위해 많은 암살자들과 스파이, 그리고 정규 병사들을 보유하고 있었으니까요. 여기도 안전하다고 할 수는 없습니다. 거기다 저쪽은 왕성의 사정을 아는 자도 많으니 만약의 일을 대비하는 것입니다, 마마."
 아아… 댄이 하는 말이니 그냥 그러려니 해야지 뭐. 이 녀석 일 하나는 제대로 해주니까. 그리고 아직은 믿을 만하기도 하고 말이야. 물론 그게 언제까지 갈지는 나도 모른다. 단지… 아직은 아니라는 걸 아는 정도일 뿐.

나와 댄이 별궁의 현관문으로 다가서자 문 앞을 지키고 있던 네 명의 병사가 강철 장화를 부딪쳐 '촤착' 하고 소리를 내면서 경례했다. 내 뒤에 서 있던 댄이 그들의 경례를 받자 문 앞을 막고 있던 두 병사가 각각 왼쪽과 오른쪽으로 한 발짝씩 움직이면서 길을 내주었고 창을 교차시켜 문 앞을 막고 있던 병사들은 창을 바로 세워서 우리가 들어갈 수 있게 해주었다. 흠… 훈련이 잘되어 있군. 누구네 병사일려나? 아마도… 프로센 후작일 듯한데……. 그 아저씨는 정말 주의해야겠어. 원래 별로 믿지도 않았지만 아마 지금쯤이면 또 뭔가 음모를 꾸미고 있을 게 분명해. 그 사람은 내게 충성을 맹세하고 부하로 들어온 댄과는 다르게 이 나라에 해가 되지 않고 자신에게 이득이 되는 일이라면 정말로 뭐든지 할 만한 사람이니까. 요주의 인물이야.

"이쪽입니다, 마마."

"으응? 아, 응."

혼자서 골똘히 생각하며 걷다 보니 지나쳤나 보다. 그런데… 지금 댄이 나를 안내하는 방은… 2층 맨 끝 방이다.

"저기… 내가 쓰던 방 아니야?"

"맞습니다."

"댄도… 악취미군. 정말…….""

"하하, 칭찬으로 듣죠."

"저 방에서 마틴 왕자가 목매달고 죽으면 분명히 영혼이 되어서 방 안을 떠돌걸? 저주의 말을 퍼부으면서 말이야."

원수가 썼었던 방에 집어넣다니 악취미도 이 정도면 수준급이다. 댄도… 보기보다 잔인한걸? 아니, 원래 그랬었던가?

문 앞에도 두 명의 기사—일반 병사가 아니다—가 지키고 있었지만 댄이 얼굴을 내밀자 아무 말도 없이 문 앞에서 비켜 섰다. 그리고 우리들은 기사가 열어주는 방문을 통해 안으로 들어갔다.

"드디어 오셨군. 기다리느라 목이 빠지는 줄 알았어."

"오랜만이군요, 마틴 전하."

그는 침대에 앉아 있었다. 전 국왕 폐하의 피를 물려받아서인지 어딘가 모르게 로이드와 닮은 그는 어린애—물론 성인식이 1년밖에 안 남은 소년이지만…—에겐 안 어울리는 쓴웃음을 입가에 건 채 손에 들고 있는 무슨 헝겊조각 같은 걸 만지작거렸다.

"그건 뭐죠?"

"아? 이거?"

그가 들어 올린 건 침대 시트를 찢어서 만든 길다란 천 무더기였다. 마틴 왕자는 그걸 목에 감고는 혀를 쭈욱 내밀면서 눈을 까뒤집은 뒤 다시 그것을 풀면서 말했다.

"그냥 자살이나 할려고 만들었지."

"그런 줄로 목을 매시면 체중을 못 이겨서 끊어지거나 풀어지고 말 겁니다, 전하. 원하신다면 검은 안료로 염색된 비단 끈을 준비하도록 하죠."

"닥쳐, 댄!"

"예, 마마."

댄은 내 말에 순순히 대답하고 물러섰다. 그런 우리들을 보던 마틴 왕자는 이마를 짚은 채 '하하하' 하고 웃더니 예의 쓴웃음을 입가에 머금은 채 말했다.

"어차피 죽일 거 아닌가? 어떻게 죽던 다 마찬가지일 텐데? 안 그래? 너희들이 원하는 건 이 나라의 안정. 그런 의미에서 난 죽어 마땅한 죄인이겠지?"

"반란군이시니까요."

"댄! 자꾸 쓸데없는 소리 할 거면 나가 있어."

"죄송합니다, 마마."

"반란? 하! 누가 누구를? 내가? 웃기는군!"

그는 코웃음을 치면서 나를 노려보았다. 하지만 그 정도로 굴할 내가 아니란 말이야. 난 막 입을 열려는 댄에게 손을 들어 저지한 뒤에 말을 꺼냈다.

"안되셨지만 전하, 정의는 승리를 보장해 주지 못하죠. 역사란 승리한 자를 정의로 표현하는 법이니까요. 전하는 지셨고 저희는 이겼습니다. 그러니……."

"그래서? 빌어먹을! 네가 알아? 내가 로이드 형님을 따라잡고 넘어서기 위해 얼마나 노력했는데!! 일곱 살 때부터 제왕학을 배웠어! 손에 물집이 나고 구토를 할 정도로 힘들게 검을 휘둘러 왔어! 다가가기도 역겨운 냄새가 나는 귀족 놈들에게 꼬리를 흔들며 아양을 떨어대야 했다고! 어떻게… 어떻게 지금까지 왔는데… 그런데… 왜 형님은… 아무것도 안 했으면… 난 이 꼴이고 형님은 저렇게 번쩍이는 왕관을 머리에 쓰고 승리자가 된 거지? 왜? 내게 뭐가 부족했던 거야? 응? 내 인생은 도대체 뭐냐고! 단지 영광스러운 로이드 1세 폐하의 위명을 역사책에 적어 넣기 위한 장식품에 불과한 건가? 응? 말해 봐아!!"

"……."

"빌어먹을 귀족 녀석들……. 내가 왕세자가 되었을 때는 간이라도 내줄 듯이 아양을 떨어대다가 단 한 번 전투에서 지니가 단번에 꼬리를 흔들 주인을 바꾸더군. 후후……. 불쌍한 건 이런 못난 나를 진짜 왕이라고 따르며 죽어간 로얄 가드 정도겠지……. 아니, 남의 전쟁놀이에 끌려와 개죽음을 당한 농민들도 넣을까?"

"전하."

"난 더 이상 왕자가 아니야. 그렇게 부르지 마."

"그럼… 마틴, 당신은 잘못한 게 없어요. 단지……."

"단지?"

"걸림돌이 된 것이 문제였죠. 우리 폐하의 앞날에 장애가 되는 걸림돌이오."

"큭큭… 겨우 그런 거야? 형님에게 있어서 난 앞길을 방해하는 장애물일 뿐인 거였나? 그런 거였군. 하하하… 제기랄. 나란 존재는 겨우 그 정도였군. 그래도… 형님이라면 날 인정해 주리라 믿었는데……. 이 세상에 태어날 가치가 있다고 말해 줄 줄 알았는데……. 그런……."

마틴은 울고 있었다. 눈물은 흘리지 않았지만 난 알 수 있었다. 그는 아마 진심으로 서럽게 울고 있을 거다. 따지고 보면 그는 이번 일의 가장 큰 피해자이다. 하지만 마틴이 아무 잘못도 없는 피해자라 해도 그는 로이드를 위해서 죽어줘야 한다. 분쟁이라는 녀석은 초기에 싹을 자르지 않으면 수많은 사람들의 피를 빨아들여서 거대하게 자라나는 법이니까.

"이 나라… 대 크레센트 왕국을 위해서 죽으세요. 그게 이 나라를 구하는 길입니다."

"하! 그러지! 이 별 볼일 없고 아무런 가치도 없는 내가 죽으면 이 나라가 부강하게 된다는데 말이야. 이 얼마나 위대하고 고귀한 희생이겠어? 안 그런가? 하지만 형님도 무사하진 못할 거야. 내 목숨을 담보로 그를 저주할 테니까. 원령이 되어서라도 로이드를 저주하겠어."

"틀려요."

"…뭐?"

"당신이 저주할 대상은 로이드 폐하가 아니에요. 이 모든 사건을 계획하고 실행한 건 바로 당신 앞에 서 있는 이 나, 아넬리안 드 크레센트. 이 나라의 왕비이자 당신의 형님인 폐하의 부인인 제가 꾸민 일이에요. 덕분에 폐하는 아직도 도서관에서 나올 생각을 안 하고 있죠."

"다… 당신이? 모든 일의 원흉이 바로 당신이란 말이야?"

믿을 수 없다는 표정이군. 하긴 이 나라 해도 겨우 여자 하나가 나라를 좌지우지할 만한 대사건을 벌일 수 있을 것이라고 생각하지는 못했을 거다. 이 모든 일들이 내가 명령해서 벌인 일이니까 잘 알고 있는 것뿐이지. 난 당혹감에 몸을 떨면서 입을 뻐끔거리는 마틴을 물끄러미 바라보았다.

"하! 난 겨우 여자 손바닥 위에서 놀아난 꼭두각시였단 말이야? 하… 하하."

"겨우라고 말하시니 조금 불쾌하군요. 분명히 말하지만 마틴, 당신이 겪어왔던 권력 투쟁과 제가 겪은 경험은 하늘과 땅만큼이나 차이가 있죠. 온실에서 자란 도련님인 당신은 제게 이길 수 없어요. 그것만큼은 보장하죠."

"……."

"그래도 비굴하게 목숨을 구걸하지는 않으시니 보기 좋군요. 이런 상황에서도 품위를 지키시는 당신은 비록 이런 꼴이 되었지만 그래도 진짜 왕족이라고 할 수 있을 거예요. 아마… 좋은 왕이 되었을지도 모르지만… 다 지나간 이야기죠. 그럼……."

난 뒤에 서 있는 댄에게 눈짓한 뒤 몸을 돌렸다. 그리고 막 문을 나가려 할때 등 뒤에서 마틴의 냉소적인 목소리가 들려왔다.

"교수대에서 보자고, 아넬리안. 후훗."

"……."

타악.

문이 닫혔다. 후후…….

"마마… 괜찮으십니까? 안색이……."

"괜찮아. 알잖아. 난 원래 미움받고 학대받는 데는 익숙하다고. 이제 더 할 일 없지?"

"예에……. 그래도 사람을 부를까요? 힘겨워 보이십니다."

"됐어."

약간 어지럽긴 했지만 남의 등에 업혀 갈 정도는 아니다. 아직 내 두 다리는 멀쩡하니까 말이야.

나와 댄이 1층으로 향하는 계단 쪽 복도를 걸어가고 있을 때였다. 거의 계단에 다다랐을 때쯤 갑자기 우리들 왼쪽에 있는 문이 쾅쾅거리는 소리를 내었다. 안쪽에서 누가 치는 것 같은 문 너머로 여자의 목소리가 들려왔다.

"아넬리안! 너 거기 있지? 문 열어! 이야기 좀 해! 아넬리안!!"

"조용히 시킬까요? 마마."

"누구?"

"피오나 전 왕비입니다. 워크 가가 무너지고 수뇌부가 붙잡혔을 때 같이 잡혀왔습니다."

"그래……"

"어떻할까요? 마마."

"문 열어! 할 말이 있다고!"

쾅쾅쾅!

나무 문이 덜컹거린다. 그리고 계단에서 경비를 서고 있던 병사 두 명이 우리 쪽으로 달려왔다. 내가 어떻게 할지 고민하고 있을 때 병사들은 문 앞에 급조한 나무 빗장을 풀었고 이내 문이 활짝 열렸다. 잠시 피오나 전 왕비의 얼굴이 내 눈에 들어왔지만 그녀는 병사들의 거친 몸짓에 작은 비명을 지르면서 뒤로 넘어졌다. 그리고 막 병사들이 그녀를 끌고 방 안으로 들어가려 할 때 난 손을 들어서 그들을 제지했다.

"멈춰."

내가 소리치자 피오나 전 왕비의 양팔을 붙잡고 일으키던 병사들이 순순히 물러섰다. 그러자 피오나 전 왕비는 자기 옷을 툭툭 털면서 죄 없는(?) 병사들에게 손가락질을 해댔다.

"숙녀를 이따위로 다루다니! 이 빌어먹을 천한 것들 같으니라고! 예전 같았으면 당장에 교수형감이야!"

"…예전이었다면 말이겠지요."

"댄, 닥칠래? 맞을래?"

오늘따라 이 녀석이 왜 이렇게 택택거리는지 모르겠다. 진짜 한번 흠씬 패줘야 눈치껏 입 다물고 있을려나? 하여간 말은 그렇게 해도 댄은 순순히 물러섰고 이에 난 피오나 전 왕비가 억류되어 있는 방 안으로 들어갔다. 이전에는 시녀들의 침실로 쓰였었는지 가구들은 소박했고 침대도 자그마했지만 그래도 곰팡내라던가 먼지 냄새 같은 건 나지 않았다.

"뭘 그렇게 두리번거려? 그리고 거기 얼굴만 잘생긴 녀석, 가서 차라도 내와."

"왜 내가……."

댄 녀석은 자기를 지목당하자 어이가 없다는 표정으로 전 왕비를 보면서 투덜댔다. 이에 난 친절함이 가득 담겨 있는 목소리로 댄에게 말해 줬다.

"그럼 내가 갔다 올까? 아니면 여기 계신 전 왕비 마마에게 부탁할까? 어서 가서 차나 내오지 못해?"

"호오, 역시 닮았다니까. 그래, 여기 계신 현. 왕.비. 마마의 말씀에 따라서 시종 노릇이나 하는 게 어때?"

"뿌득……."

댄은 이를 갈며 피오나 전 왕비를 노려봤지만 그도 잠시 이내 방을 나섰다. 아마 근처에 있을 시종이나 시녀에게 차를 가져오라고 시키는 거겠지. 흠… 그건 그렇고 내가 온 줄은 어떻게 알았을까? 아니, 왜 날 만나자고 한 거지?

"댄도 나갔으니 이제 말해 보세요."

"…뭘?"

"할 말이 없다면 전 가보죠."

"알았어. 알았다고. 참나, 성격도 급하긴……."

내가 자리에서 일어서려고 하자 피오나 전 왕비는 손을 내저으면서 말했다. 뭔가 할 말이 있긴 있는 것 같아서 기다리고는 있지만 난 지금 피곤하단 말이야. 별일 아니면 그냥 갈 테야.

"저기… 마틴은… 죽겠지?"

"네. 안됐지만……."

"아니야, 됐어. 어차피 나도 마찬가지일 테니까. 휴우……."

"마마께서는 전 왕비셨으니 죽지는 않으실걸요? 비록 외딴곳으로 유폐될 수는 있겠지만요."

"하~ 아버지도 죽고, 하나뿐인 아들도 죽어 나가는데 나 혼자 살아서 뭘 하라고?"

"전에 제게 말하지 않았던가요? 이제 새로운 인생을 살겠다고."

"그래, 맞아. 그랬었지. 하지만… 막상 마틴 그 애가 얼마 뒤면 죽게 될 거라는 걸 알게 되니까……. 후후, 견딜 수가 없더라고."

피오나 전 왕비는 그렇게 말하면서 쓸쓸한 표정을 지었다. 길게 한숨을 내쉰 그녀는 갑자기 내 두 손을 부여잡고는 두 눈으로 날 바라보면서 간절한 목소리로 말했다.

"부탁이야! 마틴을 살려줘! 응?"

"…죄송하지만, 그건 제가 어떻게 할 수 있는 게……."

"아니! 난 알고 있어! 아넬리안 너라면 그 애를 살려주는 게 그리 어려운 일이 아닐 거야. 안 그래? 넌 저들의 수장이지? 남들은 다들 로이드와 프로센 후작을 이번 일을 일으킨 주동자로 알고 있겠지만 난 아니야."

"왜… 그렇게 생각하시는 거죠? 전 보잘것없는 어린 계집일 뿐인데요."

"난 봤으니까. 이 왕궁에서 나갈 때 우린 한 번 마주친 적이 있지?

그때 너의 눈을 봤어. 그 눈빛은… 남들을 부리는 자의 눈이야. 절대 누구의 명령을 들어서 움직일 만한 눈이 아니었지. 그리고 명목상이긴 하지만 난 로이드를 14년간 아들로 두고 살았어. 그 애는 이런 일을 벌일 만큼 열성적인 아이가 아니야. 물론 너도 알고 있겠지만 말이야."

"그렇긴 하죠. 후……. 폐하는… 좀 그런 면이 있죠."

"그럼 누구까? 프로센 후작? 난 바보가 아니야. 그는 분명히 유능하고 야망이 있는 귀족이지만 이 정도로 큰일을 감당할 만한 자는 아니야. 2인자로서는 유능하지만 1인자가 되어서 명령을 내리는 일에는 어린애 수준이지. 그럼 도대체 누굴까? 응? 방금 전에 나간 네 부하일까? 그에 대해서도 약간 들었지. 하지만 숨은 실력자가 될 만한 자는 아니야. 그렇다고 너희들 뒤에 누군가 있다는 생각이 들지도 않아. 무엇보다 넌 다른 누구에게 명령을 받아 움직일 만한 성격이 아닐 테니까. 그렇다면 결론은 하나뿐이지."

"예리하시네요."

"후훗. 폼으로 십여 년 동안 왕비 짓을 해온 건 아니라고. 눈치가 없으면 내일 당장 독살당해도 전혀 이상할 게 없는 곳 아니야? 이 왕궁 안은 말이야."

"맞는 말이에요. 그런데… 왜 갑자기 마음이 바뀐 거죠? 분명히 얼마 전까지만 해도 가문이건 자식이건 상관없이 자신의 인생을 살겠다고 직접 제게 말했잖아요."

"…그냥."

그녀는 내 시선을 피하면서 고개를 돌렸다. 하지만 그런다고 내가 '아~ 그렇습니까?' 라고 대답하면서 순순히 물러설 리가 없잖아?

"확실히 대답해 봐요."

"그럼 마틴을 살려줄 거야?"

"…들어보고요."

"홍! 빌어먹을 년. 결국 죽여야만 직성이 풀리겠다는 거군. 하지만 내게 선택권 따윈 없겠지? 좋아, 말해 주지. 난… 나… 난……. 무서웠어."

"예? 뭐가요?"

"알지? 내가 몇 살에 마틴을 낳았는지. 난 너보다 어린 나이에 마틴을 낳았어. 굉장히 아프고 고통스러웠지. 내가 여자로 태어난 게 저주스러울 정도로 말이야. 그리고… 붉고 쭈글쭈글한 내 아기를 보고 나니…… 사랑스럽다거나 하는 감정보다는 징그럽고 혐오스럽더라고. 내가 겨우 저런 핏덩이를 낳기 위해서 그 고생을 했나 싶었지. 난… 미웠어. 가문을 위해 날 팔아버린 아버지도 미웠고 한 달에 한두 번이나 볼까 말까 한 국왕도 미웠지. 그리고 그렇게 아프게 한 마틴도 미웠어. 휴우……."

그녀는 긴 한숨을 내쉬면서 고개를 떨궜다. 그리고 잠시 뒤에 다시 말을 이어갔다.

"내 또래의 여자애들이 무도회장에서 분홍빛 꿈에 젖어서 춤추고 있을 때 난 마틴 녀석을 돌보고 있었지. 언제나 내가 필요했어. 마틴 녀석은 손이 많이 가는 녀석이었거든. 괴상하게도 내 젖만 먹고 내 품에서만 잠들더라고. 후훗. 결국 난 질려 버렸고 울든 난리치든 죽어가든 죄다 무시해 버리고 외면했지. 그때부터일 거야. 그 애와 나 사이에 높고 단단한 벽이 쌓인 건……. 아기라는 건 생각 외로 섬세하고 예민한 법이거든. 아마도 내게 버림받았다고 생각했을지도 몰라. 물론 사람들은 아기가 뭘 아냐고 말하지만……. 그 애는 자랄수록 날 멀리하고 미워했지. 어떤 때는 원망하는 눈빛을 하고 노골적으로 날 보기도 했어. 커가면서 그 애는 교양과 예절을 두르고 남들이 보는 앞에서는 날 위하는 것 같았지만…… 난 알아, 그 애는 자기를 버린 날 미워해.”

"그래서… 이제야 헌신적인 모성애가 눈뜨기라도 한 건가요?"

"푸훗. 모성애? 나 같은 여자한테? 그런게 있을 리가 있어? 흠… 아냐. 그럴지도 모르겠군. 아니, 모르겠어. 머리가 혼란스러워. 내가 왜 너한테 이런 이야기를 하면서 그 애를 살려달라고 말하는지도 모르겠어. 나 역시도 이런 건 이상하다고. 하지만… 난 그 애가 죽는 걸 볼 수 없어. 절대로. 차라리 날 죽여. 그리고 그 애를 살려줘. 응? 이렇게 부탁할게. 빌라면 빌게. 뭐든지 할 테니까… 제발……."

피오나 전 왕비는 내 손을 잡고 그렇게 간절한 모습으로 말했다. 하지만… 마틴이 있으면 로이드 폐하의 정적이 될 게 뻔한데……. 물론 심정적으로야 나도 그를 죽이고 싶지는 않다. 하지만… 로이드를 위해서 그는 죽어야 돼. 그리고 이 나라의 안정을 위해서라도 말이야.

"…미안해요."

"……."

끼이익.

문소리가 들려왔다. 고개를 돌려보니 댄 녀석이 찻잔이 올려진 은쟁반을 들고 안으로 들어오는 게 보였다.

"차를… 가져왔습니다, 마마."

"그래……."

조심스럽게 안으로 들어온 그는 쟁반을 침대 옆의 작은 탁자 위에 올려놓은 뒤 내 뒤에 섰다. 방 안에 정적이 감돌았다.

"후후… 내가 너무 무리한 부탁을 했나 보네. 쓸데없는 말을 해서 미안. 자~ 내 볼일은 다 끝났으니까 이제 가줄래?"

"…그러죠."

난 그녀의 말에 순순히 자리에서 일어섰다. 방 안을 가로질러 막 문에 손을 대었을 때 피오나 전 왕비가 말했다.

"아넬리안… 넌 저주받을 거야."

"후후. 그거야… 당연한 거 아닌가요?"

"넌… 도대체 왜 사는 거지? 네 삶의 목적은 뭐야?"

"로이드요. 제가 아직껏 살아 있는 이유는 그것뿐입니다."

"…좋구나. 나도 너처럼… 아니. 됐어."

그 말을 끝으로 그녀는 찻잔에서 홍차를 따라서 향기를 맡았다. 아무래도 더 이상 대화가 이어질 것 같지는 않았다. 난 방을 나섰고 뒤따라 나온 댄은 병사들을 시켜서 문을 단단히 봉하도록 명령했다.

내 거처로 돌아가는 길에 댄이 물었다.

"무슨 이야기를 하셨습니까? 마마."

"별로……."

"……."

"정말 별거 아니야."

"그렇습니까?"

"으응……."

"……."

"댄."

"예, 마마."

"나… 잘하고 있는 거지?"

"예!"

"그래… 후훗."

 그래. 난 제대로 하고 있는 거야. 비록… 피로 쌓아 올린 왕좌라 해도……. 그 죄는 모두 내가 뒤집어쓰면 그만이지. 그래, 맞아. 이건 내가 선택한 길이고 그를 위해 어떠한 희생이라도 감수하겠어. 설사 그게 내 생명을 옥죄어오더라도 말이야.

 다음날 왕성 귀족원 중앙의 단상에 마틴 왕자, 아니, 마틴이 섰다. 그의 주변에는 153명의 귀족들이 빙 둘러앉았고 그 정중앙에 빈 옥좌가 놓여 있었다. 그리고 그 옥좌 옆에 내가 앉았고 그 반대 편에 프로센 후작과 몇몇 늙은 귀족들이 앉아 있었다. 마틴은… 날 노려보고 있었다.

 "그럼… 지금부터 반란군의 수장인 마틴 드 크레센트 왕자에 대한 재판을 시작하겠습니다."

 탕탕.

 재판관으로 임명된 처음 보는 늙은 귀족이 말했다. 그것을 시작으로 귀족들이 작게 웅성거리기 시작했다. 훗. 이건 사기 도박이라고. 모두 한통속이 되어서 한 사람을 죽이기 위해서 여기 앉아 있는 거니까 말이야. 그러면서 나중에 말하겠지. '어린 왕자님이 불쌍해. 난 웬만하면 살려 드리고 싶었지만 다들 처형에 동의해서 말이지. 어쩔 수가 없었어.'라고 말이야. 이런 얄팍한 속임수로 자신의 양심을 속이는 거야.

"…국왕 사칭 죄! 정수 이상의 사병 보유 죄! 군사 반란……."

마틴의 죄가 만천하에 알려졌다. 수십 가지의 죄목이 목청이 큰 서기에 의해서 읽혀졌다. 졸지에 마틴은 대량 학살과 군사 난동, 그리고 강간과 살인 약탈을 범한 1급 죄인이 되었다. 후후후……. 아마도 왕국 법률에 나와 있는 흉악한 범죄는 모조리 가져다 붙인 것 같다.

"…세금 포탈 등! 총 백사십네 가지의 흉악한 죄를 지었습니다."
"피고는 위 범죄들을 모두 인정하는가?"

재판관이 물었다. 그러자 마틴 왕자는 쓴웃음을 지으며 재판관을 올려다보았다. 그리고 말했다.

"내가 부정하고 자기 변호할 시간이라도 줄 건가?"
"피고가 죄를 시인했으므로 판결을 내린다. 재판관 이하 여기 모이신 모든 분들의 의견을 수렴한 결과 판결 사형! 형벌은 교수형으로 한다."

탕탕탕.

그렇게 웃기는 재판은 끝났다. 자리에 앉은 채 멍하니 난 마틴과 잠깐 동안 시선이 마주쳤다. 그는… 다 알고 있다는 듯한 얼굴로 날 보았다. 그런 그의 모습이 왠지 내 심장을 옥죄어오는 것 같았다. 하지만… 이제 다 끝났어. 그는 죽을 거고 그의 휘하에 있던 귀족들도 처형당할 것이다. 위크 가의 친인척들과 다른 귀족들의 가족들도 모두 처형될 거다. 그렇게 수십… 아니, 수백 명이 죽겠지. 하지만 여기서 흘린 피의 양만큼 로이드의 적은 줄어든다. 그거면 충분해.

그때였다.

콰앙!

갑자기 귀족원의 정문이 양쪽으로 활짝 열리면서 누군가가 안으로 뛰어들어 왔다.

 "폐하! 아니 되옵니다!"

 "닥쳐라!"

 로… 로이드? 정말 그야? 로이드가 드디어 도서관에서 뛰쳐나왔다! 신이여…….

 "이 재판은 무효다!"

 회장 안으로 뛰어든 로이드는 두 팔을 벌리며 그렇게 소리쳤다. 그리고 크게 웅성거리는 귀족들을 노려보면서 귀족원 안을 한 바퀴 휘둘러본 뒤 귀족들이 잠잠해졌을 때쯤 마틴의 옆에 서면서 말했다.

 "내 인가가 없는 한 이 재판은 무효다!"

 "하나… 폐하… 이미 재판은 모두 끝났습…….'

 "닥치라고 했다! 너희들이 날 왕으로 만들어지 않은가? 그렇다면 왕으로서 말하겠다. 재판은 무효다! 그리고 내가 이번 사건을 처리하겠다!"

 로이드가… 로이드가… 드디어……. 아아. 이제 됐어. 그는 이제 진짜 왕이 될 거야.

 조금은 행복했다. 그동안… 서러웠던 것들과 그에게 섭섭했던 일들이 모조리 저 하늘 위로 날아가 버렸다. 아아… 나의 왕이시여.

 "오랜만이군요, 형님."

 "그래, 마틴. 수척해진 것 같구나."

 "그건 형님도 마찬가지군요. 고생이 심하셨나 보지요?"

 "…너만은 못하겠지."

 "하하… 전 상관 마십시오. 이 나라를 위해서라면 이 한목숨쯤은 열 번이라도 죽어드릴 수 있으니까요"

"넌… 내 동생이다. 그리고 난! 네 형이다. 그 누구도 절대 널 해칠 수 없어."

"……."

"폐하! 전례가 남게 됩니다! 나라의 안정을 위해서라도 그를 처형해야 합니다."

"그렇습니다! 처형해야 합니다!"

"닥치라고 했다! 내가 역사서에 나오는 폭군이 되기를 원하는가? 그대들의 이익과 기득권을 모조리 압류하고 그대들의 가족을 처형하면 기쁘겠는가? 대답해 봐!!"

저… 당당한 기백. 위압적인 카리스마. 아아… 댄이 왜 그를 황제라 칭했는지 이제야 알 것 같아. 그는 진정한 군주야. 그 누구도 그를 반대할 수 없어. 후훗. 바로 저 사람이 내 남편이야. 그래, 눈물이 날 것 같다.

단 한 명 대 백오십삼 명의 싸움은 너무나도 싱겁게 끝났다. 아니, 로이드가 이곳에 나타난 때부터 이미 싸움 자체가 끝난 것이나 다름없었다. 고압적이고 억지가 뒤섞인 로이드의 외침이었지만 그 누구도 반대하지 않았다. 아니, 할 수 없었다, 라는 게 맞을 것이다.

"마틴에게 위해를 가해봐라! 역사서 속의 폭군을 두 눈으로 직접 볼 수 있는 영광을 선사하겠다! 자! 어디 용기있는 자는 말해 봐! 어서!"

압도적이라 할 수 있는 로이드의 기백은 겨우 열여섯밖에 안 된 청년으로는 보이지 않았다. 마치 수십 년을 전장에서 보낸 날카로운 검을 품에 지닌 기사와도 같은 기백이었다. 그렇기에… 너구리와 능구렁

이를 수십 마리씩 뱃속에 키우는 귀족들조차도 아무 말을 못한 것이다. 그리고… 재판은 그걸로 끝나 버렸다. 애초에 국왕인 로이드의 억지에 대놓고 반발할 만한 이유를 가진 귀족은 이곳에 없었으니까. 마틴이 죽든 살든 저들에게는 중요한 게 아니겠지. 중요한 건 앞으로 모실 왕의 심기를 거스르지 않고 겉으로 순종적인 태도를 보이는 것일 것이다.

"아넬리안?!"

"예, 폐하."

"내게 왕이 되라고 했던가?"

"예, 폐하."

"좋아. 그럼 되어주지! 이 빌어먹을 왕관, 네 말대로 써주겠다. 그거면 충분하겠지? 그 대신 이 애를 살려둬도 되겠지? 안 그런가?"

난 자리에서 일어섰다. 그리고 내 머리에 쓰고 있는 은제 왕관을 벗었다. 내가 왕비라는 걸 알려주는 그 왕관을 들고 나는 천천히, 그리고 우아하게 단상을 내려가 로이드에게 다가갔다. 모든 이들의 시선이 내게 주목되었다. 난 그런 시선을 온몸으로 받으면서 로이드의 앞에 섰다. 그리고 손에 들고 있던 왕관을 그의 머리에 씌워주었다. 왕이면서 시종복 같은 허름한 옷에 왕관조차 쓰지 않은 왕이라니 있을 수가 없잖아? 후훗. 그의 머리 위에 왕관을 씌워준 난 드레스 자락을 두 손으로 잡은 뒤 그 자리에 양 무릎을 꿇었다. 그리고 그의 오른손을 두 손으로 공손히 잡고 살짝 키스했다.

"뜻대로 되실 것입니다, 나의 왕이시여."

"……"

그것으로 끝이었다. 그가 말했고 내가 인정했다. 더 이상 논란의 여지는 없다. 로이드는 왕이 되었고 마틴은 목숨을 건졌다. 덤으로 다른 귀족들까지도 말이다. 재판은… 끝났다.

그날부터 로이드 1세 폐하는 정무를 보기 시작했다. 프로센 후작은 왕국 재상이 되어서 막강한 권력을 휘두르며 귀족들의 정점에 섰고 미노스 백작은 약간의 탄핵을 받긴 했지만 이전보다 더 큰 세력을 얻었다. 댄은… 이제 정보과의 수장이 되었고 내게 충성을 맹세했던 귀족들은 각자 한 자리씩 얻어갔다. 삼왕자파였던 북부 귀족들은 자기 자리에서 내쫓겼고 영지를 몰수당한 채 외국으로 쫓겨났다. 하지만 마틴은 살았다. 그는… 지금 피오나 전 왕비와 함께 랭스턴 자작령에서 감시를 받으면서 살고 있다. 그리고 랭스턴 자작은… 왕실 주류 창고의 담당이 되었다. 여전히 로이드는 나를 멀리한다. 하지만 그가 왕관을 받아들이는 데 시간이 걸렸듯이 나를 용서하는 데도 시간이 걸릴 거라고 생각한다. 언젠가는 그의 마음을 되돌릴 수 있을 거라 난 믿는다.

"우읍……."

응? 웬 구토 소리? 고개를 돌려 뒤를 보니 내 식사를 차리고 있던 에린 녀석이 갑자기 고개를 옆으로 돌리고 헛구역질을 하는 게 보였다. 설마… 저 녀석?

"에린, 왜 그래?"

"예에? 아… 아니에요, 마마. 아무것도…….."

저 녀석 나 지금 무지하게 당황했어요, 라고 얼굴에 써놓았군. 난 손을 까딱거려서 녀석을 불렀다. 우물쭈물하면서 내게 다가온 에린은 딱 죄지은 얼굴 그 자체였다.

"말해 봐."

"네, 네? 전… 아무것도……."

따악!

"키힝……."

"맞을래? 솔직히 말해. 화 안 낼 테니까."

"저… 저도 아직은……."

"그래. 흠……. 누구야? 말해."

"……."

"말 안 해? 진짜 죽도록 얻어맞고 왕성 밖으로 쫓겨나 볼래?"

"저… 저기……."

"괜찮아. 나 지금 화난 거 아니니까. 단지 진짜면 책임을 지라고 해야 하잖아. 그렇지? 너도 그러는 게 좋겠지?"

"네에……."

"그러니까 말해."

"저… 워렌 자작… 니… 까아악!!"

콰장창!

역시! 그 빌어먹을 자식이었어! 난 내 앞에 놓여 있던 원목 책상을 벽으로 내던져 박살 낸 뒤 씩씩거리면서 밖으로 나가려 했다.

"아… 안 돼요! 마마! 다 제 탓이에요! 제가… 저 때문이에요!!"

"놔! 이 멍청한 것아! 내가 말했지? 너랑 그 자식은 신분 자체가 달라! 그렇게 말해도 못 알아먹는 멍청한 녀석은 난 필요없어!"

"마마아… 흐흐흑."

난 내게 매달리는 어린 녀석을 뿌리친 뒤 달리기 시작했다.

콰아앙!

내 발에 걸어채인 나무 문짝이 통째로 뜯겨져서 방 안으로 날아들어 갔다. 발목이 문짝을 뻥~ 하고 뚫어버리지 않아서 다행이다. 그랬다간… 훗. 아니, 이런 건 상관없다고. 방 안으로 뛰어든 난 서너 명의 사내들과 머리를 맞대고 무언가 의견을 나누고 있는 댄을 노려보았다.

"무… 무슨 일이십니까? 마마."

"댄만 남고 다 나가."

내 말에 댄과 요원들로 보이는 사내들이 벌떡 일어섰다. 하지만 나갈 생각은 안 하는걸? 난 주먹을 높이 치켜들었고 그 다음 벽에 걸려 있는 카이트 실드를 한 번 노려본 뒤 손등으로 강하게 쳤다.

콰직! 후두둑……. 터엉.

내 주먹에 맞은 두꺼운 철제 방패는 그대로 반으로 우그러들면서 벽에서 떨어져 나와 바닥으로 떨어졌다.

"다 나가라고 했다. 나 지금 이성을 잃기 직전이거든? 저 찢어 죽일 자식이랑 같이 당하고 싶으면 계속 여기 있어."

우두둑.

난 주먹을 불끈 쥐면서 그렇게 말했다. 그리고… 댄 앞을 막아서고 있던 그 요원들은 서로의 눈치를 보다가 잽싸게 창문을 넘어서 밖으로 뛰어나가 버렸다.

"자… 잠깐! 이것들아! 다 가버리면… 허억?! 마마… 왜… 왜 이러시는 겁니까? 네? 제… 제가 뭘 잘못했던가요?"

털썩.

댄은 그 자리에 무릎을 꿇은 뒤 이마를 바닥에 대고 빌었다.

"뭐… 뭔지 모르지만 무조건 잘못했습니다! 살려주십시오! 네? 쿠에엑!"
 우둑.
 어라? 뭔 뼈 부러지는 소리다냐? 찢어 죽여도 시원치 않을 녀석의 등을 아주 살포시 밟았을 뿐이라고. 벌써 부러지려 하면 쓰나? 아직 멀었는데 말이야. 난 '끄어어어어~' 하고 비명을 지르는 녀석을 몇 번 더 밟아주었다. 그리고 방 안을 둘러보았다.
 "끄으윽… 도대체 왜……."
 죽어가는 듯한 병자의 신음 소리를 내면서 댄은 온몸을 부들부들 떨었다. 그러면서도 할 말은 다 하는 걸 보니… 참 질긴 생명력이다. 댄의 질문에 난 싱긋 웃으면서 방금 전까지 저들이 회의를 하고 있던 원형 탁자를 한 손으로 뒤집었다. 그리고 발로 탁자를 밟으면서 두 손으로 탁자 다리를 붙잡고 힘을 줬다.
 우직…….
 꽤 쓸 만한 나무 몽둥이가 만들어졌는걸? 난 씨익 웃으면서 공포에 질린 표정으로 날 올려다보는 댄에게 천천히 다가갔다.
 "마… 마마… 설마… 그걸로 절… 때릴 건 아니죠? 네?"
 "대앤."
 "네! 마마! 하명하십시오! 네네……."
 "호오~ 목소리가 씩씩한 걸 보니 아직 말짱한가 보네? 방금 전엔 엄살이었어?"
 "크흑… 허리가… 등이… 의… 의사를 불러주십시오… 제발……."
 "싫어!"
 난 씨익 웃으면서 녀석에게 다가갔는데 댄은 아파 죽겠다면서도 뒤로 잘만 기어갔다. 훗. 정말 웃기는 놈이라니까. 앞으로 기어가기도 힘든데 저렇게 뒤로 잘 기어가다니 대단해. 박수 쳐줄까? 하지만 그도 잠시, 이내 댄은 벽에 부딪쳐 더 이상 도망치지 못하고 어정쩡한 모습으로 날 올려다보았다. 아니, 정확히는 내 손에 들린 채 '탁탁' 하고 위협적인 소리를 내는 나무 몽둥이(?)를 보는 것이다.

"내가 말했지?"

"예에?"

"손대면… 죽인다고. 후후후."

"……."

댄의 공포에 질린 얼굴이 점점 커졌다. 이에 난 나무 몽둥이를 높이 들어 올렸다.

"이제… 죽어!"

"마… 마마아……."

녀석은 몸을 움추리면서 손으로 머리를 가렸다. 그리고 난 몽둥이를 휘둘렀다.

"끄에에에에엑!! 우아아아아악!! 사람 살려어어어어!! 쿠헉! 으헥! 끼아아악!!"

"죽어! 죽어! 죽어! 죽어! 죽어버렷!!"

퍼벅… 퍽퍽!

피로 물든 밤이 깊어갔다.

한밤중에 불려온 신관은 졸린 눈을 한 채 신성 마법을 사용했고 그는 에린이 진짜로 임신했음을 알려왔다. 물론 아이 아버지는 지금 내 옆에 무릎 꿇고 앉아 있는 댄… 아니, 대니어스 드 워렌 자작이다. 얼굴뿐만 아니고 온몸을 푸른색으로 도배한 댄 녀석은 줄줄 흐르는 코피를 쓱쓱 닦으면서 진찰을 받고 있는 에린을 바라보고 있었다. 그리고 그 옆에 앉은 난 시녀장 외 고참 시녀들의 시중을 받으며 꿀이 듬뿍 들어간 홍차를 마셨다. 경과를 지켜보면서 말이다.

"흐음… 확실합니다, 마마. 정확히는 잘 모르겠으나 대충 2~3개월쯤 된 것 같군요."

"그래요? 수고했어요."

"아닙니다. 비젠님께서도 새로운 생명의 탄생을 축복하라고 명하시더군요. 그런데… 그 옆에 분… 치료가 필요할 듯합니다만……."

"이 녀석은 지금 살아 있는 것만 해도 감사해야 할 형편이니까 신경 쓰지 마세요."

"예에……. 언제라도 불러주십시오. 그럼 전 이만……."

그 신관은 그렇게 말하면서 나갔다. 나가면서 시체 치우는 건 아닌지 걱정된다고 중얼거리면서 말이다. 많이 때리지도 않았는데 뭘……. 죽을 정도는 아니라고. 아마도…….

"에린, 이리 와."

난 겁먹은 얼굴로 조심스럽게 다가오는 에린 녀석을 물끄러미 바라보았다. 내 전속 시녀 주제에 함부로 몸을 굴린 건 용서가 안 되는 일이지만 로세니아 출신 시녀는 이 녀석 하나뿐이니 용서해 줄 수밖에 없겠지. 에휴……. 난 내 앞에 조심스럽게 다가온 에린 녀석을 댄 옆에 앉으라고 시켰다. 그리고 차를 마셨다.

"저어… 괜찮으세요?"

"……."

"이봐, 숙녀가 물어보면 대답해야지. 안 그래?"

"괜찮… 습니다. 걱정 마… 십시오."

"좋아. 역시 예의 바른 댄다워. 박수 쳐줄까?"

난 이죽거리면서 고개를 돌리는 댄 녀석을 보고 웃었다. 웬만한 광대보다 더 웃긴 얼굴이다. 붓고 터지고 푸르게 멍든 얼굴은 그야말로 광대 얼굴 그 자체였다.

"좋아. 그럼 앞으로의 일을 이야기해 보자고. 어쩔래, 댄?"

"…예?"

"어쩔 거냐고."

"결혼… 하겠습니다, 마마."

"에린은 하급 귀족도 아닌 평민 출신이야. 더군다나 로세니아 출신이지. 상관없어?"

"사… 사랑에 그런 것쯤은 아무런… 장애도 되지 않습니다. 전… 에린 양을 진심으로 사랑합니다."

"좋아. 그럼 에린, 넌 어떻게 할 거야?"

"저… 저요?"

"그래."

"저도… 자작님과 같은 생각이에요, 마마."

"좋아! 둘이 그렇게 사랑하는 사이라니 나 역시 매우 기뻐. 그럼 내일 당장 식을 올려볼까?"

난 씨익 웃으면서 말했다. 이런 건 빨리 해치워야지 시간 끌면 마음이 변할지도 모르니까. 우선 만인의 축복을 받으면서 결혼해 버리면 내 얼굴을 봐서라도 파기하진 못할 거야. 우후후후…….

"내… 내일입니까? 저… 제 가문에도 가봐야 하고… 이것저것……."

"아아, 그렇군. 좋아. 뭐… 며칠 여행이나 할까? 에린아, 내일 워렌 자작령으로 여행 갈 테니 준비해 둬. 아! 그리고 널 대신해서 내 시중을 맡을 아이도 네가 직접 뽑아놓고. 할 일이 많으니까 빨리 준비해야겠네. 그리고 네가 직접 움직일 필요는 없으니까 아래 애들 시켜. 알았지?"

"네에… 마마."

"좋아! 이제 끝! 아~ 오랜만에 운동 한번 잘했다! 이제 다들 나가 봐."

난 생글거리는 얼굴로 그렇게 말했다. 그러자 에린 녀석은 그래도 자기 남자라고 옆에서 낑낑대면서 댄을 부축해서 나갔고 사태를 주시하던 시녀장 외 고참 시녀들도 내 말에 우르르 몰려 나갔다. 에린 녀석 아마 고생 좀 할걸? 후후후.

"마마, 식사를 가져왔습니다."

응? 아아… 그러고 보니 댄 자식을 두들겨 패느라고 저녁도 굶었잖아. 그래, 먹을 건 먹고 해야지.

"이리 가져와."

"네, 마마."

카렌 정도밖에 안 되어 보이는 두 명의 시녀가 낑낑거리면서 내 앞에 커다란 쟁반을 내려놓았다. 저 녀석들도 처음 올 때는 정말 앞날이 깜깜해 보이는 어설픈 아이들이었는데 역시 교육시킨 시녀들이 유능해서 그런지 이젠 에린보다 훨씬 능숙하다. 그런 면에서 볼 때 에린 그 녀석은 진짜 바보야. 뭐… 그런대로 쓸 만한 남자 하나 잡았으니까 됐지만……. 후후후. 이로써 댄은 완전히 내 심복이 된 거다. 깨갱 하고 반항하면 에린보고 들볶으라고 시킬 거니까. 우후후.

"어디… 저녁은 뭘까나?"

잘 먹고 푹 쉬어야지 몸도 건강해진다. 난 그렇게 생각한다. 그런 의미에서 끼니는 거르면 안 되지. 어디… 약간 식었지만 그래도 먹을 만해 보이는 흰 빵들과 샐러드, 그리고… 쇠고기 스튜? 어… 어라? 이거… 왜 스튜 냄새가 이렇게 역겹게…….

"우욱… 웁."

엄마야아아… 난 몰라…….

Chapter 15

2 Years Later

코 꿴다는 말 알아? 원래는 말고삐를 걸기 위해서 말의 코를 뚫는 거지. 그런데 말이야. 남자도 마찬가지라고. 한 번 잘못해서 코를 꿰이게 되면 그걸로 화려한 솔로 인생은 쫑이지. 후우… 불쌍한 남정네들……. 수많은 여인네들의 애정 공세도 멀리하고 벽 보고 기도문을 외우는 수도승의 기분으로 가정을 돌봐야 하지. 한마디로 좋은 세월은 다 갔다고나 할까? 하지만… 뭐… 그것도 살아보니 나쁘지는 않더라고. 응? 오오오~ 우리 귀여운 공주님, 자아~ 할아버지라고 해봐. 아니~ 할부지 말고, 할.아.버.지. 응? 옳지, 잘한다. 에유~ 귀여운 것. 훗훗.

―제2대 황실 서기관이자 궁중 역사학자인
후렌 경이 집필한 '황실 비사' 중.
―딸에 이어 손녀에게까지 팔불출 기를 감추려 하지 않는
크레센트 제국의 재상이신 대니어스 드 워렌 공작님과의 대담.
―주: 정녕 이 사람이 로맨스그레이라 불리우며 제국 사교계의 거장으로
군림했던 그 화려한 워렌 공작님과 동일인인 것인가?
혹시… 얼굴만 같은 다른 사람이 아닐까?
이젠… 나도 모르겠다.

―대륙력 997년 봄. 크레센트 제국 남서부 워렌 자작령.

방문을 열었다. 문을 열고 안으로 들어서자 유모와 세 명의 시녀가 나를 보고 황급히 자리에서 일어서면서 고개를 숙였다. 그리고 그녀들 사이에 주저앉아서 흑단을 가지고 새하얀 종이에 낙서를 하고 있던 조그마한 아이가 날 보고 두 손을 내뻗으면서 옹알거렸다.

"마아… 마아……."

"그래, 로렌. 엄마다."

난 내게 손을 뻗으며 옹알거리는 녀석에게 냉큼 달려가서 로렌을 안아 올렸다. 이쁜 것. 내가 안아 들자 내 사랑하는 아들 로렌은 날 꼭 껴안으면서 내 볼에 뽀뽀했다. 이 녀석이 제 아버지를 안 닮은 건 정말 하늘이 내린 은혜야. 우후~

"자아, 로렌? 엄마랑 산책 가자. 응?"

"마아~"

난 로렌을 안아 든 채로 턱짓으로 시녀들을 시켜서 야외로 나갈 준비를 하게 했다. 오랜만에 날씨도 풀려서 따사로운 햇볕이 내리쬐고 있다. 약간 바람이 불긴 하지만 옷을 좀 두텁게 입으면 괜찮을 거야. 저번처럼 감기만 안 걸리면 돼. 휴우……. 로렌아, 넌 엄마 닮아서 씩씩하고 튼튼하게 커야 한다. 알고 있지? 아빠 닮으면 큰일 나요.

그날. 에린과 댄을 결혼시킨다고 선언한 그날, 난 워렌 자작령으로 도망치듯 나와 버렸다. 그리고… 나도 에린 녀석과 같이 임신했다. 아기 아빠야 당연히 로이드이고 시기도 에린 녀석과 비슷한 때다. 덕분에 나와 에린은 근 여덟 달 동안 같이 생활했다. 물론 댄이나 에린 녀석은 좀 싫은 듯—하긴 신혼이니……. 하지만 나도 신혼이었다 이거야. 내가 이런 꼴인데 남 잘되는 꼴을 어떻게 본담? 절대 못 보지! 암!—한 내색이었지만 이 나를 내쫓을 용기 따위 눈 씻고 찾아봐도 없을 거다. 그리고 결국 출산도 겨우 이틀 차이를 두고 했다. 난 아들을, 에린은 딸을 낳았는데 웃기는 건 크레센트 사교계에서 가장 소문난 바람둥이인 댄 녀석이 믿기 힘들게도 겨우 8개월 만에 세상에서 적수를 찾아보기 힘든 팔불출에 가정적인 남자로 변했다는 것이다. 풋. 말도 안 돼. 아직도 믿기지 않는다. 그 댄이… 뺀질거리기로 소문난 녀석이 말이다.

워렌 자작령에 도착한 다음 난 곧바로 댄을 통해서 로이드에게 편지를 썼다.

임신했음. 출산 예정일 8개월 뒤.

라는 단 세 문장짜리의 길고 장황한 내용이 함축되어 있는 편지를 말이다. 그리고 삼 일 뒤 난 로이드의 방문을 받았다. 우후후……. 그 때의 로이드 표정이란… 뭐랄까, 당혹감과 행복감이 반반쯤 섞인 채 어찌해야 할지 모르겠다는 얼굴이라고나 할까? 아마 평생을 가도 그의 그런 모습은 그때뿐이었을 것이다. 로이드는 다짜고짜 내 팔을 끌면서 당장 왕궁으로 돌아가자고 말했지만 난 거절했다. 이런저런 이유가 있겠지만 내가 왕성으로 들어가기 싫었던 이유 중 가장 큰 것은 바로 로이드가 후처를 들인다는 소문 때문이었다. 그리고 그 소문은 댄의 정보통을 통해 알아보니 상당히 신빙성이 있었다. 왕국 재상인 프로센 후작이 막내딸을 왕성 안으로 들여보내려고 뒷공작을 벌이고 있다는 것이다. 어쨌든 그는 귀족 중 최고 실권자인데다가 왕실의 외척이 되는 건 여러모로 남는 장사이니까 말이야. 그 막내딸이라는 여자애가 이제 겨우 열넷밖에 안 되었다는 건 고려 대상도 못 됐을 거다.

덕분에 난 로렌이 이제 막 9개월이 된 지금 시점에서도 왕성으로 돌아가지 않고 있다. 우선 그런 꼬맹이와 날 비교하는 자체가 우습고 또 우리 로렌은 나와 로이드의 자식이자 크레센트 왕국의 제1왕위 계승자가 아닌가? 그러니 내가 뭣 하러 왕성 안으로 들어가겠어? 왕성 안에 들어가면 그 프로센 후작가 출신의 꼬맹이 계집을 봐야 하는데 그런 건 내 쪽에서 사양이다. 물론 이제 그 애도 열여섯이 되었을 테고 나와 마찬가지로 아이를 낳을 수 있는 연령이 되었으니 이제 슬슬 고삐를 묶기 위해서 돌아갈 때가 되어가긴 하지만 그건 역시 우리 로렌의 생일이 지난 다음이 될 것이다. 그리고… 난 로이드가 나를 놔두고 꼬마 계집애에게 눈을 돌릴 리가 없다고 확신한다. 왜냐고? 로이드는 아직도 한 달에 서너 번은 여기 왔다가 가니까. 훗. 왕궁에서 워렌 자작령까지 말을 타고 쉴 새 없이 달려도 왕복 삼 일이다. 마차를 타고 오면 오는 데만 삼 일이 걸리는 거리인데도 불구하고 로이드는 한 달 중 열흘이 넘는 시간을 들여서 나와 로렌을 보러 오는 것이다. 물론 주로 로렌 녀석이 옹알이하고 노는 모습을 흐뭇하게 지켜보러. 애가 애를 보고 즐거워하는 건 좀 그렇지만…… 뭐, 로이드도 이제 열여덟 살 건장한 청년이다. 이제 나보다도 훨씬 크고…―이건 불만이다. 쳇―사내다워졌다.

워렌 자작령에 놀러 온 로이드는 이제 겨우 옹알옹알거리는 로렌에게 자기가 아빠라고 각인을 시키려는 듯 여기 와서 아이와 한시라도 떨어져 있으려 하지 않는다. 거기다 왕성과 너무 멀어서인지 요즘 로이드가 자꾸 왕궁 안으로 들어오라고 재촉한다. 아직까지는 거절하고 있지만…… 아무래도 조만간 왕궁으로 돌아가던지 아니면 수도 근교로라도 거처를 옮겨야 할 것 같다.

"마마, 준비되었습니다."

"응? 응. 자~ 우리 로렌~ 엄마랑 같이 산책 나가자."

난 요즘 부쩍 무거워지기 시작한 로렌을 안아 들고 웃으며 말했다. 내 말을 알아듣는 건지 아니면 그냥 느낌으로 아는 건지 로렌은 내게 매달려서 칭얼댔다. 추워서 나가기 싫다는 걸까? 안 돼. 안 돼. 집에만 있으면 몸에 안 좋다고. 가끔 바람도 쐬고 햇볕도 쬐고 그래야지. 암암.

워렌 자작령은 상당히 부유한 영지다. 넓은 곡창 지대와 질 좋은 소금광―암염―을 가지고 있고 또 내 모국인 로세니아와 비교하면 정말

우스운 수준이겠지만 그럭저럭 수익성이 있는 구리 광산도 있다. 그리고 커다란 호수와 강도 끼고 있고 숲이라 부를 만한 곳도 영지 내에 몇 군데가 있다. 다른 지역의 영주들보다 배는 커다란 워렌 자작령은 정말 사람 살기에 딱 좋은 곳이다. 먹을 것 풍부하지, 일거리도 널려 있지, 거기다 크레센트 남부에 모여 있는 국가들과도 교역하기가 괜찮은 편이지. 덕분에 주민들도 많고 일거리를 찾아서 떠도는 인부들도 많은 편이다. 물론 문화와 정치의 중심지인 수도 크롬발에 비할 바는 아니겠지만 확실한 건 이 정도 영지를 가진 영주는 열 손가락에 꼽을 정도로 적다는 것이다.

"자~ 저기 봐, 로레~엔."

"아우……."

녀석. 내가 마차 안에서 언덕 너머에 있는 소금 광산을 가리키자 조그맣고 앙증맞은—깨물어주고 싶을 정도로…—손을 내밀면서 옹알거린다. 아우우우우!! 귀여워!! 로렌아, 로렌아. 넌 왜 이렇게 이쁘고 귀여운 것이니? 응? 정말 부모가 누군지 걱정되어서 밤에 잠도 못 잘 거야. 우리 이쁜 로렌이 아프거나 하기라도 했다간 가슴이 철렁 내려앉을걸?

마차를 타고 영주의 성을 나선 우리는 영지 중심에 있는 언덕으로 향했다. 가면서 마차 밖으로 머리를 내밀고 뒤를 돌아보니 회색 빛이 감도는 성이 눈에 들어온다. 댄 녀석 돈도 많을 텐데 대리석으로 지으면 좀 좋아? 새하얀 눈처럼 하얀 대리석으로 성을 지으면 얼마나 예쁘겠어. 하여간 남자들은 미적 감각 따윈 눈 씻고 찾아봐도 없다니까.

"자아……. 잘 봐두렴, 로렌. 지금 네가 보고 있는 모든 곳이 나중에 다 네 것이 될 거야. 알았지?"

"우우… 아우……."

알아들었는지는 잘 모르겠지만 녀석이 좋아하면서 웃는 걸 보니 나도 덩달아서 기분이 좋아진다. 우후훗.

"…칫."

"뭐냐. 카렌, 불만있어?"

난 내 맞은편 자리에 앉아서 팔짱을 낀 채 작게 헛소리를 내는 카렌을 노려보았다. 여전히 남자들처럼 짧은 머리를 하고 있는 카렌은 내 말에 더욱 골이 났는지 아예 입까지 삐죽이면서 고개를 돌려 버렸다. 훗. 그래 봐야 제까짓 게 삐치기밖에 더 할까. 이제 카렌도 더 이상 숨어다니거나 하지는 않는다. 망할 녀석이 2년 전까지만 해도 150㎝도 안 되는 조그만 녀석이었는데 뭘 그렇게 훔쳐 먹었는지 지금은 나랑 키가 비슷하다(그래, 난 하나도 안 컸다. 망할!). 근 2년 만에 20㎝가 큰 것이다. 저 녀석이 크는 걸 보면 인간이 아니라 무슨 나무 묘목 같다는 생각이 든다. 저러다가 나보다 키가 더 크는 건 아닌지 몰라. 에이~ 기분 나빠.

요즘 카렌은 내 협박과 자발적인 동의에 의해서 우리 로렌을 호위하고 시중드는 데 주력하고 있다. 덕분에 내 개인 신변 호위의 경우는 좀 허술해졌지만 이제 나도 엔간한 상황이라면 내 몸 하나쯤 지킬 만한 실력을 갖추기도 했고—임신 기간에도 운동한다고 난리 피우다 신관들과 의사들에게 혼난 것만 해도 몇 번인지… 셀 수 없다—또 그간 안 보이던 헤쉬케린 늙은이가 돈 필요할 때만 슬그머니 찾아와서 내 주머니를 털어간 덕분에 그럭저럭 쓸 만한 마법 아이템들도 몇 개 모았다. 물론 워낙에 마법사가 적어서—대륙 전체로 봐도 헤쉬케린 같은 마법사는 서른 명도 안 된다고 한다—그들이 만들거나 발굴해 내는 마법 아이템이라는 건 돈이 있어도 못 사는 물건이긴 하지만 그래도 비싸다는 게 내 생각이다. 1만 골드로 손바닥만한 브로치나 반지를 사느니 차라리 그걸로 병사

1,000명을 모아서 부려먹겠어.

"아우우……."

"왜 그래? 로렌, 졸려?"

"우웅……."

내 품에 안긴 로렌이 작고 동그란 눈을 껌뻑이면서 작게 하품했다. 난 그런 로렌을 두 손으로 감싸 쥐고 서서 비단 포대로 녀석을 둘러주었다. 내게 안긴 로렌은 금세 쌕쌕거리면서 잠이 들었다.

"…자?"

"그래. 우리 아기 자니까 떠들지 마. 그리고 만질 생각도 하지 마."

"…치잇."

"너 우리 로렌 잘 때 집적거렸지? 이 애 볼살 늘어난 거 봐. 말해 두는데 내 허락없이 손대지 마라. 알았냐?"

"흥!"

망할 녀석. 하여간 내 말이라면 대놓고 콧방귀부터 뀐다니까. 하지만 뭐… 저 카렌 녀석도 우리 로렌이 아주 마음에 드는지 계속 관심을 가지는 걸 보니 저 녀석이 있는 동안에는 이 아이도 마음 놓고 편하게 잘 수 있을 거야.

성을 나와서 마차로 달린 지 30분. 내가 탄 마차는 어느새 워렌 자작가에서 가장 경관이 좋은 아시스 호수에 도착하였다. 이 호수 주변은 성에서 파견 나온 병사들이 돌아가면서 지키고 있는데 호수로 향하는 길 옆으로는 작은 목조 검문소가 있다. 이 아시스 호수는 워렌 자작령의 농부들에게 있어 천연 저수지 역할을 해준다. 실제로 대부분의 농부들이 이 아시스 호수에서 뻗어 나가는 세 갈래 강줄기에 의지해서 농사를 짓고 있고 식수가 되어주며 또 목욕물이 되어준다. 그리고 호수 주변에는 크다고는 할 수 없지만 작다고 말할 정도도 아닌 그럭저럭 쓸 만한 숲도 있어서 이 근방 영주들이나 귀족들이 모여서 사냥 대회 같은 걸 열기도 한다. 그래서 호수와 근방의 숲은 일반 백성의 출입을 금하고 나 같은 귀족들에게만 공개되어 있다. 이건 불순한 의도를 가진 무리들이 이 호수를 오염시키는 것을 막자는 의도도 포함되어 있기도 하고 영지의 80% 가까이가 평지인 워렌 자작령에 숨어들 스파이가 숨을 곳을 제한하는 역할도 한다. 아, 마차가 멈췄군. 벌써 다 도착했나 보네.

"마마, 도착하였습니다."

"그래."

난 로렌이 깨지 않도록 조심조심 몸을 일으킨 뒤 뒤따라온 짐마차에서 내려온 시녀의 시중을 받으며 마차 밖으로 나왔다. 뒤를 보니 이미 나보다 먼저 마차에서 내린 몇몇 시녀들이 전에 만들어놓았던 화덕에서 재를 치워내고 새로 마른 나뭇가지를 쌓아서 불을 피우고 있었고 성의 수석 요리사와 그 보조들이 한껏 부산을 떨면서 요리 도구들을 내리고 있었다. 체인 메일을 입은 자작령 소속의 병사들도 네댓 명이 멀찌감치 떨어져서 우리들 쪽을 바라보고 있었고 하인들은 부산스럽게 뛰어다니면서 나와 로렌이 쉴 만한 공간을 만들기 위해 정신없는 모습이었다.

햇빛을 막아줄 차양이 마련되고 바닥에는 부드러운 카펫이 깔려 있었다. 그리고 우리들 뒤로는 요리사가 성에서 가져온 소스로 식사 준비를 하고 있었다. 눈앞에는 티없이 맑고 푸른 호수가 펼쳐져 있고 하늘은 구름 한 점 없이 푸르름을 자랑하고 있다. 그야말로 천국이라고나 할까? 조금 춥다는 것만 빼면 말이야.

"차를 내왔습니다, 마마."

"응. 거기 내려놔."

난 로렌에게 시선을 고정한 채로 등 뒤에서 들려온 시녀의 말에 답했다. 로렌 녀석, 방금 전까지만 해도 쿨쿨 잘만 자더니 이젠 까까거리면서 잘도 기어다닌다. 거기다 요즘엔 부쩍 일어서려고 버둥거려서 나나 시녀들이나 치맛자락 붙잡고 있기 바쁘다. 원 녀석, 아직 한 살밖에 안 된 게 뭔 힘이 그리 좋은지… 후후. 지금도 로렌은 곁에 찰싹 붙어 있는 시녀의 치맛자락을 부여잡고 힘을 쓰는 중이다. 흣흣. 우리 로렌은 벌써 서서 걸어다닐 정도란 말이지. 에린네 딸내미인 예니는 아직 제대로 기어다니지도 못하는데 말이야. 하긴 그 애는 너무 소심증이라 제 엄마만 빼면—댄마저도—아무도 가까이 못 가기는 하지만…….

"마아~ 마아~"

"그래. 엄마 여기 있어. 자아. 로렌, 이리 와. 자아~"

그렇게 말하면서 두 팔을 내미니 조그만 손가락으로 시녀를 붙잡고 있던 로렌이 몸을 뒤뚱거리면서 내게로 걸어왔다. 한 발짝, 두 발짝, 세 발짝.

쿠당.

푸우… 그대로 앞으로 철퍼덕 쓰러져 버렸다.

"우… 우우……."

"괜찮아, 로렌. 잘했어요."

난 울먹이는 녀석을 냉큼 안아 들고 등을 쓸어주었다. 눈물이 글썽거리며 당장이라도 울 것 같던 로렌은 이내 진정하고 내게 매달려서 주위를 두리번거린다. 이 녀석 요즘 호기심이 부쩍 늘어난 건지 이것저것 관심을 가지는 게 많다. 전에는 시녀가 한눈판 사이에 땅바닥의 흙을 집어 먹었다가 토하기도 하고—물론 그 시녀는 내게 혼줄이 났다—눈에 보이는 건 다 한 번씩 만져 보고 먹어보려고 기를 쓴다. 덕분에 한시라도 눈을 뗄 수가 없었다.

"우웅……."

이 녀석! 또 발버둥이냐? 에잇. 로렌을 바닥에 놓아주자 또 내 무릎을 붙잡고 버둥대면서 일어섰다. 그리고는 내가 마시려고 내려놓은 찻잔에 눈독을 들이는 게 아닌가? 로렌은 힘겹게 몇 걸음 떼다가 다시 쿵 하고 넘어졌다. 하지만 이번엔 확실한 목표가 있어서인지 울지도 떼쓰지도 않고 뿔뿔뿔 기어서 찻잔 쪽을 향해 나아갔다(저게 아기냐… 기어가는 게 마치 뛰어가는 것같이 빠르다). 하지만 이미 이런 일에는 진력이 나 있는 나와 시녀들이기에 로렌이 찻잔까지 다가가기도 전에 따뜻한 홍차가 가득 담겨 있는 찻잔은 새하얗고 가느다란 손에 의해서 아이의 손길이 닿을 수 없는 허공으로 날아올랐다. 찻잔을 들고 있는 게 누군가 하고 봤더니 카렌이다. 저 녀석 눈빛이 심상치 않아. 남들 앞에서는 한껏 품을 잡고 있다가 우리 로렌이랑 단둘이 되면 숨 막히도록 꽉 껴안고 '까아~ 너무 귀여워어어' 라고 소리치면서 부비적대는 게 아닐까? 설마…….

멍하니 공중에 떠 있는 찻잔을 올려다보던—저러다 뒤로 쓰러지겠다—로렌은 다른 아기들처럼 울면서 떼쓰거나 하지 않았다. 대신 이내 흥미를 잃고 다른 물건을 찾았다. 로렌이 찻잔에서 시선을 떼고 다른 걸 찾으려고 고개를 두리번거리자 우리들 옆에서 대기하고 있던 시녀 중 하나가 품에서 내 주먹만한 둥근 나무 공을 꺼내서 우리 아이 쪽으로 굴렸다. 로렌 녀석은 그 공이 굴러가는 걸 마냥 신기한 듯 보고만 있다가 자기 앞을 지나치자 그 뒤를 좇아서 뿔뿔거리면서 잘도 기어갔다. 후훗. 너무 귀여워. 정말 내 아이라서 하는 말은 아니지만… 우리 로렌

만큼 예쁘고 귀엽고 활동적인… 흠흠. 그만 해야지. 나도 댄처럼 될라.

"꺄아… 꺄."

공을 따라간 로렌은 나무 공이 멈추자 그걸 툭툭 건드려 본다. 그러다 공이 굴러가면 그 뒤를 또 졸졸 좇아가고 멈추면 또 툭툭 치고……. 아마 재미있나 보다. 후훗.

"마마, 식사 준비가 다 끝났습니다. 어떻게 할까요?"

"넉넉하게 했지?"

"예, 마마."

"그럼 여기서 먹도록 하지. 카렌, 너도 와서 같이 먹자. 그리고 너희들도 가서 맛보도록 하고 저쪽에서 일하는 병사들에게도 먹을 걸 나눠 주도록 해."

"알겠습니다, 마마."

"자아. 로렌, 로렌, 맘마 먹자. 이리 오련?"

내가 손을 뻗으면서 로렌에게 말하자 녀석은 자기가 가지고 놀던 장난감과 나를 한 번씩 보더니 고뇌에 빠지는 것 같다. 이 녀석! 그런 나무 공이랑 이 엄마를 동급으로 놓는 거냐? 앙? …이라고 해봤자 아기인데 화낼 수도 없잖아? 그리고 로렌이 언제 내 기대를 저버린 적이 있던가? 당연히 없다!

"아우… 마아……."

로렌은 아기답게 방금 전까지 아주 재미있게 가지고 놀던 나무 공에게서 관심을 끊고는 내게 뽀르르 기어온다. 그런 로렌을 안아 든 난 아이의 얼굴에 내 얼굴을 대고 부벼댔다.

"우리 귀여운 로렌. 자아, 엄마랑 맘마 먹자. 알았지?"

"우우."

로렌의 볼이 좀 차갑다. 하지만 옷도 든든하게 입고 왔고 날씨도 추울 정도는 아니니까 괜찮을 거야.
 난 안고 있던 로렌을 내 옆에 앉은 카렌에게 안겨줬다. 이건 밥 먹을 때만이야. 음음. 하지만 조금 슬프기도 하다. 전에는 나 아니면 싫다고 버둥대면서 칭얼거렸는데 이젠 적응됐는지 카렌이 안아도 가만히 있는다. 아니, 어쩔 땐 카렌이 안아주면 맘마 먹는 줄 알고 침을 흘리기도 한다. 흑. 로렌이 먹을 거에 넘어갔어. 이 엄만 슬퍼…….
 "자아. 아~"
 슬픈 건 슬픈 거고, 먹을 건 먹어야지. 난 따뜻하게 데운 야채 죽을 한 스푼 떠서 먹여주었다. 이 이유식은 감자, 호박, 당근을 마구마구 간 뒤 수프 형태로 만든 죽이다. 내가 한번 먹어봤는데 맛이… 말로는 표현할 수 없다. 소금이 들어간 음식은 아기들에게 좋지 않다고 해서 간도 안 맞춘 거라서 더 먹기 힘들다. 하여간 아기들도 고생이라니까. 불쌍한 녀석. 빨리 커야지 맛난 거 많이 먹을 텐데. 자아~ 한 스푼 더~
 이유식을 한 그릇이나 먹은 로렌은 배가 부르니까 졸린지 카렌 무릎 위에서 고개를 끄덕이면서 졸기 시작한다. 이에 나는 바닥에 두꺼운 이불을 깔고 로렌을 잘 눕혔다. 잠결에 뒤척이면서 날 붙잡던 로렌도 잠에는 이길 수 없었던지 작게 색색거리면서 잘도 잤다. 자아… 이제 나도 식사 좀 해볼까? 시녀들이 가져온 음식은 얇게 다진 소고기에 꿀이 듬뿍 들어간 당근 소스를 가득 뿌린 스테이크와 싱싱한 샐러드였다. 맛있겠다아~

 한참 식사를 하고 있는데 멀리서 마차 한 대가 우리 쪽으로 다가온다. 나 식사하는데 먼지 날리면 마차째로 호수에 내던져 버릴려고 했는데 다행히 멀리서 말을 멈추었다. 물론 이건 누구한테 다행인지 모르지만 말이야. 흘낏 보니―일반 평민은 먹기도 힘든 음식을 맛본 뇌물… 일까나?―병사들이 알아서 말을 멈추고 통제하는 듯했다. 어디 보자… 멀어서 잘 안 보이긴 하지만 남자랑 여자인 듯하고… 마차를 타고 왔으니 당연히 귀족이겠지? 그것도 사두마차쯤 되는 걸 몰고 다니려면 돈 좀 있는 집안일 거고 말이야. 어디 다른 지방에서 놀러 온 귀족이려나?

난 잽싸게 식사를 마치고 그릇을 내려놓았다. 그리고 손수건으로 입가를 닦고 곁눈질로 힐끔거리면서 누가 오는 건지 살폈다. 물론 손은 후식으로 나온 과자와 찻잔으로 향했지만…….

불행히도 어디서 온 귀족일까라고 혼자서 상상하던 내 호기심은 여지없이 박살났다. 나타난 인간들은 질리도록 많이 본 인간들이었으니까.

"오~ 여기 계셨습니까? 마마."

"뭐야, 댄이잖아."

"…섭섭합니다."

"아… 안녕하세요, 마마."

저 바보 맹추는 여전하군. 하긴 매일 보기는 하지만… 정말이지 자기가 한 영지를 소유하고 있는 귀부인이라는 생각은 눈꼽만큼도 없는 것 같다. 2년이나 지났는데도 말이야. 그래도 뭐… 댄과 에린 사이가 나쁘지는 않으니까 다행이지만 말이야. 아니, 어쩔 때는 나도 질투가 날 정도로 사이가 좋다.

"뭐 하러 왔어? 댄, 에린."

"저… 저기…….”

"그저… 바람 좀 쐬러 나왔습니다. 오랜만에 날씨도 좋고 해서요."

"흐음… 오늘 도착한 거야?"

"예, 마마."

"별일없지?"

"평소와 마찬가지입니다. 프로센 후작 이하 귀족들 몇이 상소문 두어 장 올린 것 정도가 사건이라면 사건일까요?"

"그래. 둘 다 아직 식사 안 했지?"

내가 그렇게 말하자 두 남녀는 고개를 끄덕였다. 이에 주방장은 다시 식사를 만들기 위해 분주하게 움직이고 그를 따라온 보조 주방장들은 재료를 다시 꺼내놓는다, 그릇을 씻는다 하면서 정신없이 뛰어다녔다.

주위 사람들이 일하는 동안 우리는 한담을 나누면서 넓은 호수를 바라보았다. 그렇게 경치를 감상하고 있는데 에린의 시중을 드는 시녀가 품에 예니를 안고 우리 쪽으로 다가왔다.

"예니는 자네? 우리 로렌도 자고 있는데."

"예. 저희 아이는 잠보인가 봅니다. 하루 종일 잠만 자더군요. 하하하."

"그건 전직 바람둥이인 아버지를 보기 싫어서 차라리 눈을 감고 안 보겠다는 무언의 항의가 아닐까?"

"설마요. 전 이미 오래전에 한 사람만을 위해 살기로 맹세했단 말입니다. 안 그래, 에린?"

"예에… 그렇죠."

헤유. 정말 저 녀석을 보고 있으면 답답하다 못해 열이 뻗친다. 저게 어디 남편과 부인 사이야. 주인과 시종 사이라고 말하는 게 딱 맞겠다. 에린 녀석은 아마도 평생 시녀 일이나 하면서 살다가 죽을 것 같다.

156 Queen's heart

우리가 이런 이야기를 나누고 있는 동안 예니를 데려온 그 시녀가 우리 로렌 옆에 자리를 마련하고 아기를 눕혔다. 이렇게 곁에 두고 보니까 비교되어서 그런지 우리 로렌이 더 예뻐 보였다. 우후후.

"정말 예뻐요, 마마. 이렇게 보니까 꼭 왕자님과 공주님 같아요."

"왕자는 맞지. 왕위 계승 순위 1위인 유일한 후계자니까."

"마마, 에린은 그런 뜻으로 말한 게……."

"아아, 나도 안다고. 헤유……. 그래, 내가 전에 알아보라고 했던 건 어떻게 됐어?"

"대충 알아봤습니다. 자세한 건 성으로 돌아가서 말씀드리죠."

"그래, 그러도록 해. 여기 차 한 잔 더 줘."

난 고개를 끄덕이면서 빈 찻잔을 시녀에게 건네주었다. 날씨 한번 참 좋다아~ 나도 우리 로렌 옆에 누워서 한잠 늘어지게 자고 싶어. 할 일만 없다면 말이야…….

저녁때가 다 되어서야 성으로 돌아온 난 에린과 함께 벽난로 앞에 모여 앉아서 로렌과 예니가 노는 모습을 지켜보았다.

"에린, 지금 생활 만족해?"

"예? 마마?"

"지금 생활 만족하냐고. 뭐… 댄이 알아서 잘해줄 거라고 믿지만…… 불편하거나 불안하거나 그런 건 없어?"

"네. 전 지금 세상에서 제일 행복한걸요."

"훗. 신관의 팔을 부여잡고 자긴 세상에서 가장 불행한 소녀라고 악을 써대던 녀석은 어디의 누구였더라?"

"그… 그건… 벌써 아홉 달 전인걸요, 마마."

"후후. 하긴 사랑해 주는 남편 있겠다, 저렇게 널 닮은 아기도 잘 크고 있겠다, 걱정거리가 있으면 이상하겠지."

"저어… 마마 뭔가… 근심거리라도 있으신가요?"

"아니야. 그냥… 휴우. 그냥… 아무것도 아니야."

그래, 아무것도 아니지. 지금 상황이 너무 행복해서 죽어도 좋을 거라고 생각되지만… 하지만…… 아직 부족해. 조금… 그래, 아주 조금 부족해.

"우에에엥."

응? 아기가 운다? 고개를 돌려보니 로렌 녀석이 예니의 머리카락을 붙잡고 있다. 머리카락이 잡아당겨진 예니는 아파서 울고, 그런 아기를 로렌 녀석이 보고 자기도 따라서 울까 말까 고민하는 것 같다.

"어… 어째. 이걸 어째."

"에에엥……."

바보 같은 에린 녀석. 넌 귀족으로서뿐만 아니고 여자로서도 모자라!

"로렌, 이 녀석!"

내가 벌떡 일어나면서 소리 지르자 로렌 녀석이 움찔거리면서 예니의 머리카락을 붙잡고 있던 손을 놓는다. 그리고는 입을 벌린 채 자기도 어찌해야 될지 모르겠다는 듯이 울먹거린다.

"마아……."

"로렌, 예니를 아프게 하면 안 되잖아! 자자, 괜찮아. 예니야, 뚝."

"히끅… 히끅……."

"마아, 마아."

내가 예니를 달래주고 있으니까 로렌 녀석이 불안한지 내 옷깃을 붙잡고 날 부른다. 하지만 난 로렌이 부르는 걸 무시하고는 손수건을 꺼내서 눈물 범벅이 된 예니의 얼굴을 닦아주었다.

"마아…… 으애앵……."

이 녀석! 비겁해! 울다니! 내가 간신히 달래놓은 예니도 로렌이 우니까 또 울상이다. 우아아아!! 에린 이 맹한 것! 뭘 하고 있는 거얏!

"에린!"

"네! 네! 자자. 예니, 이리 와. 응. 엄마한테 와."

"로렌! 뚝 그쳐!"

"히이잉… 마아… 마아……."

내가 자기를 바라봐 주자 로렌이 두 팔을 뻗으면서 안아달라고 조른다. 에이, 이 녀석. 정말이지 어쩔 수가 없다니까. 에휴… 좀 엄하게 대해야지 되는데 이 녀석만 보면 마음이 약해지니 원……. 결국 져 버렸다. 날 보며 눈물을 글썽거리는데야 당할 수가 있어야지. 난 할 수 없이 로렌을 안아주었다. 내가 안아주자 언제 울었느냐는 듯이 눈물을 뚝 그치고는—아직도 글썽거리기는 하지만…—내게 어리광을 부리면서 내 옷에다 눈물과 콧물로 범벅이 된 얼굴을 닦는다. 이 녀석!

"로렌, 잘못했지? 응?"

"우웅……."

"자, 예니한테 가서 미안하다고 해야지? 응?"

난 그렇게 말하면서 로렌을 안고 아직도 엄마 품에 안겨서 울고 있는 예니에게 다가갔다. 그리고 겁먹은 얼굴로 작게 떨고 있는 예니의 머리를 부드럽게 쓰다듬어 주었다. 그렇게 몇 번 해주자 내 품에 안겨서 그걸 보고 있던 로렌 녀석이 버둥거리면서 품을 빠져나가 에린에게 안겨 있는 예니한테 기어갔다. 그리고 두 다리로 굳건하게—잘한다! 장하다! 역시 내 아들!—일어서더니 그 조그만 손을 뻗어서 예니의 머리를—에린이 몸을 낮춰주었다—쓰다듬어 주었다. 그리고 아직 발음이 잘 안 되는 목소리로 말했다.

"미아, 미아."

"잘했어요, 우리 로렌. 앞으로 아프게 하지 말고 잘 지내야 돼? 알았지?"

"아우……"

역시 나와 로이드의 아들답게 로렌은 장하다. 우후후후후. 아아… 그나저나 댄이 없어서 다행이야. 그 녀석이 이 광경을 봤으면 음침한 몰골로 숨어서 날 노려보며 손수건을 깨물어댈 거야. 하여간 완전 팔불출이라니까. 완전 병이야, 병. 이러다가 나나 에린한테 그 병이 옮으면 어쩌지? 그 녀석 격리시켜 버릴까? 으음…….

한밤중에 자리에서 일어났다. 소리없이 일어선 뒤 내 침대 옆에 있는 작은 아기용 침대 안을 바라보았다. 보는 사람이 정신없을 정도로 꺄꺄거리면서 뛰어다니던 로렌은 꽤나 피곤했는지 쿨쿨 잘도 자고 있다. 후후.

"카렌."

"…응."

"잘 지키고 있어."

"…응."

카렌은 내 허락을 구하지 않고 자유롭게 내 침실을 출입할 수 있는 녀석이다. 그리고 카렌은 로렌에게 무슨 일이 일어나지 않도록 언제나 근처에 있다. 녀석이 어디 있는지는 잘 모르겠지만—방 안은 어두컴컴한 편이다—분명한 건 카렌은 이 방 안 어딘가에서 이곳을 주시하고 있다는 것이다. 카렌 역시도 나와 마찬가지로 로렌을 끔찍이 사랑하니 아마 자기가 죽는 한이 있더라도 우리 아이를 지켜줄 거다. 그렇기에 내가 가벼운 마음으로 옷을 갈아입고 방을 나설 수 있는 것이다.

한밤중의 어두운 복도를 뚫고 난 성의 안쪽으로 걸어갔다. 시종이나 시녀조차 놔둔 채 혼자 말이다. 그렇게 복도를 몇 번 지난 나는 복도 벽에 걸려 있는 커다란 초상화 앞에 섰다. 그리고 손을 내밀어서 초상화 옆에 걸려 있는 촛대를 잡아당겼다.

그르릉…….

미약한 진동과 작은 소음이 울려 퍼진 뒤 곧이어 눈앞에 검은 구멍과도 같은 작은 공간이 나타났고 난 망설이지 않고 곧바로 그 안으로 들어갔다.

"조금 늦으셨군요, 마마."

"아아, 로렌이 재롱 부리는 걸 보다가 늦잠 잤거든."

"저런… 정말 왕자 전하를 끔찍이도 위하시는군요.

"그건 네가 할 말이 아니야, 댄."

"제가 뭘 말입니까?"

"자기 자식, 그것도 딸이 딸기를 좋아한다고 다른 영주의 딸기 농원을 갈취하는 짓거리는 보통 정상적인 인간은 안 하지."

"뭐… 그거야. 저도 딸기를 좋아하고… 또……."

"그래? 그래서 목각 인형과 헝겊 인형을 만드는 재봉사들을 납치해 온 거야? 얼마 전에 도시에 나가보니 못 보던 인형 가게들이 즐비하게 늘어섰더군. 거기다 옷 가게에는 아이들 옷이 어른 옷보다도 많고 말이야. 그것도 소녀용 드레스들이!"

"그… 그거야. 거… 아이들은 빨리 크지 않습니까? 그래서 미리미리 준비한 것뿐입니다."

"밤이 깊었습니다. 이제… 그만 하시고 일에 대해서 이야기하는 게 어떻겠습니까?"

아르케네스다. 그는 이제 슬슬 마법사라는 직업에 대해서 자부심을 가지기 시작했는지 언제나 몸을 완전히 가리는 로브와 후드를 푹 눌러 쓰고 있다. 원래 마법사들은 몸을 완전히 두르는 로브를 입어야 한다나? 하지만 아르케네스의 덩치 덕분에 그가 로브를 감싸고 있으면 평범한 사람도 한 번쯤 더 돌아보게 만든다. 전형적인 범죄자 같은 인상이거든.

하여간 나와 댄은 그의 중재를 받아들였다. 우리 둘이 자리를 잡고 앉자 나머지 둘—아르케네스와 크렌—도 자세를 바로 하며 원형 탁자에 모였다.

"자, 그럼 시작하겠습니다, 마마."

"그래. 우선 댄부터."

"예. 국외 사건부터 말씀드리겠습니다. 우선… 로세니아와 케센이 각각 25%와 30%씩 밀을 추가 수입하겠다고 사신을 통해서 알려왔습니다."

"밀을? 그것도 삼 분의 일씩이나?"

"예. 에, 또… 케센은 작년에 그들 영토 대부분이 흉작이니 어느 정도 이해가 갑니다만…… 로세니아의 경우에는 제가 알기로 평년 수준은 되는 것으로 알고 있습니다."

"아마 케센의 밀 수입 요청은 겨울을 나느라 비축해 뒀던 식량이 부족해서겠지. 그리고 보리를 수확하려면 아직도 두 달 정도 남았고 혹한이 몰아치는 겨울과 달리 봄에는 많이 활동해야 하니 겨울에 비해서 많은 양의 식량이 필요할 거야. 그쪽은 이해할 수 있어. 그런데 로세니아는?"

"확신할 수는 없지만 아마도… 군 보급용 비축분을 더 늘리려는 것 같습니다. 이건 제 심증일 뿐입니다만……."

"그래. 댄의 말도 일리가 있어. 로세니아는 전통적으로 식량 부족국이기 때문에 언제나 식량 비축에 열을 올리지. 타국과의 관계가 끊겨도 최소한 6개월은 자급할 수 있을 정도의 양을 말이야."

"로세니아의 인구가 급증했다는 보고도 없고 또 사회적 소요 사태가 일어날 만한 일도 없었습니다. 로세니아에서는 밀에 대한 대가로 다량의 철과 무기류를 수송비가 없는 현지가로 판매하겠다고 하더군요."

"로세니아 군에 대해서는 제가 말씀드리겠습니다, 마마. 그쪽 중앙군부에 침투한 스파이들의 보고에 따르면 올 봄에만 군사 훈련과 요새 건설 등 군사적 목적의 움직임만도 열세 건입니다. 이중 군사 훈련의 경우 아넬 공국 근교와 케센 주변에서 각각 네 건, 그리고 우리 크레센트 국경 주변에서 한 건입니다."

"흠… 뭔가 있어. 그간 잠잠한가 했었는데 그 로세니아의 미친 망나니들이 또 뭔가를 꾸미고 있는 것 같다. 하여간 그놈들만 끼면 문제가 복잡해진다니까.

"어떻게 생각해?"

"때가 아님에도 식량을 수입하고 금화를 만들기 위해서 다량의 무기를 판매하는 것, 그리고 슬슬 경작을 준비해야 할 시기임에도 불구하고 각지에서 군사 훈련을 하는 걸로 봐서……."

"전면전이겠지."

"예, 마마. 제 판단으로는 아넬 공국이나 케센 왕국과의 전쟁을 준비하는 것 같습니다. 아마 상대는 아넬 공국을 무력으로 점거하고 케센 왕국에게 도발하는 것이 아닌가 생각됩니다."

"그렇다기엔 손실이 클 텐데요. 우선 케센 왕국만 해도 로세니아와 비등한 힘을 지녔습니다. 아무리 식량이 달린다 해도 강국이라 불릴 만한 나라이니 병사를 먹이는 데는 큰 문제가 없을 것입니다. 만약 로세니아 수뇌부가 케센 왕국이 식량 부족으로 허덕이고 있다고 오판하고 있는 것이라면 큰 실수를 하고 있는 것일 겁니다."

크렌의 말도 일리가 있다. 아넬 공국. 댄의 영지보다 조금 큰 정도의 영토를 가진 케센의 속령이다. 상업의 중심지라든지… 공업산지라든지, 아니면 특별한 광물이 있는 것도 아닌 그저 그런 공국인 것이다. 그런 곳을 점령하고 나서 케센과 전면전이 붙게 된다면 로세니아로서는 손해가 이만저만이 아닐 거다. 커트렌, 그 자식은 미친놈인 건 분명하지만 바보는 아니다. 뭔가 있어.

"그런 건 아닐 거야. 내 감인데 우리가 모르는 뭔가가 있어, 댄."

"예, 마마."

"요원들을 더 풀어서 자세한 사정을 알아봐. 그리고 왕궁에도 인력을 더 투입시켜서 정보 취득 시간을 좀 더 줄여보도록 하고. 지금처럼 반나절 뒤에야 소식이 전해지면 너무 늦어."

"알겠습니다, 마마."

"좋아, 크렌, 화격단의 상황은?"

"예, 마마. 현재 총인원 7,430여 명입니다. 이중 세 개 대대는 각각 개편을 끝마치고 독립적인 전투가 가능할 정도로 숙련되었습니다. 두 개 대대는 기병 대대로 개편 중입니다. 나머지는 아직 훈련 중이죠."

"그래. 전에도 강조했지만 어떤 상황, 어떤 전투에도 투입시킬 수 있는 부대로 만들어. 저 북쪽 끝인 동토의 얼음 바다든 남부의 사막이든 어디서나 전투력을 잃지 않고 싸울 수 있는 녀석들로 말이야. 알겠지?"

"예. 하지만… 역시 자금이 많이 부족합니다."

"그래? 그건… 아르케네스?"

"워렌 자작령과 랭스턴 자작령으로는 턱없이 부족합니다. 이 두 곳의 세금을 가지고 남부 국가 연합과 무역을 하고 있습니다만 흑자가 나려면 앞으로 1~2년은 더 필요할 것입니다. 좀 더 투자한다면 기간산업을 마련하는 시간을 줄일 수 있겠지만 현재로서는 이 정도가 한계입니다."

"그래? 그렇다면 할 수 없지. 셔우드 남작가에 사람을 보내. 우선 당장 빚을 지더라도 별수없어. 우선 급한 곳부터 메꾸고 나중에 갚아 나가도록 하자고."

"이미 그들 남부 귀족들에게 빌린 자금만 170단 골드입니다. 이 이상은 아무리 부유한 남부 귀족이라 해도 힘들 겁니다."

"물론 아무리 자금력이 풍부한 남부 귀족들이라 해도 비공식적으로 은밀하게 자금을 돌리는 건 이 이상은 힘들겠지. 하지만 공식적으로 그들이 투자할 장소를 마련해 주면 되잖아? 안 그래?"

"그렇다면……."

"다행히 여기 워렌 자작령에는 소금광이 있잖아? 그걸 대대적으로 증설하는 데 투자하라고 하고 거기서 뜯어내지 뭐."

"…이거 잘못했다간 제 성도 담보로 잡히겠군요. 전 어디서 살까요?"

"엄살은……. 어차피 소금광 근처 수 킬로미터는 풀도 잘 안 자라는 불모지면서. 거기에 마을도 몇 개 만들고 광산도 두어 개쯤 더 늘리자고. 덤으로 치안 유지를 명목으로 화격단 병력 중 일부도 이쪽으로 돌리고 말이야."

내 말에 세 남자는 작게 고개를 끄덕였다. 특히 그중 요즘 병사 관리에 머리털까지 빠져 가면서 고민한다던 크렌은 쌍수를 들고 환영한다는 얼굴이었다.

"확실히…… 마틴 공작―왕위 계승권을 포기하고 공작 위를 받았다―을 호위한다는 명목으로 랭스턴 자작령에 머물고 있는 병력만 삼천이 넘으니 이 이상 병력을 끌어 모으는 건 좀 무리가 있습니다. 이쪽으로 한 두 개 대대라도 넘길 수 있다면 남의 눈을 피하는 데도 무리가 없을 것입니다."

"주민이 오천이나 될까 말까 한 작은 영지에 군인만 삼천 명이라는 건 누가 봐도 좀 이상하긴 하죠. 마마, 이런 건 어떨까요?"

"뭐?"

"이제 2년이나 지났고 하니 마틴 공작을 호위라는 명목으로 감시하는 병사들을 이쪽으로 돌리고 다른 지방에 퍼져 있는 화격단 중 일부를 그쪽으로 돌리는 겁니다."

"왜? 그냥 거긴 그대로 두고 다른 데서 병력을 모으면 되잖아."

"그게… 어이, 크렌."

"예. 마마, 지금 화격단 병사 중 절반은 아직도 숲이나 산속 같은 오지에서 생활 중입니다. 말단 병사부터 장교들까지 그런 오지에서 생활하는 데 불만이 많습니다. 최소한 중대 단위씩이라도 순번을 두어서 교대시키지 않으면 통제하기 힘들 정도가 될 수도 있습니다."

"하지만 그 녀석들은 아직 전면에 나설 수 없다고. 지금처럼 산적 행세나 하는 수밖에 없는걸……."

"산적이라고 해서 말입니다만…… 이번에 폐하께서 중앙군 1만 명 중 절반을 세 개 전대로 나눠서 수도 및 각 주요 도로 근방의 산적들을 토벌하라고 명령을 내렸습니다. 아마도 빠르면 일주일 정도 후에 출정할 것 같습니다."

"로이드가? 에이… 정말이지 도움이 안 돼, 도움이."

정말이지 남은 고생해 가면서 병사들을 모으고 또 훈련시키고 있는데 남편이라는 작자가 내가 기껏 고생해서 마련한 병사들을 박살 낸단다. 에휴… 이렇게 손발이 안 맞아서야… 원.

"할 수 없지. 댄, 그쪽 계획서 입수했어?"

"아직입니다, 마마. 그리고 중앙군 쪽은 아직도 브래드릭 장군이 잡고 있는 데다가 명령 체계가 다르기 때문에 고충이 좀 있습니다. 우리 쪽에서 침투시킨 요원들도 아직 하급 장교들이기 때문에 작전 계획서 등을 입수하는 건 힘들 것 같습니다. 물론 탈취나 복사 등으로 얻어낼 수는 있겠습니다만……."

"됐어. 힘들여 키운 요원들을 이 정도 일에 다 잃을 수야 없지. 그냥 크렌이 화격단에 알려서 당분간 숨어 지내라고 해. 참, 용병들 쪽은 어떻지?"

"그리 신통치는 않습니다. 화격단과는 별도로 용병대 일 개 대대를 구성해 두기는 했지만 저희 왕국은 전통적으로 징병제를 선호하는 편이기 때문에 용병들의 숫자나 입지는 적을 수밖에 없습니다."

"그렇다 해도 계속 추진해. 언제 징병해서 훈련시킬지 알 수 없는 병사들 따윈 유사시엔 조금도 도움이 되지 못하니까. 얼마가 들어도 상관없으니 최소한 화격단의 절반 수준은 유지하도록 해."

"남부 귀족들의 원조금 중 일부를 그쪽으로 돌리도록 하지요. 다른 사업 계획들이 조금 늦춰지긴 하겠습니다만……."

"상관없어. 아르케네스, 우리가 유일하게 우위를 점하고 있는 건 시간뿐이니까 말이야. 정 안 되면 내가 가서 왕실 금고라도 털어 올 테니까 걱정 말라고."

"마마께서 그렇게 말씀하시면 농담같이 안 들립니다."

망할 녀석! 그런데 왜 댄의 말에 크렌과 아르케네스도 고개를 끄덕이는 건데? 확 성질나는데 모조리 죽여 버릴까? 에휴… 그럴 수 없는 내 처지가 정말 불쌍하다. 아넬리안, 진짜 성질 많이 죽었다.

"흠흠. 뭐… 말이 그렇다는 거지. 화격단에 대한 건 크렌과 댄이 알아서 처리하도록 해. 아참, 중앙군에 집어넣은 녀석들은 어때?"

"아마 닐크가 잘 해내고 있을 겁니다. 그 녀석들 요즘 고생이 좀 심하다고 하지만 그래도 산적질하면서 산과 들을 뛰어다니는 녀석들보다는 편할 테니까요."

"고생? 왜?"

"그게… 기사도 아니고 일반 징집병도 아닌 어중간한 위치라서 위아래로 조금 치인다더군요. 뭐… 그래도 닐크가 나가 있고 또 전투 경험이 있는 숙련병들 위주로 해서 들여보낸 것이니 아마 별문제없을 겁니다."

"그 녀석들은 중요하다고. 좀 더 자세히 알아보고 처우에 대해서 문제가 있으면 댄이 처리해. 댄 수준에서 힘들면 바로 이야기하고. 위에서 압력을 가하는 한이 있더라도 그 녀석들은 중앙군 안에서 위치를 보장받아야 돼. 유사시 문제가 생기면 그들이 중앙군을 장악하고 통제해야 하니까 말이야."

"알겠습니다, 마마."

"그런데 차도 없는 거야? 손님 맞는 예의가 영 아닌걸?"

"술이라면 있습니다."

댄 녀석, 기다렸다는 듯이 원형 탁자 아래로 손을 뻗어서 포도주 병 두어 개와 치즈 조각이 담겨진 접시를 올려놓는다. 호오… 내가 오기 전에 벌써 한 잔씩들 한 것 같은걸?

"이봐, 일하는데 술을 마시는 거야? 이것도 엄연히 공무라고. 모두들 너무 해이해진 거 아니야?"

"하하하. 뭘 이런 걸 가지고 그러십니까? 저어기… 술만 마시면 유능한 인재가 되는 랭스턴 자작도 있지 않습니까? 예?"

댄은 랭스턴 자작을 언급하면서 웃었다. 그리고는 내 앞에 은제 술잔을 내려놓고 포도주를 따른다. 흠… 향은 괜찮군. 뭐… 조금이라면…….

"후후. 랭스턴 자작도 대단해. 안 그런가, 크렌?"

"그렇긴 하죠. 맨정신일 땐 농노보다도 무능한 귀족인데 술만 들어가면 사람이 바뀌니까요. 이번엔 술에 만취한 상태에서 창 든 병사 열 셋을 맨주먹으로 쓰러뜨렸다고 하던걸요?"

"그 친구는 분명 주신(酒神)의 가호를 받은 걸 거야. 안 그렇습니까? 마마. 그런 의미에서 저희도 한 잔씩 하죠."

"한 잔은 나 오기 전에 벌써들 한 것 같은데… 뭐, 그도 좋겠지."

난 가볍게 술잔을 들어 올리면서 답했다.

챙.

은잔들이 부딪치면서 맑은 소리를 냈다. 나를 포함한 방 안의 사람들은 모두 포도주를 한 모금씩 마신 뒤 다시 회의를 계속해 나갔다.

"그래, 화격단은 이 정도로 하고, 다음으로 정계 쪽은 어때?"

"별다른 변동 사항은 없습니다. 아직도 프로센 후작이 귀족원의 정점에 서 있고 거의 모든 귀족들이 그를 추종합니다, 마마. 본인은 별생각 없는데 주변의 귀족들이 그를 꼬드기는 것도 여전하고요."

"그래……. 망할 녀석들, 이 나라의 왕이 누군지도 모르나? 홍."

프로센 후작은 1인자가 될 그릇도 아니고 될 생각도 없다. 하지만 크레센트 왕국이 생긴 이래 유일한 귀족 재상—그전까지는 왕족, 그것도 다음 대 국왕이 될 후계자만이 재상 직에 올랐었다—이 된 그의 곁에는 다음 대

국왕이 그가 되어야 된다던가 혹은 현 국왕인 로이드를 내쫓고 그를 왕으로 모셔야 한다는 말을 하는 놈들도 있다. 물론 극소수이긴 하지만 중요한 건 그런 소리를 하는 미친놈이 있다는 거다. 정말 불행한 건 그런 망할 놈들도 이 나라의 귀족이랍시고 자리를 차지하고 있기에 특별한 명목과 증거가 없는 한 목을 매달 수 없다는 것이다. 분통 터지게도!!

"별수없지요. 반정을 통해 왕위에 오른 로이드 1세 폐하께서는 아무래도 귀족들 사이의 입지가 좋지 못한 것이 사실이니까요."

"정당한 계승권을 돌려받은 거야."

"예. 죄송합니다, 마마. 제가 말실수를 하였습니다."

"앞으로 조심해, 댄."

"예."

"그래. 프로센 후작은 계속 주시하도록 하고…… 다른 잔챙이들은 신경 쓸 필요 없겠지. 남부 귀족들은 어떻지?"

"여전히 중앙 귀족들과 파벌 다툼 중입니다. 특히 그들이 가진 남부 국가 연합과의 독점 무역권을 놓고 중앙과 남부 귀족들 사이의 대립이 나날이 커져 가고 있습니다. 어쩌면 피를 볼지도 모르겠군요."

"지금처럼 계속 뒤에서 지원해 주도록 해. 필요하다면 드러나지 않게 무력을 빌려주도록 하고 말이야. 아직은 그들의 자금 지원이 필요하니까. 나중이라면 모를까 현 상황에서는 계속 좋은 관계를 유지해야 돼. 그리고 마틴 공작은?"

"이달에만 열넷의 귀족들과 면담을 행하였습니다만 특별한 내용이나 문건이 오간 기록은 없습니다. 마틴 공작과 접촉하는 이들도 바보들은 아닐 테니 저희에게 눈에 띌 만한 짓은 안 하겠죠. 하지만 저희가 주시하는 한 아무리 조심해도 걸릴 게 있다면 꼬리가 잡힐 것입니다, 마마."

"조심해. 지금은 죽은 듯이 지내기는 하지만 한때 왕세자 자리까지 올랐던 인물이야. 마틴이 음모를 꾸민다면 별 볼일 없는 귀족 몇몇이 헛소리를 지껄이는 수준 정도에서 끝날 리가 없어. 이 나라가 피로 물들 거야. 그에 대한 감시와 경계 수준은 지금까지와 같이 전시 체제에 준하는 수준을 유지하도록. 그는 일급 요주의 인물이야."

"알겠습니다, 마마."

댄은 내 말에 고개를 끄덕이면서 진지한 목소리로 답했다. 휴우……. 마틴 공작은 아직도 마음에 걸린다. 어떤 의미에서 보자면 그는 프로센 후작 같은 거물 귀족보다 더 위험한 자다. 로이드 폐하의 말만 아니었으면 당장에라도 암살자를 보내서 죽여 버리고 싶을 정도로 말이야. 그는 주머니 속의 단검과도 같은 존재인걸……. 언제라도 품 속의 단검을 꺼내서 폐하나 나를 향해 휘둘러 댈지 모르는 그런 존재인데. 그런 마틴 공작을 놔두고 잠을 자려니 숙면을 못 취하는 거지. 쯧. 뭐… 피오나 전 왕비가 어느 정도 억제를 해주고 있을 테니 괜찮을 듯 싶지만……. 그녀는 마틴이 왕위 계승권을 포기한 그 시점에서 공식적으로 전대 왕비 자리를 포기한다고 선언한 뒤 북부의 무슨 자작인가 하는 자와 결혼했다. 이에 대해서 왕실 안에서 논란이 오고 갔지만 그녀의 이름을 역사서에서 지우는 것으로 합의봤다고 한다. 즉 그녀는 전대 국왕의 왕비가 아닌 일개 측실로 취급받은 거다. 그런데도 본인은 만족해하는 것 같으니 나야 뭐 할 말 없지. 하지만 워크 후작과 여섯 명의 주동자들은 모두 교수형당했기에 그녀도 현 왕실에 원한을 가지고 있을지 모른다.

"마틴 공작뿐만 아니고 다른 구 마틴 공작파 귀족들도 예의 주시해."

"물론입니다, 마마."

"그리고… 다른 사건들은?"

"에또… 아! 이번에 국왕 폐하께서 직접 추진하신 대학 기관과 왕국 내의 주요 도시에 세운 도서관들이 아주 호평을 받고 있다고 합니다, 마마."

"그래? 별다른 문제는 없고?"

"예. 도서관의 경우 일부이긴 하지만 일반 평민들에게도 개방하고 있고 또 대학에서도 일정량의 기부금만 내면 평민들도 받아들이고 있어서 중산층 평민들에게 좋은 평을 받고 있습니다. 그리고 8년간의 대학 교육을 이수하면 모두 왕실에서 근무할 수 있도록 배려하고 있어서 귀족들보다 평민들이 더 몰리고 있다고 하더군요. 이런 현상에 대해서 우려를 나타내는 학자들도 있을 정도입니다."

"좋아, 아주 좋아. 우리로서는 이미 기득권을 쥐고 있는 귀족들보다는 가진 게 적은 평민들 쪽이 상대하기 편하지. 그래, 그쪽은 얼마나 손을 뻗은 거지?"

"그건 아르케네스가 잘 알겠군요."

"에……. 우선 저희 측에서 일할 만한 인재를 서른네 명 정도 확보했습니다, 마마. 이들을 담당한 학자들을 통해서 1~2년 안에 조기 졸업시켜서 궁 안 각 부서에 배치시킬 것입니다. 최종적으로 왕성의 하급 관료 중 절반 이상을 저희 측 사람으로 채워 넣을 예정입니다."

"그래? 댄, 귀족들 중에서 포섭한 만한 인물들은?"

"그리 많지 않습니다. 아시다시피 대부분 영지를 가지고 있다던가 아니면 재산이 많거나 하기 때문에 저희와 같이 모험에 뛰어들 만한 친구들은 적지요. 물론 전부터 진행 중인 각 귀족의 차남이나 서자들을 포섭하고는 있습니다. 단지 이런 친구들 중에서 쓸 만한 인재는 적어서요. 쓸 만하긴 해도 포섭해 봐야 이익을 얻을 만한 친구는 그들 중에서도 몇 안 됩니다, 마마."

"그래도 계속 추진하도록 해. 귀족들도 어느 정도 확보해야 돼. 저 왕궁 안에 돌아다니는 놈들을 모조리 죽일 예정이 아니라면 말이야."

"명심하겠습니다, 마마."

"내정에 관한 제도들이야 로이드 폐하가 알아서 잘해주고 있으니 신경 쓸 일 없을 테고… 군제 개혁은 어떻게 되어가지?"

"지지부진입니다. 무엇보다 왕실에 돈이 없거든요. 각 지방의 영주들이 가진 사병들을 모조리 긁어모아야 하는데 그렇게 되면 현재 들어가고 있는 군사 부문의 지출이 세 배 이상으로 늘어납니다. 왕실에서는 이만한 부담을 감당할 여력이 없습니다. 단지 중앙군 내에서는 어느 정도 개혁해 나가고 있습니다. 아직 일부이긴 하지만 기존의 수천에서 수만 단위의 전대 개념에서 각 중대, 대대, 연대 개념으로 차츰 변화하는 중입니다. 문제는 역시 고급 지휘관의 부재이죠. 이는 대학의 운용과 함께 실력있는 하급 지휘관들을 등용하는 것으로 어느 정도 커버하고 있긴 하지만 완전히 체질이 바뀌려면 아직도 몇 년은 더 필요할 것입니다."

"이 나라는 언제 전란에 휘말릴지 몰라. 군제 개혁과 같은 직접적인 무력과 연관된 일들은 다른 일들보다 우선권을 줘서 빨리 처리하도록."

"알겠습니다."

"아! 말이 나왔으니 하는 말인데, 근위대는 어떻게 되었지?"

"그게… 실패했습니다, 마마."

"왜?"

"근위대는 대대로 왕실에 봉사하는 자들로만 구성되어 있어서요. 출신 성분이 불분명한 친구들은 아무리 압력을 가해도 받아주지 않더군요. 그래서 다른 방법을 모색 중입니다."

"흠……. 그렇다면 로얄 가드 쪽도 마찬가지겠군."

"예. 벌써 2년이나 지났는데도 로얄 가드의 경우에는 겨우 일곱 명뿐입니다. 유명무실한 것이나 다름없죠. 작년에 실시된 근위대 개편안 덕분에 그동안 저희 쪽과 다른 귀족들의 입김이 닿았던 근위병들은 모조리 다른 곳으로 전출되거나 좌천되었습니다. 현재 근위대에 가장 영향력이 강한 분이라면 역시 로이드 폐하뿐이겠죠."

그렇겠지. 근위대는 국왕에 대한 광신적인 충성을 바치는 조직이니까. 단지 걱정되는 건 지금이야 상관없지만 후에 나와 로이드가 나아가려는 방향이 다른 때이다. 그런 일이 안 일어나기를 진심으로 바라지만 만에 하나 그런 일이 벌어졌을 때 근위대는 아무런 망설임 없이 내게 검을 들이댈 거다. 후우…….

"에또… 마지막 안건입니다만…….""

"그래. 말해 봐."

"그들이 접촉해 왔습니다, 마마."

"…그래? 인원이나 조직력은?"

"인원은 대략 2~300여 명 수준이고 조직력은 전혀 없다고 봐도 됩니다. 뒤탈은 없을 듯하군요."

"그렇단 말이지? 좋아. 그 정도라면 상대해 줄 만하지. 댄, 자세한 계획 세워서 보고하도록 해."

"잘 알겠습니다, 마마."

"물론 하루 내로 다녀올 수 있는 범위로 잡는 건 알고 있겠지?"

"물론입니다, 마마. 하지만… 벌써 한두 번도 아닌데 이 근처에서 자주 일을 벌이면 상대방도 눈치 채지 않을까요?"

"그런 눈치를 못 채게 만드는 게 댄, 너의 일이야. 알아서 하도록."

"예에. 매일 저만 죽어나는군요. 이러다 과로사하겠습니다, 마마."

"웃기지 마. 네놈이 예니를 놔두고 죽는다고? 그런 일은 해가 남쪽에서 떠도 안 일어날걸?"

"…아버지가 딸을 사랑하는 게 그렇게 눈에 걸리십니까? 왜 저만 가지고 그러시는 겁니까? 예?"

"네놈이 팔불출 병이 옮을까 봐 그런다. 훠이훠이. 절루 가."

"……"

댄 녀석 삐쳤는지 갑자기 팔짱을 끼면서 고개를 팩 하고 돌린다. 저놈 엔간한 일에는 실실거리면서 대꾸도 하고 그러는데 꼭 제 딸 이야기만 나오면 반응이 맨날 저 모양이다. 아니, 하나 더 있지. 실수라도 예니에 대해서 칭찬하면 그걸로 반나절 동안 실실거리면서 떠들기. 저놈이 정말 크레센트 정계에서 이름 높던 바람둥이 워렌 자작과 동일인인지 의문이다.

대충 서류에 사인하고 자잘한 일들을 처리하고 나니 벌써 새벽이 다 가온 듯했다. 멀리서 닭 우는 소리가 들려왔다. 오랫동안 의자에 앉아 있던 난 이리저리 몸을 움직여서—우두둑 하는 소리가 들린다. 흑… 나도 늙었나 봐—뭉친 근육을 풀면서 말했다.

"자, 오늘은 이만 하자고. 그럼 다들 이 주 뒤에 다시 모이기로 하고 이만 끝낼까?"

"그러지요."

"우애애앵……"

에엥? 웬 아기 울음소리가……. 댄과 크렌은 벌떡 일어서면서 검집에 손을 댔고 아르케네스는 벽에 기대놓은 지팡이로 손을 가져갔다. 그리고 난 잽싸게 의자에서 일어서면서 뒤돌아섰다. 우리들의 시선이 집중된 그곳에는……

"카렌?"

"아아아앙… 애애앵……"

울고 있는 로렌과 당황한 기색이 가득한 카렌이—저 녀석을 만난 뒤 처음으로 본 표정이다—서 있었다.

"카렌? 무슨 일이야? 로렌? 로렌, 엄마 여기 있어. 왜 우는 거야, 응?"

난 로렌을 안고 있는 카렌에게 달려가서 아이를 받아 들었다. 그러자 앙앙거리면서 울던 로렌이 그 작은 손으로 내 옷깃을 붙잡으면서 내게 매달렸다.

"마아… 마아……"

"그래, 그래. 우리 로렌 착하지? 뚝."

"흐응… 마아……"

"악몽… 꿨나 봐. 깨서 울었어. 그래서 데려왔어."

"그래… 잘했다, 카렌."

"으응."

난 울먹이면서 내게 매달리는 로렌을 달리면서 답변했다. 그러자 카렌은 머쓱한 표정을 지어 보이면서 슬그머니 밖으로 나갔다. 카렌에게도 감정이라는 게 있긴 했구나. 흐음……. 카렌이 나가고 비밀문이 다시 닫히자 갑자기 댄이 물었다.

"카렌 양… 에게 이곳에 위치를 알려주셨습니까? 마마."

"아니."

"그럼 어떻게……"

"댄, 그 애가 못 가는 곳이 이 성 안에 존재하리라 생각해?"

"……."

"카렌이라면 이 성 안의 포크가 몇 개인지까지 다 알고 있을걸? 저 녀석 몰래 비밀 같은 걸 만들려면 이 성 전체를 던전화시켜도 모자랄 거다. 경계가 삼엄한 왕실 안에서도 제 집 드나들 듯이 돌아다니는 녀석이야."

"확실히 카렌 양은 뛰어납니다, 마마. 하지만 그렇다 해도……."

"됐어. 뭘 말하는지는 알아. 하지만 그 애의 관심사는 나와 로렌의 안전뿐이야. 다른 걸 신경 쓸 아이도 아니고 관심도 없을 거야. 걱정 안 해도 돼."

"그렇게 말씀하시니……."

"그보다는 댄이나 조심하지 그래? 남들 앞에서는 근엄한 척하지만 예니 앞에서 팔불출이 되는 몰골을 카렌은 다 보고 있을 테니까. 나중에 카렌시켜서 협박이나 해보라고 할까? 훗."

"마마아……."

"쉿. 우리 로렌 잠들었어. 조용히 해. 그럼 난 갈 테니까 나머지는 알아서들 하라고. 알았지?"

"예에……."

녀석들 표정을 보니 불만이 좀 있는 듯하지만 그런 걸 신경 쓸 만큼 한가하지 않다고. 난 댄 등을 뒤로한 채 카렌이 나간 뒤 닫힌 비밀문을 다시 열고 밖으로 나왔다. 사방은 아직 어둠에 휩싸여 있었지만 창 너머로 조금씩 푸른빛이 보이는 게 얼마 뒤면 해가 뜰 것 같다. 시녀들과 하녀들이 일어나기 전에 어서 방으로 돌아가야겠군. 그렇게 생각하면서 방으로 돌아가는데 복도 모서리에 카렌에 서 있다.

"왜?"

"…자?"

"그래. 막 잠들었어."

"…치잇."

갑자기 녀석이 입을 삐죽이더니 몸을 휙 돌려서 가버리려 한다. 난 그런 카렌의 뒷모습을 보면서 녀석을 불러 세웠다.

"카렌."

"…응?"

"자, 안아봐. 조심해서."

"응!"

단숨에 달려오는군. 역시 이걸 기대한 거였어. 하여간 이 녀석은 단순한 건지 복잡한 건지 알 수가 없다니까. 내게 안겨서 잠든 로렌을 받아 든 카렌은 마치 꽉 쥐면 깨어질 계란을 쥐고 있는 것처럼 조심스럽게 로렌을 안아 들었다. 그리고 자고 있는 로렌을 보면서 웃는다. 후후. 하여간 로렌이 태어난 뒤로 카렌 녀석이 많이 변했다니까. 물론 로렌에게만 한정된 것이긴 하지만 말이야. 좋은 현상이려나? 흐음…….

"늦었다. 가자, 카렌."

"으응… 내가… 로렌 옆에서 지켜줘도 되지?"

"물론이야. 언제나처럼 부탁할게."

"응. 언제나처럼."

기쁜 듯 웃으면서—아마 자기도 인식하지 못하고 있을 거다—카렌은 대답했다. 그리고는 자고 있는 로렌을 바라보면서 내 뒤를 따라왔다. 후우… 밤샘 회의는 정말 피곤하다니까. 간단히 세수라도 하고 자야지. 오늘 아침 운동은 패스. 으음… 이러다가 살찌는 거 아닌지 몰라.

회의가 있은 지 일주일 뒤. 댄이 나에게 연락해 왔다. 이에 난 크렌과 아르케네스를 대동하고 워렌 자작령을 빠져나와 반나절 동안 쉴 새 없이 달렸다. 그래서 도착한 곳은 평원 한가운데 죽죽 솟아 있는 울창한 숲 속이다. 아침 일찍 출발했는데도 불구하고 도착했을 때는 이미 저녁이었고 우리 셋이 검은 로브로 갈아입고 말을 근처 숲 속에 매어둔 뒤 숲 안으로 들어섰을 때는 완전히 해가 져서 사방이 컴컴한 어둠 속에 빠져들었다.

"이쪽입니다."

"응."

앞장서서 안내하는 크렌을 따라서 우리는 숲 사이로 난 겨우 말 한 필이 지나갈 만큼 작고 구불구불한 흙길을 따라서 걸었다. 그렇게 대략 10분쯤 걸어가니 저 앞에 작은 불빛이 보였다.

"저기야?"

"예."

"그래. 여기서부터 계획대로 하자고. 알았지, 크렌?"

"예."

우리는 로브에 달린 후드를 깊숙히 눌러써서 얼굴을 가린 채 마치 추적자들에게 쫓기는 범죄자들처럼 주변을 연신 두리번거리면서 빠른 걸음으로 그 작은 불빛이 빛나는 곳으로 걸어갔다.

우리가 도달한 곳은 버려진 지 한참은 된 것 같은 폐가였다. 한때는 이름있는 귀족이 사용했을 법한 커다란 3층 저택이었지만 저택의 한쪽 부분은 완전히 무너져서 앙상한 골조만 남아 있었고 그나마 멀쩡한 곳들도 곳곳이 금이 가고 창문도 다 박살난 모습이어서 을씨년스러운 모습이었다. 겉보기엔 사람이 사는 듯한 흔적이 없는 걸로 봐서 댄이 고생 좀 한 것 같군.

"정지. 누구냐?"

갑자기 나무 사이에서 두 명의 사내가 튀어나오더니 우리에게 활을 겨누며 외쳤다. 둘 다 사냥꾼처럼 가죽 모자에 가죽 옷을 입고 있기는 했지만 사냥꾼 특유의 느낌보다는 군인이라는 느낌이 확 풍길 정도로 숙련된 자들이다. 인간을 상대로 아무런 망설임도 없이 화살을 당길 수 있는 뭐… 그런 느낌이랄까?

"초대받고 왔소. 이미 우리가 온다는 걸 알고 있을 텐데?"

"……"

크렌이 말하자 우리 앞을 막고 있는 두 사냥꾼은 서로를 한 번 쓱 바라보고는 활줄에 걸린 화살을 끌어 내렸다. 그리고는 좌우로 비켜서면서 말했다.

"들어가시오."

"수고하시오."

크렌은 가볍게 손을 들어 그들에게 답해주고는 나와 아르케네스를 이끌고 계속 길을 따라 들어갔다. 우리 뒤로 미심쩍은 눈빛을 하고 있는 예의 사냥꾼의 시선이 느껴졌지만 우리는 간단히 무시하기로 하고 반쯤 떨어져 나간 저택의 정문 앞에 섰다. 이미 누군가 우리들이 들어오는 걸 확인했는지 현관문이 붙어 있는 벽의 일부가 그르릉… 하는 작은 소리를 내면서 열렸고 안에서 손 하나가 불쑥 튀어나와 어서 들어오라고 손짓했다. 크렌은 망설이지 않고 바로 안으로 들어섰고 나와 아르케네스 역시 그를 따라 안으로 들어갔다.

저택의 내부는 밖에서 본 것처럼 엉망이었다. 하지만 우리 앞에서 걸어가면서 안내하고 있는 집사—집사다. 그것도 정복을 차려입은… 사정 모르는 사람이 봤다면 유령이라고 소리쳤을 거다—의 뒤를 따라서 지하로 내려가자 사정이 바뀌었다. 가지런히 정돈된 내부. 그리 넓지 않은 복도임에도 빽빽하게 걸려 있는 초상화들과 통행을 방해할 정도로 늘어 서 있는 조각상들. 거기다 간간이 선반 위에 올려진 공예품까지. 바닥에는 붉은 카펫이 깔려 있고 다섯 발짝마다 불이 켜진 촛불이 걸려 있다. 이 정도면 엔간한 귀족 가문 저택 정도는 가볍게 내려다볼 만한 재력이다.

"전에는 못 보던 것들이군."

"…저희 주인님은 예술을 사랑하시지요."

크렌의 말에 집사는 어쩔 수 없이 대답한다는 듯이 성의없게 답변했다. 하긴 척 보기에도 오십은 될 것 같은 늙은 집사. 아마 수십 년을 귀족가에서 봉사했을 테니 이런 곳에서 일하는 게 기분 나쁠 수도 있겠지.

하여간 우리들은 그 집사의 안내를 받아서 긴 복도를 지난 뒤 커다란 문 앞에 설 수 있었다.

"백작님께서는 이곳에 계십니다. 그런데……."

"이들은 내 호위병이다. 혼자서 움직일 수가 없잖나?"

"그렇군요. 들어가십시오. 기다리고 계실 것입니다."

집사는 그렇게 순순히 물러서면서 문을 열어주었다. 크렌의 호위병이 된 나는 그의 뒤를 따라서 안으로 들어섰다. 방 안은 지금껏 걸어온 복도와 마찬가지로 사방이 예술품으로 빽빽하게 들어차 있었다. 저 그림과 조각상들이 개당 수백에서 수천 골드씩 하는 물건들이다. 예술품이면서 현금화가 쉬운 것들이라고나 할까.

"오~ 이제야 왔군."

"늦어서 죄송합니다, 백작 각하."

크렌은 정중히 고개를 숙여 보이면서 지하라고는 생각되지 않는 커다란 방 정중앙에 앉아서 느긋한 모습으로 포도주를 마시고 있는 사내에게 깍듯이 인사했다. 그리고 그는 허락도 구하지 않고 멋대로 백작의 맞은편에 있는 의자를 끌어당겨 앉았다. 신분은 존중해 주겠지만 네 녀석의 부하는 아니다, 라는 무언의 표시랄까? 하여간 나와 아르케네스는 그런 크렌의 등 뒤에 바짝 붙어 섰고 척 보기에도 신경질적으로 생긴 백작은 그런 크렌의 행동에 눈썹을 꿈틀거렸지만 특별히 큰 소리를 내지는 않았다. 그는 자신의 뒤에 서 있는 두 명의 기사―혹은 호위병―으로 보이는 자 중 하나에게 차를 내오라고 시킨 뒤 무뚝뚝한 어조로 말했다.

"그래… 언제까지 날 이런 곳에 처박아둘 건가? 응? 두더지처럼 땅굴이나 파기 위해서 여기 있는 게 아니라고, 난."

"죄송합니다만… 사정이 아직 여의치 않습니다. 이곳도 좋아 보이는데 뭔가 불만이라도……."

"불만? 빌어먹을! 햇빛조차 들지않는 이런 토굴에 처박혀서 살아봐! 불만이 없을 리가 있겠나? 응?"

"…저희로서는 최대한 배려해 드린 것입니다. 이곳보다 훨씬 열악한 곳에서 활동하는 다른 분들도……."

쾅!

갑자기 그 백작 녀석이 탁자를 주먹으로 후려쳤다! 그러면서 볼을 실룩이는 걸 보니 상당히 화가 난 듯했다.

"잔챙이 같은 다른 하급 귀족들과 내가 같다고 생각하는 건가? 앙?"

"죄송합니다. 제가 실언을 했습니다."

"흥! 내가 지금 이런 꼴만 아니었다면 네놈 같은 예의라곤 쥐 털도 없는 녀석은 상대도 안 했을 거다."

콧방귀를 뀌면서 팔짱을 꼈다. 저기 앉아 있는 백작이라는 녀석은 구 마틴 왕자파의 잔당 중 하나인 노르도 백작가의 차남인가 그렇다고 했다. 제 아버지와 형인 후계자가 우리 국왕군에게 붙잡혀 처형을 당했는데 저 녀석만 어떻게 운 좋게 도망친 것이다. 거기다 수백에 달하는 사병을 양성할 수 있을 정도로 많은 돈을 뒤로 빼돌렸다. 그리고 자기 아버지의 목이 성벽에 걸리자마자 자신을 노르도 백작이라고 선언한 녀석이다. 한마디로 부모 잘 만나서…… 그리고 시기를 잘 타서 백작 자리에 앉은 녀석이라는 건데 저 거만한 꼴은 뭐람. 참나.

"하여간 거시는 도대체 언제 치르는 거지? 내 부하 중 절반이나 떼어간 주제에 말이야. 거기다 내가 네놈들에게 투자한 금액이 얼만 줄 아나?"

"그 점은 죄송하게 생각하고 있습니다, 백작 각하."

"알면 대답이라도 해보는 게 어때? 응?"

크렌도… 댄의 부하여서 그런지 이젠 예전의 뻣뻣한 모습보다는 어떠한 상황에서도 말발 하나로 능숙하게 넘어갈 만큼 혀가 잘 굴러간다. 저 녀석도 정보부에서 2년쯤 썩으니까 확실히 변했다. 제2의 댄이랄까? 아니지. 댄은 이제 손 씻었으니 댄이 사교계에서 쌓아 올렸던 화려한 명성을 물려받은 후계자가 되겠군. 저놈 기사 맞아?

"현재로서는 힘들다는 것을 잘 아시리라 믿습니다."

"난 그런 틀에 박힌 소리를 듣고자 하는 게 아니야!"

"후우……. 각하, 우선 마틴 왕세자 전하를 저희 측에서 구출해야 한다는 건 잘 아시지 않습니까? 왕세자 전하가 계신 랭스턴 자작령은 저희 측과는 비교가 안 되는 중무장한 병사가 무려 삼천이나 주둔하고 있습니다. 그리고 반정을 통해서 올랐다고는 하나 현재 왕관을 쓰고 있는 건 로이드 국왕입니다. 그의 말 한마디면 2만의 중앙군이 움직일 겁니다."

"…쳇. 누가 그걸 몰라서 이러는 건가? 내 말은 마틴 전하만 우리 측에서 손에 넣으면 이전과 같이 내전 상황으로 몰고 갈 수 있지 않느냐 그 말일세."

"그 랭스턴 자작령에는 군대뿐만 아니고 왕실 소속의 정보부 요원들이 항시 대기하고 있습니다. 소문으로는 그곳에 무슨 훈련소가 있다고 하더군요. 지금까지 저희 측에서도 몇 번이나 침투해 보려고 시도해 봤지만 전부 실패했습니다."

"그럼! 언제까지 이렇게 허송세월이나 하고 있으라는 말인가? 응? 2년이야! 2년! 무려 2년이나 지났다고!"

"지금 같은 상황에서 나서는 건 자살 행위일 뿐입니다."

"……"

크렌의 말에 백작은 불편한 표정으로 고개를 돌렸다. 저자도 바보는 아니니까 말이야. 이야기가 길어질 듯하군. 난 시선을 돌려서 방 안을 둘러보았다.

"아……"

노… 놀라라! 나도 모르게 탄성을 내뱉고 말았다. 이 노르도 백작 녀석이 무슨 생각을 하는 건지는 모르겠지만 방 정중앙에 내 초상화가 떡하니 걸려 있다. 그것도 근 3m는 될 법한 커다란 전신화가 말이다. 은 왕관을 쓴 채 웃고 있는 백금발의 미녀라면 이 나라엔 나뿐이니까!

"여자?"

정신없이 내 초상화를 보고 있던 난 백작의 중얼거림에 정신이 퍼뜩 들었다. 깜짝 놀라서 고개를 돌려보니 백작뿐만 아니고 방 안의 모든 이들이 나를 주시하고 있는 것이다. 그리고 날 보고 있는 크렌의 눈동자 속에서는 질책의 빛이 어려 있다. 쳇… 나도 일부러 그런 건 아니라고. 날 노려보던 크렌은 이내 고개를 돌리며 백작에게 말했다.

"맞습니다. 그녀는 유능하지요."

"흥. 자네들 조직도 보기보다 별 볼일 없나 보군. 겨우 계집을 호위로 쓸 정도라니 말이야."

"하하하……."

저 녀석의 주둥이를 쫘악 찢어버리고 싶은 충동이……. 다행히 감정보다는 이성 쪽이 조금 앞선 듯하다. 나서서 깽판 치지는 않았으니까 말이야. 크렌은 약간 설명이 필요하다고 생각했는지 백작의 앞에 놓인 치즈 접시를 가리키며 말했다.

"이 접시… 비싼 것입니까?"

"뭐?"

"부숴도 되는 것이냐고 물은 것입니다, 각하."

"…상관없네."

저 녀석 각하라는 말이 마음에 드는지 많이 누그러지는 모습이다. 하긴 후작과 같이 대귀족에게나 붙일 호칭이니 좋기도 하겠지. 아마 반란이 성공해서 마틴을 왕으로 추대하면 곧바로 자기가 후작이 될 생각이겠지? 훗. 내가 이런 생각을 하고 있는 동안 크렌은 실례한다는 말을 하면서 치즈 조각을 탁자 위에 쏟아버리고 빈 접시를 들어 올렸다. 반질반질한 걸 보니 은 접시인 듯한데 두께가 상당한 편이다. 저거 팔면 돈 좀 되겠는걸?

"대화가 조금 삭막한 듯하니 제가 작은 쇼를 보여 드리겠습니다, 각하."

그렇게 말한 크렌은 접시를 한 손으로 든 채 날 바라보았다. 쳇… 난 광대가 아니란 말이야. 나중에 두고 보자, 크렌! 하지만 크렌 녀석은 자신의 앞날이 어떻게 될지 상상도 못하는지 생글거리는 얼굴로 날 보다가 은 접시를 내 쪽으로 높이 던졌다. 날 향해 포물선으로 날아오는 접시를 바라보던 난 오른손을 들어 둥근 은 접시의 중앙을 올려쳤고 접시는 천장까지 날아올랐다.

"그게 뭐……."

빠각!

막 뭐라고 말을 하려던 백작은 내가 바닥을 향해 떨어지는 접시를 수도로 꿰뚫어 버리자 입을 쩍 벌린 채 내 손을 노려보았다. 훗. 하긴 이것도 나 정도나 되니까 하는 거지. 암. 이런 곡예와 같은 행동은 힘과 타이밍이 조금만 벗어나도 망신이 되어버린다. 뚫기는커녕 튕겨 나갈 테니까 말이야. 조금 더 보여줄까나? 난 내 손에 꿰인 채 중간이 뻥 뚫린 은 접시를 뽑아 든 뒤 양끝을 잡고 가볍게 힘을 주었다.

우둑. 우두둑.

은으로 된 금속이 마치 종이처럼 접혔다. 난 그것을 몇 번 주물거려서 둥그런 금속 조각으로 만든 뒤 허공으로 살짝 던져 올렸다. 그리고 떨어져 내리는 둥근 은덩어리를 손등으로 쳐냈다.

파각!

벽으로 나아간 주먹만한 은덩어리는 그대로 돌들을 뚫고 들어가 반쯤이나 파묻혔다.

"허! 참……."

"눈요기가 되셨습니까? 각하."

"대단하군, 대단해. 겨우 여자인데 힘이 정말 대단하군 그래."

"그녀는 보통의 여자와 다르지요. 특별하기에 여자의 몸임에도 불구하고 이렇게 활약할 수 있는 것입니다."

"그래. 허허……."

어이없다는 웃음이다. 그러면서도 눈은 벽에서 떨어질 줄을 모른다. 그리고 그 백작의 뒤에 서 있는 두 기사들도 말은 안 하지만 믿을 수 없다는 표정이 역력했다.

짝짝짝.

백작 녀석이 박수를 치는군.

"정말 대단하군 그래. 솔직히 내 호위로 쓰고 싶을 정도야. 게다가……."

저놈 눈빛이 음흉하게 변하는걸? 이래서 사내놈들이란… 쯧쯧. 뭘 생각하는지 뻔히 보인다, 보여. 왜 저런 놈들의 사고 패턴은 단순하다 못해 단조로운 걸까. 지겹다.

"그녀는 저희 조직에서도 비중이 있는 여인입니다. 죄송하지만 양해를 부탁드립니다, 각하."

"흠… 그렇다면야 할 수 없고……."

말은 그렇게 하지만 미련을 버린 것 같지는 않다. 하지만 난 장식품이자 자랑거리로 쓰이고 싶은 생각은 눈꼽만큼도 없다고.

크렌과 백작의 대화는 다시 시작되었다. 하지간 백작의 눈은 계속 나를 힐끔거리고 있었는데 아마 후드 속에 있는 내 얼굴과 펑퍼짐한 로브 속의 내 몸매를 상상하고 있을 게 뻔했다. 어떻게 아느냐고? 백작 녀석이 크렌의 말에 건성으로 대답하고 있었거든.

콰아앙!

회의 중간에 갑자기 방문이 커다란 광음을 내면서 활짝 열렸다. 그리고 열려진 문 사이로 아까 전 우리를 안내했었던 노년의 집사가 뛰어들어 왔다.

"주… 주인님……."

"뭐냐?"

"어… 어서… 쿨럭……."

안으로 뛰어들어 온 집사는 말을 더듬다가 갑자기 피를 한 움큼이나 토해냈다. 그리고는 몸을 부들부들 떨면서 그대로 앞으로 쓰러졌다. 쓰러진 집사의 등은 어깨부터 허리까지 길게 베어져 있었고 그 사이로 붉은 피가 콸콸 새어 나오고 있다.

"무슨 일이냐? 어떻게 된 거야?"

놀란 백작이 벌떡 일어섰다. 하지만 쓰러진 집사는 그대로 기절한 건지 아니면 고혼이 되었는지 대답하지 못했다. 백작의 질문에 답한 것은 복도에서 들려오는 타닥타닥하는 수십 명은 될 법한 발자국 소리와 '잡아라' 혹은 '죽여 버려'라고 외치는 고함 소리. 그리고 무기 부딪치는 소리와 비명 소리였다. 밖에서 소란이 일자 크렌은 당장에 자리에서 일어선 뒤 로브 속에 숨겨둔 롱 소드를 뽑아 들었다. 나 역시도 양 허벅지에 매달아놓은 두 개의 철봉을 꺼내 들어 꽉 쥐었다. 옆을 보니 아르케네스도 나와 마찬가지로 애용하는 긴 나무 봉을 등 뒤에서 꺼내 든 뒤 양손으로 꽉 쥐었다.

"각하! 적이 쳐들어왔나 봅니다!"

"그… 그래! 어… 어쩌지? 응?"

"우선 도망치십시오. 저희가 시간을 벌겠습니다!"

크렌이 그렇게 말하면서 문을 향해 몸을 돌리자 곧바로 '여기다!' 라는 소리와 함께 대여섯 명의 병사가 방 안으로 뛰어들어 왔다. 스케일 아머를 입은 그들의 가슴에는 선명하게 왕실의 문장이 그려져 있었다.

"네놈들을 반역 혐의로 체포한다! 반항하면 죽인다!"

"웃기지 마! 아르! 넬리! 막아! 노르도 백작님, 어서!"

"뒤… 뒤를 맡기겠네! 이 충성은 내가 후에 크게 보답하지!"

백작은 그렇게 소리치면서 곧바로 두 기사와 함께 방 한쪽으로 뛰어갔다. 그러자 방 안으로 뛰어든 병사들이 소리를 질렀다.

"잡아라! 도망친다!"

"웃기지 마! 이 뒤로는 절대로 못 지나간다!"

앞으로 뛰어들려는 병사에게 크렌이 달려들었다. 바닥을 박차며 날 듯이 뛰어간 크렌은 검을 휘둘러 당황한 표정이 역력한 병사의 철제 투구를 후려쳤다.

퍽!

"크악……"

얻어맞은 병사는 그대로 옆으로 쓰러졌다. 나 역시도 그런 크렌을 뒤따라서 병사들에게 뛰어들었다. 한 병사가 내민 롱 소드의 옆면을 왼손의 철봉으로 밀어낸 나는 오른손의 봉 끝으로 그 병사의 가슴을 강하게 밀었다. 병사는 그대로 뒤로 밀리면서 뒤에 서 있던 다른 병사와 함께 바닥을 굴렀다. 그리고 아르케네스는 그 커다란 키와 강한 완력을 바탕으로 두 명의 병사를 긴 나무 봉을 사용해서 벽으로 밀어붙이고 있었다. 내가 또다른 병사의 다리를 철봉으로 걸어 넘어뜨린 뒤 그 병사의 머리 옆을 봉 끝으로 내리찍으면서 슬쩍 백작 쪽을 바라보니 그는 반쯤 열린 비밀문 앞에서 멍하니 우리를 바라보고 있었다. 내 시선에 크렌 역시도 백작을 바라보고 버럭 소리를 질렀다.

"어서! 시간이 없습니다!"

"그… 그래!"

그렇게 말한 노르도 백작이 황급히 비밀문 안으로 뛰어들어 갔다. 그리고 마치 짠 것처럼 복도에서 다시 열 명의 병사가 무기를 든 채 방 안으로 뛰어들었다. 우리 셋은 거의 동시에 뒤로 물러섰고 비밀문 앞을 지키는 것처럼 막아섰다. 백작의 기사들마저 뛰어들어 가고 잠시 뒤 비밀문은 그르릉… 하는 소리와 함께 닫혔다.

왕실의 문장이 그려진 병사들의 숫자는 계속 늘어나서 이젠 방 안에만 근 서른 명에 가까운 숫자가 되었다. 우리들 셋을 반포위한 병사들은 무기를 든 채 노려보고 있다. 그렇게 몇 분인가 대치하였을 때 갑자기 아르케네스가 불쑥 말을 꺼냈다.

"갔습니다, 마마."

"그래? 끝났군."

그 말을 끝으로 나와 아르케네스, 그리고 닐크는 자세를 풀고 섰다. 난 내 철봉—50cm 정도 되는 손잡이가 달린 두꺼운 쇠봉이다. 무게만 3kg이나 된다—을 다시 로브 속으로 집어넣었고 검과 메이스 등을 들고 우리와 대치하던 병사들에게 말했다.

"갔댄다. 모두들 수고했어."

"휴우……. 수고하셨습니다, 마마."

"그래. 이 짓도 하다 보니까 느는군. 후후."

"죽는 줄 알았네."

말한 병사를 보니 아까 전에 내가 철봉으로 머리 옆을 내리찍었던 녀석이다. 하긴 실제로 싸운 건 아니라지만 조금 겁나긴 했을 거다. 훗. 바닥이 푹 파일 정도로 강하게 내리찍었으니까 말이야.

약간 목이 탄 나는 백작이 마시던 포도주를 들어 올려서 한 모금 들이겼다.

"크… 맛이 뭐 이따위야? 이런 싸구려를 좋다고 퍼마시다니 머저리 같으니라고."

"하하. 그러니 이런 뻔히 보이는 연극에도 걸리는 것이죠. 자자, 너희들 고생하는 건 알지만 좀 더 고생해라. 각 장교들은 병사들을 이끌고 다른 곳과 외각의 반란군을 섬멸하도록 하고 뒷처리는 확실히 하도록. 그리고 앞으로 여기서 살 거니까 부수지 마. 알았나?"

"와아!"

"이제 토굴에서 벗어났다!"

"빨리들 움직여! 엉덩이가 무거운 놈은 내가 살점을 떼줄 테다!"

"우우……."

저기서 우리랑 연극을 벌였던 병사들을 인솔해 온 장교 하나가 부하들의 야유를 받으면서 그들을 이끌고 방을 나갔다. 복도에서는 아직도 간간이 비명 소리나 고함 소리가 들려왔다. 하지만 그도 얼마 가지 못할 거야.

"크렌, 이번에 여기 끌고 온 녀석들이 몇이나 되지?"

"대략 열 개 중대 일천 명입니다, 마마."

"그럼 가장 공훈을 많이 세운 중대를 이곳에 주둔하라고 시켜. 그리고 잘 알겠지만 약탈은 엄격히 규제한다. 대신 여기 미술품들 좀 팔아서 술이나 좀 사주라고. 아, 특별 수당도 조금 얹어주고."

난 벽에 걸린 내 초상화를 만족스러운 표정으로 보면서 그렇게 말했다. 머저리 노르도 백작이 남겨놓고 간 미술품만 팔아도 족히 10만은 될 듯했다. 물론 이 물건들은 암시장에 내다 팔아야 하니 정가의 반에도 못 미치는 가격이겠지만 그래도 꽤 많이 나올 듯하다. 지금까지 중에서 가장 짭짤한 것 같은걸?

"안 됩니다."

갑자기 아르케네스가 내 말에 제동을 걸었다. 우욱. 아르케네스가 우리 조직의 재정 담당만 아니었으면 가볍게 무시해 줄 텐데……. 쓰읍.

"지금 월급이 2개월이나 밀린 중대도 있습니다. 우선 그들부터 해결하고 나서 마마께서 말씀하신 일을 처리하겠습니다."

"하자마안…….."

"고생한 병사들에게는 미안하지만 그들도 언제 받을지 확신하지 못하는 특별 수당보다는 월급이 꼬박꼬박 나오기를 바랄 것입니다. 그러니 우선 체불된 월급부터 처리하겠습니다, 마마. 그리고 지금 보시고 계신 그 초상화도 팔 겁니다."

"에엑? 나 이거 맘에 드는데?"

우에!! 내 초상화란 말이야! 아르케네스 너무해!

"억울하시면 가서 자금을 마련해 주십시오. 지금같이 한 푼이라도 아껴야 하는 상황에서는 별수없습니다. 그 그림… 어느 화가가 그렸는지는 몰라도 꽤 돈이 되겠군요. 흠."

"난 월급도 안 받잖아! 이거 마음에 든단 말이야. 가져가서 내 방에 걸어둘래."

"약탈을 금하신 건 마마십니다."

"…쳇."

아르케네스에게 말로 이기려 하다니 내가 무식했지. 마음에 들었는데… 아깝다. 우우…….

주변은 30분도 안 되어서 정리되었다. 우리가 칙칙한 로브의 후드를 벗어젖히고—멋드러진, 물론 아르케네스는 다른 의미에서의…—얼굴을 드러내며 밖으로 나오자 줄줄이 묶인 노르도 백작의 사병들과 한구석에 쌓여 있는 시체들, 그리고 병사들이 들고 있는 횃불 덕분에 생생하게 볼 수 있는 핏자국들이 눈에 들어왔다. 거기다 코로는 진한 혈향이 느껴졌다. 조금 구역질이 나긴 하지만 참을 만했다. 한두 번도 아닌걸……. 나와 마찬가지로 이 짓을 한두 번—그래 봐야 겨우 일곱 번째다—해본 게 아닌 크렌은 단숨에 이 주변을 장악하고 있는 병사들을 통제하여 지휘권을 확보하고는 순식간에 일을 처리해 나가기 시작했다. 이들은 모두 화격단의 단원이다. 물론 정규군 같은 건 아니고 엄밀히 따지자면 내 사병이라고 할 수 있다. 그렇다기엔 정규군의 성격이 진해서 사병이라고 말하기도 뭣하지만 말이야. 간단하게 내 명령을 듣는 정규군이라고 생각하면 되겠지 뭐.

"어서, 어서 움직여!"

"빨리 해! 이 자식들아! 게으름 부리는 자식은 저기 누워서 하늘을 쳐다보고 있는 녀석들 옆에 눕혀 버릴 테다!"

"날 새고 싶냐? 날 새고 싶어?"

"토하지 마! 이 병신 새꺄! 시체 한두 번 봐?! 앙?"

부서진 저택의 벽에 반쯤 기댄 채 팔짱을 끼고 병사들이 움직이고 있는 걸 바라보는 내 앞으로 중대장(백인장)급 혹은 소대장(십인장)급의 장교들이 욕설을 내뱉으며 가끔은 주먹이나 발길질을 해가면서 병사들을 통솔한다. 역시 매 앞에 장사 없다고 패면 효율이 좋아지는 법. 특히 그것이 피에 흥분하여 이성이 반쯤 마비된 녀석들이라면 더욱 효과가 있지. 자고로 죽음에 맞닿아 있는 자들은 그걸 생각할 시간을 줘서는 안 되는 법이니까 말이야.

내 앞에서 허리를 굽히고 저녁 식사를 그대로 게워내는 병사의 옆구리를 발로 밀어젖힌 중대장이 인상을 쓰면서 신병으로 보이는 그 병사를 작살내다가 나를 보고는 황급히 고개를 숙이면서 병사의 목덜미를 잡아끌며 저택 뒤로 도망쳐 버렸다. 저 녀석… 뒈지게 얻어터지겠군. 쯧쯧. 불쌍한지고.

마침 크렌이 돌아왔다.

"주변 정리는 끝났습니다, 마마. 포로 32명, 적 사살 22명입니다. 아군 피해는 사망 15명, 중상 7명입니다."

"노르도 백작은?"

"죽었습니다. 저희가 만들어놓은 비밀 통로를 통해 도망치려다가 통로에서 나오자마자 병사들의 집중 사격에 벌집이 되었더군요. 정확히 마흔세 발의 화살을 온몸에 꽂고 그대로 즉사했습니다."

"호오… 그런 것도 세었어?"

"아뇨. 활을 쏜 병사들이 공을 세운답시고 자기네들이 쏜 화살을 구분하느라 알게 된 사실입니다. 같이 도망쳤던 두 명의 기사도 역시 즉사입니다."

"그래. 서너 명은 풀어줬겠지?"

"예. 그놈들은 모르겠지만 운 좋은 적병 몇이 일부러 허술하게 구성한 포위망 사이로 도망쳤습니다. 아마 내일이면 이 소문이 사방에 퍼질 것입니다."

"좋아. 그럼 포로는 모두 처리해. 죽여 버려도 되고 남쪽 국가 중 하나에 노예로 팔아버려도 되고. 알아서 하도록."

"옛!"

"그럼 이제 돌아가 볼까나? 지금쯤 우리 로렌이 엄마를 찾으면서 울고 있을 거야. 난 나쁜 엄마라니까 정말……"

크렌도 아르케네스도 내 말에 동의하지 않는 것 같다. 표정이……. 쳇, 이것들도 두들겨 패서 저따위 표정을 못 짓게 만들어 버릴까? 음… 매우 땡기는걸?

뒷처리하라고 크렌을 남겨둔 나와 아르케네스는 여유 부리지 않고 즉시 말을 매어둔 곳으로 달려갔다. 한가롭게 풀이나 뜯고 있던 말들은 자기네랑은 상관없다는 듯 우리를 보고 작게 푸르릉거렸다. 바로 몇십 미터 앞에선 수십 명의 인간들이 죽어 나가고 있는데 말이야. 이놈의 목 길고 눈이 왕방울만한 네 발 동물은 여유만만이다.

푸릉… 푸릉…….

"시끄럿, 이 녀석아."

작게 투레질하는 말 목을 토닥여 준 나는 한 발을 안장에 얹은 뒤 단숨에 올라섰다. 옆을 보니 아르케네스가 말에 올라타기 위해서 힘을 주는데… 난 봤다. 그가 올라설 때 말이 주춤거리면서 끌려오는 걸……. 역시 아르케네스는 인간이 아니야. 오우거 또는 그에 준하는 몬스터임이 분명해.

요즘 내가 주력하고 있는 사업이 몇 가지 있는데 오늘 내가 벌인 일은 그중에 하나다. 즉 가상의 반란 세력을 하나 만들어서 왕권에 불만이 있는 녀석들을 끌어들여 규합하는 거다. 그리고 그중에서 별 볼일 없는 녀석들은 무시하고 주의할 만한 녀석들—노르도 백작처럼 재력있고 직위가 높은—을 쥐도 새도 모르게 처리해 버리는 것이다. 특히 사병을 거느릴 정도로 위험한 녀석들은 1순위로 제거해 버린다. 지금과 같이 일부러 임시 거처를 만들어서 내어준 뒤 연극해 가면서 싸그리 말살하는 것이다. 물론 떠벌일 입은 남겨두고 말이야. 여기서 쥐도 새도 모르게 싸그리 죽어버리면 안 되지. 인간은 눈앞에 보이는 장검보다는 등 뒤에서 소리 없이 날아오는 단검을 더 무서워하는 법이기에 괜스레 경계심을 자극할 필요는 없다. 그보다는 확실한 적을 눈앞에 보여주는 편이 통제하고 관리하기가 편하지. 암.

간단하게 암살하는 방법도 가끔 써먹기는 하지만 이런 반란 조직은 의외로 숨겨놓은 비자금이 꽤 되는 편이라서 엔간하면 이렇게 자금과 인력이 모였을 때 쓸어버리는 편을 선호했다. 아마 우리 조직과 선이 닿아 있는 다른 군소 반란 조직들은 불운한 노르도 백작의 예를 상기하면서 타도 로이드를 외칠 거야. 음음. 우리는 그 옆에서 같이 타도를 외치면서 아무도 모르게 한 명 두 명씩 어둠 속으로 끌고 들어가서 살포시 목을 그어주는 거고. 덕분에 대놓고 로이드에 대해서 험담하는 녀석은 물론이고 지하로 숨어든 잔당들도 대부분 내 손바닥 위에 놓여있다. 이런 녀석들이 한데 뭉쳐서 자금력과 조직력을 모으기 시작하면 골치 아프기에 그것도 방지하고. 겸사겸사……. 그리고 화격단의 실전 경험을 쌓는 자리도 되고 말이다.

하지만 그자들도 그렇고 우리들도 그렇고 모두 바보들만 모인 건 아니기 때문에 이젠 상당히 경계하는 눈치이다. 내가 만든 조직을 의심하는 곳도 한두 곳이 아니고 말이야. 언제 한번 날 잡아서 단번에 급습하여 모두 처리해야 할 듯하다. 비밀은 언젠가는 밝혀지는 법이니 우리 측 손실을 적게 하려면 선수를 쳐야지. 음. 하지만 이런저런 일로 손에 피를 묻히는 일이 많다 보니 가끔은 내가 정말 여자인지 의문이 생기기도 한다. 내 또래의 다른 여자들은 잘 가꿔진 정원에 모여서 보석이나 화장품, 그리고 드레스에 대해서 수다를 떨어대는 게 정상인데

난 맨날 냄새나는 사내놈들이랑 모여서 말하는 건 늘 누굴 죽이네 살리네 하는 거고 내가 직접 움직이면 최소 십 단위 많을 때는 백 단위의 인간들이 죽어 나간다. 이래서야… 기품있고 교양있는 귀부인의 길과는 저 하늘에 떠 있는 달만큼이나 먼 것 같다. 어쩌다 내가 이렇게 된 건지… 에휴…….

반란 분자 색출만큼이나 비중을 두고 있는 다른 분야는 바로 화격단(火擊團)이라 불리는 친위군 양성이다. 물론 지금은 어중이떠중이를 끌어 모아서 조직한 민병대 수준의―당연히 직접 양성에 뛰어든 크렌은 크레센트 최강의 정규군이라고 외치지만…―병력이지만 계속적인 지원을 통해서 기사단 수준의 전투력을 확보할 예정이다.

전국 각지에 중대 혹은 대대 단위로 퍼져 있고 거기다 산적 같은 몰골로 위장하고 있어서 정확한 숫자는 나도 확신하지 못한다. 어느 날 갑자기 토벌당해서 박살난 운없는 중대부터 근처의 산적들까지 끌어 모아서 수백 단위로 늘어난 중대까지 심심치않게 만들어지고 사라지기 때문이다. 이런 녀석들은 소속감이나 의무감이 희박하기에 제대로 된 군율을 유지하기가 힘들지만 그런 단점을 나와 댄은 돈으로 메꿔 버렸다. 징집병의 10배에 해당하는 고가의 월급과 정규군에서도 지급받기 힘든 비싼 무기와 갑옷들을 마구 뿌려댔기에 병사를 모으는 건 어렵지 않았다. 단지 보안 유지와 기강 확립이 힘들었을 뿐. 그리고 강도 높은 훈련을 견디지 못하거나 군율을 지키지 않는 병사들은 바로바로 내쫓아 버리거나 군법에 의거하여 처형하기에 아직까지 유지되고 있는 것이다. 덤으로 군역까지 보장해 주니―이 부분에서는 댄과 그의 정보부 요원들이 엄청나게 고생했다. 수천에 달하는 병사들의 신상 자료들을 모조리 비밀리에 고쳐야 했으니까―쓸 만한 청년들을 은밀히 한두 명씩 모으는데도 지원자가 증가하는 추세란다.

 덕분에 죽어나는 건 댄과 아르케네스. 특히 아르케네스는 우리 조직의 자금 관리를 맡고 있어서 더욱더 고생한다. 일반 관료 10명 몫은 충분히 하고도 남는 능력있는 남자지만 저 화격단에만 2년 동안 쏟아 부은 자금만도 260만 골드. 크레센트 왕국의 1년 예산이 2,700만 골드인 걸 감안하면 어마어마한 금액이다. 일개 귀족이라든지 상인들이 낼 만한 금액이 아닌 것이다. 내가 왕실 국고에까지 손을 댈 정도이니 말 다 했지. 그런 거금을 여기저기서 끌어 모아서 몽땅 쏟아 부어서 만든 게 화격단이다. 덕분에 무장의 질에 대해서만큼은 정규군보다 높다. 질 좋은 로세니아산 롱 소드, 스케일 아머, 보병용 카이트 실드, 거기다 숏보우와 화살 30발. 군용 배낭과 3일치 비상 식량. 이게 화격단의 기본 장비다. 여기에 말을 지급받는 기병의 경우에는 메이스, 장창, 모닝 스타 등도 추가된다. 그야말로 내가 말한 대로 어떤 지역, 어느 장소에서도 충분히 적응하고 싸울 수 있는 집단인 것이다. 더군다나 애초부터 아리츠반과 같은 남부의 작은 국가들이 운용하는 중대, 대대, 단위로 움직이는 군대이기에 특별한 명령이 없어도 100명, 혹은 1,000명 단위로 전투를 수행할 수 있다. 이는 지휘관이 십 단위 백 단위까지 관리, 통솔해야 하는 번거로움을 많이 덜어준다.

 종전의 제도는 최고 지휘관이 각 깃발수들을 어디로 이동시켜서 어떻게 싸울지까지 소소하게 정해주는 데 반해서 지금 화격단에서 채용하는 전술은 지휘관이 어디로 가서 싸우라고 명령하면 중대, 대대 지휘관이 알아서 작전을 세우고 싸움을 통솔하는 것이다. 이는 중앙 사령부의 의존성을 줄여주고 본진이 격파당했을 때도 부대를 유지시키기 위해서 채택한 것이다. 깃발만 꺾이면 사기가 떨어지는, 즉 지휘관만

꺾으면 무너지는 그런 전투 방식은 최소한 화격단에는 안 통한다. 이건 집단전, 대규모전이 될수록 더 빛을 발한다.

교육 등을 통한 고급 지휘관과 실력있는 관료의 모집은 로이드가 알아서 처리해 줘서 손을 덜었다. 로이드는 요즘 무슨 생각을 하는지 너무 내정에만 치우친 국가 운영을 하고 있다. 여러 가지 법 제도를 뜯어고치고 세제를 개혁하는 등 크레센트 왕국의 체질 개선에 여념이 없는데 대대적인 공공사업—도로 정비, 상하수도 설치, 저수지 건설, 교량 건설 등—까지 같이 병행해서 시행하고 있어서 재정 압박이 상당하다. 내가 왕실 국고에서 떼먹은 부분도 한몫하긴 하지만 로이드의 이런 헤픈 씀씀이 덕분에 왕실의 금고는 텅 비어버린 지 오래다. 징집병인 정규군에게 주는 그 얼마 안 되는 월급조차도 제대로 지불하지 못하니 말 다 했지. 생각은 좋은데 너무 현실을 무시한달까? 조금 계획적으로 일을 벌여주면 좋을 텐데……. 그나마 이번에 남아도는 밀을 추가로 수출하게 되니 약간은 숨통이 트일 것이다. 물론 그중 일부는 댄이 이런저런 서류 조작을 통해서 우리 조직 쪽으로 유입되겠지만 말이야. 후후후.

밤새도록 가도를 달려서 워렌 자작령에 도착했을 때는 이미 아침이 지나 정오가 다 되어가는 시간이었다. 이런 때만큼은 이 나라의 도로가 잘 정비되어 있다는 게 다행이다. 한밤중의 어둠 속에서도 랜턴 같은 물건 하나만 있으면 그저 돌길만 따라서 달리면 된다. 가다가 영지로 통하는 샛길이나 갈라지는 교차로에서는 표지판을 의지해서 달리면 그만이니까. 덕분에 왕국 내의 영지 이동은 쉽다고나 할까. 물론 그것도 길 한복판에 떡하니 자리 잡고 있는 관문이나 요새를 아무 문제 없이 통과할 수 있을 때 이야기지만 말이야. 물론 나와 아르케네스는 왕실 문장이 그려진 깃발을 가지고 있다. 이걸 말 안장에 꼽고 달리면 어느 요새에서나 간단하게 통과할 수 있고 원한다면 숙박과 말도 교환해 준다. 왕실 소속 전령은 이런 점이 매우 좋다.

밤새도록 먼지를 먹어가면서 부스스한 몰골로 저택 안으로 들어서자 시녀들이 호들갑을 떨어댄다. 그런 시녀들을 대여섯이나 등 뒤로 달고 저택 안으로 들어서자 1층 홀에서 침울한 표정으로 혼자 놀고 있던─물론 주변에 유모와 시녀 둘이 항시 대기 중이지만…─로렌이 나를 보고는 까르르 웃으면서 내게 기어온다.

"마아! 마아!"

"오~ 우리 로렌. 엄마 없는 동안 잘 있었어?"

"마아아~"

로렌에게 달려간 내가 냉큼 안아 들자 내게 꼭 달라붙어서 떨어질 생각을 안 한다. 얼마나 엄마가 보고 싶었으면 이렇게나 반가워할까. 역시 내 아들!

"마마, 목욕물을 준비하겠습니다."

"그래. 우리 로렌도 같이 들어갈 거니까 온도에 신경 쓰도록."

"예, 마마."

"키칭… 키칭……."

로렌이 그 작은 입으로 재채기를 해댄다. 아… 먼지 때문인 것 같아. 이 녀석 떨어질려고 하지 않는데… 어쩐다……. 에이, 몰라. 로렌아, 조금만 참으렴. 씻기 전에 이 먼지투성이 옷부터 벗어 던져야겠다.

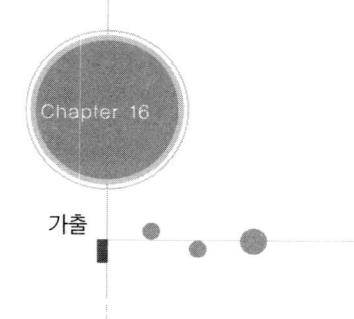

Chapter 16

가출

가출이라고? 죽을래? 아님 맞을래? 내가 불만투성이 어린애로 보이냐? 앙? 난 단지 이 나라의 앞날과 발전을 위해서 이 한 몸 희생한 거라고! 알아들었어? 이 고귀한 희생을 가출로 격하시켜? 내가 현실을 외면한 채 도피하는 인간으로 보이냐? 앙?

—제2대 황실 서기관이자 궁중 역사학자인
후렌 경이 집필한 '황실 비사' 중.
—자상하시고 우아하시며 고상하신 대 크레센트 제국의
황후 마마와의 대담 중.
—주: 이 페이지가 내가 쓴 황실 비사의
마지막 페이지가 되는 줄 알았다. 불쌍한 내 심장…….

가출

―대륙력 997년 봄. 크레센트 왕국 수도 크론발.

결국 돌아와 버렸다. 아아, 불쌍한 내 인생아. 가엾은 내 청춘아. 난폭한 손길에 꺾여진 불쌍한 한 떨기 장미꽃과도 같구나. 나의 삶은…….

"…뭐 하십니까? 마마."

"궁상떨어."

내 옆에 앉아서 날 바라보던 댄의 표정이 기이하게 변했다. 난 넓디넓은―카렌 같은 녀석이 백 명쯤은 숨어 있어도 이상할 게 없어 보이는…―정원의 한편에 쪼그리고 앉아서 눈앞에 흐드러지게 피어 있는 장미 잎사귀를 하나하나 뜯어내면서 댄에게 대답했다. 가끔은 너무 힘을 줘서 뿌리째 뽑혀 나오기도 했지만… 혹은 꽃잎 하나만 따려고 했는데 꽃송이가 몽땅 끌려올 때도 있었지만… 그래도 그런 사소한 일은 매우매우

우울한 내게 있어서 아무런 근심거리조차 못 된다. 아니, 눈길조차 안 간다. 하아아아아……

"걱정거리가 있으신가 보군요."

"…너라면 저 꼴을 보고도 걱정거리가 안 생기겠냐? 응?"

내가 가리킨 곳. 그러니까 대략 30m가 넘는 화원을 넘어선 그곳. 잔디가 가득 깔려 있는 정원 한쪽. 따사로운 봄 햇볕이 넘치도록 내리쬐는, 보기만 해도 밝은 기운이 물씬 풍겨 나올 듯한 그곳! 바로 저기에 단란해 보이는 한 가족이 하하호호 웃으면서 즐거운 오후의 한때를 보내고 있다.

"……."

"할 말 없지? 그치?"

"그… 그렇군요."

"어떻게 이렇게 될 때까지 내게 아무 말 안 하고 있었던 거야? 앙?"

"죽여주십시오."

"저긴… 내 자리라고!"

끄아악! 화나! 열받아! 죽일 테야! 이 화창한 날씨에 내가 왜 이러고 있어야 돼? 앙? 저기서 순진한 얼굴로 웃고 있는 로이드! 그리고 '빠야~ 빠야~' 하면서 해맑은 미소로 그 어떤 냉혈한도 녹여 버릴 듯한 귀여운 로렌! 그 옆에서 세상 달관한 듯한 웃음을 입에 걸고 있는 망할 계집!! 그래! 바로 저 계집애가 문제야!! 크아아앗!!

"저 계집애 이름이 뭐라고 했지?"

"코넬리아… 코넬리아 드 프로센입니다, 마마."

"언제부터 저 모양이 된 거야?"

"그게…… 폐하께서는 별 신경을 안 쓰셨습니다. 그래서……."

"호… 그래서 저렇게 단란한 가족 같은 분위기냐? 응?"

으드득……. 정말 신경질난다. 우리 로렌은 빼앗겼지, 남편이라는 나쁜 인간은 이 가엾고 불쌍한 부인을 쳐다도 안 브지. 거기다 어디서 굴러들어 온 괴상망측한 계집애가 내 자리를 당연하다는 듯이 턱 하니 차지하고 있지! 괜히 돌아왔어. 괜히… 흐윽……. 그냥 좀 더 튕기고 있는 거였는데에…….

며칠 전 로이드가 워렌 영지로 찾아왔다. 뭐… 평소에도 지겹게 놀러(?) 오곤 하니까 그날도 그냥 그러려니 하고 내가 넓은 마음으로 로렌을 넘겨주고 우아한 한때를 보내고 있는데 갑자기 로이드가 로렌을 안아 들고는 내게 다가왔다. 그리고는……

"내가 데려간다."

라는 주어와 서술어를 몽땅 떼어버린 괴상망측한 발언을 했다. 당연히 난 반대했고 내가 죽어도 안 된다고 하니까 갑자기 로이드가 검을 빼 들더니 다시 말했다.

"내가 데려간다."

…하여간 멋이건 무드건 개뿔도 없는 얼음 대마왕이라니까. 성질 같아서는 역사에 길이 남을 부부 싸움이라도 한 판 벌이고 싶었지만 가련하고 연약한 내가 참아야지. 음음. 아무리 성질난다고 남편을 두들겨 패서야 되겠어? 덕분에 나와 로렌은 정말 '어쩔 수 없이' 왕성으로 돌아오게 되었다. 왕성으로 들어설 때까지도 난 몰랐다. 설마… 이렇게 될 줄이야… 흑…….

왕성으로 돌아와서부터 문제가 시작되었다. 내가 2년 전에 쓰던 왕비 궁으로 돌아가 보니 못 보던 여자애가 화려한 드레스를 입고 기품있는 걸음으로 걸어나왔다. 딱 보고 알았다. 저 계집애가 누구인지. 제 아버지와 같은 갈색 눈동자를 가진 데다가 아주 자연스러운—나처럼!—몸가짐. 거기다 약간이지만 제 아버지의 얼굴형이 남아 있는 얼굴이다. 그 계집애는 날 보자 제 옆에 있는 시녀에게 말했다.

"누구? 손님이니?"

"저어……"

마치 제 집처럼! 자기가 이 집 주인인 것처럼! 크앗! 이것만으로도 신경질이 바짝 오르는데! 녀석은 시녀에게 나에 대해서 듣고는 한다는 말이…….

"어머… 처음 뵈어요, 왕비 마마. 참 오랜만이시군요."

라면서 웃는다……. 하! 지금 시비 거는 건가? 앙? 그렇지 않아도 로이드가 로렌을 데려가 버려서 짜증이 마구 솟구치는데 별 웃기지도 않는 게 내 신경을 긁는다.

"……"

난 그 계집애를 노려보다가 어린애랑 드잡이질할 가치도 없다고 판단, 인상을 마구 쓰면서 그 계집애를 지나쳐 내 방으로 향했다. 그런데 내가 아무 말 없이 지나가자 빌어먹을 계집애가 날 부른다.

"저기요! 왕비 마마! 다음에 한가하실 때 티타임을 가지는 건 어떠세요? 네? 제게 좋은 홍차가… 어머… 가버리셨네."

…라고! 천연덕스럽게! 저것이! 뭘 믿고! 저렇게 여유만만인 거야? 거기다 왕비 궁의 장식은 이게 뭐야? 복도마다, 벽마다 걸려 있던 역대 국왕의 초상화는 죄다 어디로 가고 아까 그 계집애의 초상화가 가득 걸려 있다. 거기다 로이드의 초상화까지! 그뿐이면 말도 안 해! 복도에 세워져 있던 갑옷 장식도 사라지고 대신 거기에 꽃병이 놓여 있다! 으

아아아!! 뭐야! 이 어린 계집애 같은 취향은?!
"에레니아! 에레니아 시녀장!"
대답없음. 다들 어디 간 거야? 앙?
"에린!"
"네넷, 마마."
"가서 시녀장 이하 시녀들 전부 집합시켜! 당장!"
"네에… 하지만……."
"예니는 내가 맡고 있을 테니까 당장 갔다 와!"
"넷!"

저 바보 같은 것! 하여간 에린 녀석이라도 있으니 그나마 좀 안심이다. 오기 싫다는 걸 억지로 협박해서 끌고 왔다. 그래도 역시 말이 통하고 부려먹기 쉬운 건 에린뿐이거든. 한 가문의 귀부인을 내 멋대로 데려다가 내 시중을 들게 하는 건 좀 찔리긴 했지만 에린이야 내 말이라면 껌뻑 죽는 데다가 댄도 내 손아귀에서 놀아나고 있으니 누가 뭐라고 할까? 거기다 댄 녀석도 좋아하는 것 같았다. 뭐라더라… 이제 매일 예니를 볼 수 있어서 좋다던가? 흥!

졸린지 눈을 비비면서 꼬물거리는 예니를 달래즈면서 얼마간 서 있었더니 에레니아 시녀장과 제린, 죠안 등이 내게로 뛰어왔다.
"마마아… 마마, 돌아오셨군요."
"그래. 잘들 지냈어?"
"신경 써주신 덕분에요, 마마."
"시녀장은 왕궁 안을 담당하는 총시녀장이 되었다면서? 출세했네?"
"호호, 이게 다 마마께서 내려주신 은혜죠."
"그래, 소식은 대충 들었겠지?"

"예에. 이제 아주 돌아오신 거지요?"

"응. 그리고 저기 에린 녀석이 묵을 방도 구해줘. 내 방 근처로."

"물론입니다, 마마. 에린…… 아니, 이제 워렌 자작 부인님이라고 해야 하나? 호호호."

"그냥 전처럼 불러주세요, 시녀장님."

"아니죠. 신분이 있는데요, 자작 부인. 자, 가시죠, 마마."

"그래……."

뭔가 좀 찜찜하긴 하지만… 뭐… 기우겠지.

…라고 생각했는데. 기우가 아니었다. 뭐야? 이 방 꼴은?

"이게 내 방이야? 응?"

"지금… 정리 중입니다, 마마. 조금 시간이 걸리더군요."

할 말을 잃어버렸다. 전에 쓰던 왕비궁의 내 처소. 그곳은 완전 소녀 취향의 웃기지도 않는 방으로 변해 있었다. 분홍빛 벽지는 그렇다 치자. 하지만 저 건들기만 해도 끔찍해 보이는 어마어마한 양의 레이스들이라니……. 거기다 어디를 둘러봐도 보이는 로이드의 초상화들… 전신상, 단신상, 흉상 등 사방에 남정네의 눈동자가 널려 있었다. 손바닥만한 사이즈부터 실물 크기만한 것까지.

이 정도면 광적이야, 광적. 어떻게 저런 초상화를 그리도록 놔둔 걸까? 로이드가 그렇게 인내심이 많다고 생각되지는 않는데…….

난 까까거리면서 벽지를 뜯어내고 천장에 매달려 레이스를 벗겨내고 있는 시녀들과 하녀들 사이를 지나쳐서 한쪽 벽 앞에 섰다. 거기에는 당당한 모습으로 허공을 올려다보고 있는 로이드가 있었다. 이건… 마음에 드는군.

"시녀장!"

"예! 마마."

"이 그림 빼고 다 떼버려."

"알겠습니다, 마마."

"그건 그렇고… 어떻게 내 방에 저런 계집이 살고 있는 거지? 응? 이 나라의 왕비는 내가 아니었던가?"

"…왕비 마마는 한 분뿐이시지요. 하지만 국왕 폐하의 부인은 한 분이 아니니까요. 왕성에 계시는 분이 이 왕비궁의 주인이신 것이죠. 마마, 이제 다시 안 나가실 거죠? 예?"

"으응……."

왠지 질책받는 느낌이……. 아! 시녀장이 남작 부인이었지? 플로렌스 가문이었던가? 거기 작위 좀 올려줘야겠다. 최소한 에린과는 동급으로 해줘야지 서로 불편하지 않겠지? 이건 조금 있다가 댄이 오면 시켜야겠다.

그렇게 생각하면서 정원으로 나온 게 30분 전이다. 사람을 시켜서 댄을 부르고 정원으로 나온 내 눈앞에 저기 멀리서 단란한 한때를 보내고 있는 가족이 눈에 들어온 것이다. 흐윽……. 난 뭐야……. 징징짜면서 울고 싶다. 비련의 여주인공처럼.

"한번 가서서 말을 붙여보시지요?"

"너라면 저 화기애애한 분위기에 뛰어들고 싶냐? 지금 저기에 뛰어들면 내가 악당이 되는 걸 몰라서 말하는 거야? 내가 에린이랑 예니를 구박하는 모습이 보고 싶은 거냐?"

"…절대 사양입니다. 차라리 제 목을 베세요."

"칫… 아아앙… 우리 로렌… 엄마 여기 있단 말이야. 엄마를 불러!

어서… 엄마아… 라고 해줘어…….”
 로이드 미워! 로렌도 미워! 코넬리아라는 계집은 죽여 버릴 거야! 댄도 죽도록 패줄 거야! 다 미워! 흐윽……. 이 엄마의 이런 슬픈 상황을 아는지 모르는지 로렌이 '까르르' 하고 웃는다. 우아앙…….

 결국 정원에서 두 시간이나 숨어서 쪼그리고 있었다. 댄 녀석마저 중간에 '바쁜 일이 있어서……' 어쩌고 하면서 도망쳐 버려서 불쌍한 난 홀로 쪼그리고 앉아 괜히 장미나무에 화풀이나 해댔다. 그렇게 몇 년은 되는 듯한 길고 긴 시간이 지난 뒤 로이드와 로렌이 정원을 나와서 왕성 안으로 들어갔을 때 난 이를 뿌득뿌득 갈면서 저린 다리를 부여잡고 그들을 뒤따라갔다.
 "오오… 신이시여… 제게 어찌 이런 시련을 내리시나이까?"
 으응? 이게 뭔 소리야? 다리를 절뚝이며 로이드를 뒤쫓아가던 난 이상한 기분이 들어 슬며시 돌아봤다. 히끅……. 대여섯 명쯤 되는 정원사들이 좀 전에 내가 있던 곳에 서 있었고 그 앞에는 머리가 새하얀 노인이 털썩 주저앉아서 피눈물을 흘리고 있었다. …튀자!

 쿵. 쿵. 쿵.
 본궁 안으로 들어온 나는 눈앞에서 얼쩡거리며 길을 막는 귀찮은 시종과 시녀들을 밀쳐 버리고—와장창, 팔락팔락… 와르르… 등등의 소음이 내 귀를 귀찮게 했다—국왕의 집무실로 향했다. 막 집무실 앞에 도달하니 입구에 두 명의 기사가 서서 단창을 교차시키며 내 앞길을 막았다.
 "정지! 이곳은…….”
 "비켜!"

뭐야? 이것들은! 정말이지… 내가 잠깐 나가 있었다고 별 같잖은 것들이 다 시비를 건다! 으아! 짜증나!

"폐… 폐하께서는 아무도 들이지 말라고……."

"비키라고 했다!"

난 경고했어! 내 경고를 듣고도 서로 눈치만 보는 두 기사 앞으로 성큼성큼 걸어간 나는 입구를 막고 있는 창날의 중간을 붙잡았다.

뚜둑…….

조금 힘을 주자 대번에 부서졌다. 난 조각난 창날을 등 뒤로 내던져 버리고 두 기사 녀석의 얼굴을 노려봐 준 뒤—투구가 아니라 모자를 쓰고 있어서 얼굴을 똑똑히 기억했다. 두고 보자!—문을 열어젖혔다.

"기… 기다리……."

"그만둬!"

그 기사들 중 왼쪽의 기사가 롱 소드를 반쯤 빼 들면서 나를 쫓아 안으로 뛰어들려 했지만 같이 근무하던 다른 기사가 그의 손을 제지하면서 고개를 저었다. 흠, 저 녀석은 눈치가 좀 있군. 옆의 멍청이보다 두 대 덜 때려주마. 으득.

콰앙!

드레스를 양손으로 잡고 살짝 들어 올린 채 걸어찼더니 아주 깔끔하게 양쪽으로 활짝 열렸다. 뭐… 경첩이 반쯤 떨어져 나갔지만 내가 수리할 것도 아닌걸 뭐.

"누구야? 아무도 들이지……."

"마아……."

잘한다. 국왕이라는 사람이 말이야, 집무실 책상에 앉아서 자기 아들 재롱이나 보고 있다니… 참나. 일할 땐 일하고 쉴 땐 쉬어야지. 일할 때도 놀고 쉴 때도 놀고. 언제 일하는 거야? 응?

"우리 아가가 너무 보고 싶어서 말이죠. 폐.하. 로레엔~ 잘 놀았니?"

"우웅."

우후후. 정말 누구 아들인지 말귀도 잘 알아듣는다. 우리 아긴 천재일 거야. 암암. 그런데… 저 코넬리아 계집은 왜 여기까지 들어와 있는 거야? 씨이…….

나를 발견한 로렌이 제 아버지의 책상을 엉망으로 만들며—펄럭펄럭, 콰당… 주르륵……. 타닥타닥… 잘한다 우리 아들!—엉금엉금 기어온다. 난 책상 맞은편으로 냉큼 달려가서는 우리 로렌을 잽싸게 안아 들었다.

"녀석, 또 무거워졌구나. 응?"

"마아… 마아……."

보들보들, 조물조물. 고 작은 손으로 날 꽉 움켜쥐면서 내게 안겨오는 로렌. 너무너무 귀여워. 우후……. 그동안 쌓인 스트레스가 단번에 날아가는 듯한 기분이다.

"무슨 일로 온 거야?"

"로렌 보러요, 폐하. 오늘 하루 종일 못 봤잖아요."

"봤으면 어서 돌아가. 로렌은 나한테 넘기고……."

"싫어요!"

"뭐야?"

쾅!

갑자기 로이드가 인상을 쓰면서 책상을 내리쳤다. 얼레? 지금 나한테 화내는 거야? 하!

"우에에엥……."

"애 놀라게 왜 그러시는 거예요? 네?!"

갑작스러운 큰 소리에 놀란 로렌이 울어 젖히자 로이드가 당황한 표정으로 어쩔 줄 몰라 한다. 당장에 내게서 로렌을 뺏어 들고 달래주고 싶다는 표정이 얼굴 가득 떠올라 있었지만 나를 만만하게 보면 안 되지! 암!

난 한 손으로 로렌을 받치고 다른 손으로 토닥여 주면서 책상에 바싹 다가섰다. 나를 노리며 올려다보는 로이드를 마주 쏘아봐 주던 난 오른손을 들었다. 그리고 수도로 책상을 내리쳤다.

쩍! 우직……

깔끔하게 반으로 갈라졌다.

"썩었나 보군요, 폐하. 체면도 있으실 텐데 가구는 좋은 걸 쓰셔야죠. 안 그래요?"

"…협박이냐?"

"아.니.요. 되려 저나 협박하지 마시죠. 그래, 그래. 괜찮아, 로렌. 겁먹을 것 없어. 엄마가 여기 있잖아."

"도대체 왜 그래? 응? 왜 이러는 건데? 아넬리안!"

"흥. 로렌은 제가 데려가겠어요."

"안 돼! 절대 안 돼!"

"당신… 아니, 폐하는 옆에 계신 우아한 숙녀 분과 우리 로렌 동생이나 만드시죠? 그럼 용무는 마쳤으니 이만 가보도록 하죠."

로이드의 얼굴이 빨개졌다. 흥! 고개를 돌려 옆을 보니 코넬리아 이 계집애는 뭔가를 골똘히 생각하는 듯한 얼굴이다. 무시! 무시! 이만 돌아가야지. 그렇게 생각하고 분노한 표정의 로이드를 마주 노려봐 준 난 아무 말 없이 몸을 돌렸다. 그리고 밖으로 걸어가는데 갑자기 뒤에서 '짝' 하고 박수 소리가 났다.

"아!! 꺄악! 몰라, 몰라!! 아잉… 왕비 마마님도 짓궂으시긴……."

뭐냐. 저 계집애 진짜… 짜증난다!

왕비 궁으로 돌아와 보니 그럭저럭 전에 내가 살던 모습으로 돌아와 있었다. 벽지는 가을 하늘 같은 파란색이었지만 그 정도는 뭐……. 그보다는 짜증나는 그 계집애의 얼굴이 사라져서 기분이 좋다. 거기다 수십 쌍은 될 법한 로이드의 눈동자도 한 개로 줄었고 말이야. 그 그림들을 다 걸어놓고 자다간 밤에 눈이 40개쯤 되는 '로이드' 라는 이름의 괴물에게 쫓기는 악몽을 꾸게 될 거야. 틀림없이!

"시녀장!"

"예! 마마, 여기 있습니다. 어머! 꺄아. 왕자 전하신가요? 너무너무 귀엽네요, 마마."

"응, 그보다……."

"전 에레니아 시녀장이에요, 왕자 전하. 어머나. 부끄러워하시네. 호호호. 참 잘생기신 전하시네요. 그렇죠? 마마."

"내 말은……."

"어쩜! 눈매가 이렇듯 폐하랑 꼭 닮았을까!"

"시녀장!"

"네넷! 마… 말씀하세요, 마마."

사람이 말이야! 좀!! 하긴 우리 로렌이 이쁘고, 귀엽고, 착하고, 씩씩하며, 활달하고, 음… 또 뭐가 있으려나……. 아니, 이게 아니야!

"이제 말해도 돼?"

"예예! 말씀하세요. 호호호, 전하께서 너무 미남이셔서 제가 잠시 정신을 못 차렸네요."

"내 방 치장은 다 끝난 거야?"

"예. 우선 가져오신 짐들은 모두 안으로 들여놨습니다. 조금 정리만 하면 됩니다, 마마. 그런데… 코넬리아 백작 부인의 짐은 어떻게 할까요? 우선은 빈방에 모두 모아놨습니다만……."

"내다 버려!"

"하지만… 마마, 그분도 이제……."

"시끄럿! 내가 그런 계집애랑 같이 살아야겠어? 앙? 별궁이든 후궁이든 아니면 성 밖이든 알아서 갖다 버려!"

"하나! 마마가 안 계신 동안 이 왕국의 국모 역할을 대신해 주신 분입니다."

"뭐야? 그럼 내가 무책임하게 내 의무를 져버리고 도망이라도 갔다고 말하고 싶은 거야? 지금?"

"전 그렇게 말씀드리지 않았습니다. 하지만… 그런 말씀을 하시는 걸 보니 찔리시는 게 있긴 하신가 보군요."

"…크으."

"마아마아."

"그래. 괜찮아, 로렌. 엄마 화난 거 아니야."

요 작은 녀석. 내가 화를 내자 고 앙증맞은 손을 뻗어서 내 볼을 토닥거린다. 그래그래. 휴우…. 나도 참 별것도 아닌 것 가지고 괜히 열을 냈구나. 에유, 귀여운 것.

"됐다, 됐어. 알아서 해. 시녀장, 차나 줘."

"예, 마마."

"어머나, 여기 다 있네."

응? 이 익숙하면서도 무지막지하게 귀에 거슬리는 이 목소리는? 역시나… 저 코넬리아 계집애! 언제 여기 온 거야?! 캬앗! 정말이지 보기만 해도 짜증이 나는데 자꾸 눈앞에서 알짱거릴래? 죽도록 패줄까 보다!!

"어쩌나. 저녁에 무도회가 있는데……. 누구 손 남는 애 없니?"

저 계집애의 말이 끝나자마자 사방에 흩어져서 내 방 단장과 정리 정돈을 하고 있던 시녀들이 우르르 몰려온다. 그리고는 단번에 코넬리아가 시키는 대로 일을 하기 시작한다. 내 방은! 내 짐은! 내 물건은! 우리 로렌이 쓸 것들은! 이 망할 녀석들!! 누가 너희들을 이 왕궁에 넣어줬는데!!

"끄응……."

"인덕의 차이죠, 마마. 코넬리아님처럼 착하고 기품있는 부인은 정말 드문걸요. 호호."

"지금… 나 놀리는 거야?"

"설마요, 마마. 호호호. 차를 내어오도록 하겠습니다. 제린, 왕자 전하께서 드실 만한 걸 찾아와요. 자자, 다들 꾸물대지 말고 어서 일들 해요. 어서."

짝짝.

시녀장이 손뼉을 치면서 소리쳤다. 그러자 시녀들이 일사불란하게 일을 분담해서 처리하기 시작했다. 하지만… 그래도 저 코넬리아 계집애의 짐을 날라주는 시녀가 더 많다. 자존심 상해!

실수했어. 정말 실수했어. 쳇. 그동안 까맣게 잊고 있었는데 이 왕비궁에 들어온 시녀들은 모두 이전에 내가 뽑은 아이들이다. 그러니까

뽑기는 내가 뽑았는데 겨우 열 살에서 열세 살 사이의 어린아이들인 것이다. 그런 데다가 내가 2년씩이나 이곳을 비우고 있었으니 그동안 저 코넬리아 계집과 친하게 된 거야. 에휴……. 시녀들의 지위나 가문을 보자면 저 아이들의 가치도 상당한데 그동안 너무 무관심했었나 보다. 쳇. 천하의 아넬리안이 이런 실수를 하다니. 저 중 몇이라도 워렌 자작령으로 데려갔어야 했는데……. 기분 꿀꿀해.

"까아~ 까꺄!"

난 침대에 엎드린 채 손에 들린 비단─비싼 거다─손수건을 팔랑팔랑 흔들었다. 로렌은 내 손에서 흔들리는 손수건이 신기한지 계속 따라다니면서 손수건 자락을 잡으려고 손을 뻗었다. 가끔은 제 엄마를 타고 넘기도 하고 지지 누르기도 하면서 말이야. 로렌아……. 딴 건 암말 안 하겠는데……. 제발 등을 타고 넘어갈 때 엎어지지만 마라. 너도 이제 꽤나 무거워져서 숨이 턱 막힌다고……. 난 오른손에 들고 있던 손수건을 왼손으로 옮겨 쥐면서 허공에 대고 흔들었다. 팔랑팔랑.

"까꺄~ 꺄."

로렌은 뭐가 그리도 좋은지 엉덩이를 들썩이면서 폴짝거린다. 손까지 휘저으면서 들썩이던 로렌은 손수건에 자기 얼굴 근처에서 팔랑거리니까 역시나 바둥거리면서 두 손으로 그것을 잡으려 한다. 후훗. 귀여운 녀석. 정말 로렌 때문에 산다니까.

"재미있어 보이는군."

"누구? 폐… 폐하. 여긴 어쩐 일로……."

"잊었나 본데, 여긴 내 방이기도 하다고. 물론 내 처소는 다른 곳에도 많지만 말이야."

난 잽싸게 몸을 일으켰다. 그리고는 머리를 정돈하고 앉았다. 그러는 사이에 로이드는 침대 가에 주저앉은 뒤 내가 내려놓은 손수건을 들고는 그 끝을 로렌에게 늘어뜨렸다. 우리의 귀여운—너무 귀여워서 깨물어주고 싶은…—로렌은 냉큼 손수건 끝자락을 붙잡았고 로이드는 아기가 천을 붙잡자 하하하 웃으면서 말했다.

"걸렸다. 하하하. 이거 봐. 이거 월척인걸? 하하하."

"꺄우……"

로렌 녀석… 두 손으로 손수건을 꼭 쥔 채 다리를 부들부들 떨면서 일어섰다. 아우우우!! 정말이지! 왜 이렇게 이쁜 짓만 하는 겨! 나도 모르게 저절로 웃음이 나왔다. 로이드는 폴짝 뛰다가 엉덩방아를 찧으며 침대에 주저앉는 로렌을 안아 들고는 손수건을 들려주었다. 로렌은 작게 옹알거리면서 손수건을 쥐고 잡아당기고 흔들어댔다. 정신없어 보이는걸…….

"무슨 일로 오신 거죠? 폐하."

"이 녀석, 못 본 사이에 힘이 좋아졌는걸? 웃차… 이 녀석! 그렇게 흔들지 마! 떨어지잖아!"

로이드는 버둥거리는 로렌을 붙잡고 있다가 결국 포기했는지 침대에 내려놓았다. 그러자 로렌은 두리번거리다가 내 쪽으로 쪼르르 기어와서는 내 무릎 위에 올라선 뒤 작게 하품을 한다.

"로렌, 졸려?"

하긴 그렇게 줄창 뛰어놀았으니 피곤하기도 하겠다. 난 꾸벅꾸벅 졸기 시작하는 로렌을 안고 등을 토닥여 주었다. 내 품에 안긴 로렌은 연신 하품을 하다가 이내 쿠우… 하고 작은 숨소리를 내면서 잠이 들었다. 우리 로렌이 깰까 봐 조심스럽게 침대 위에 내려놓은 나는 살며시 이불을 덮어주었다. 그리고 고개를 들어보니 로이드가 포도주 병을 들고 살짝 흔드는 모습이 보였다.

"한잔할까?"

"영광이에요, 폐하."

난 오랜만에 진심으로 미소 지으며 침대에서 일어섰다.

사방이 조용하다. 가끔 복도 쪽에서 작은 소리가 들려오기는 하지만 나와 로이드 사이에는 아무 말도 오가지 않았다.

쪼르르…….

둥그런 유리잔에 붉은 포도주가 채워진다. 아아…….

"세 잔째예요."

"응?"

"혼자서 마신 잔 수요. 세 잔이에요."

"흠… 그랬던가? 당신도 마시지 그래?"

로이드는 그렇게 별것 아니라는 투로 말하면서 다시 와인 잔을 집어 들고는 단숨에 마셔 버린다. 와인을 저렇게 마시다니! 와인이란 향을 음미하고 한 모금씩, 조금씩 마시는 거라고! 에잇! 꿀꺽……. 그에엣!!

"푸우… 이거… 독하군요."

"조금. 도수가 높은 술이지. 요즘 즐기게 된 취미 중 하나야."

"……."

작게 쓴웃음을 짓는다. 뭐라고 말을 하고 싶지만 로이드의 저런 표정을 보니 입이 떨어지지 않았다.

"후후. 왕이라는 거… 생각보다 대단할 것도 없더라고. 그냥… 선조들이 해왔던 대로 해 나가면서 귀족들 취향에 맞게 법 몇 개 만들어주고 왕명으로 명령 몇 개 내리면 그만이야. 가끔 기분 내키면 연회라도 열고 무도회장에 참석도 좀 해주고 말이야. 그러면 되는 거더군. 후후후."

"……."

"그래……. 겨우 이런 것 때문에 브래드릭 형님이 나와 의절하고 마틴이 유폐당해야 했던 건가?"

"폐하는 이 나라, 크레센트의 주인이시자 기둥이세요. 기둥이 없는 집은 금세 무너지고 말죠."

"알아. 후우……. 이제 겨우 2년이야. 겨우 2년밖에 안 지났는데… 지겹더군. 매일매일이… 똑같아. 왕자였을 때나 지금이나 달라진 건 없어. 단지 머리에 조금 더 무거운 금덩어리를 얹고 있다는 것을 빼면 말이야."

"폐하는 위대한 분이 되실 겁니다."

"누가? 내가? 훗. 폭군이 안 된 것만 해도 다행으로 알라고. 솔직히 그때 심정 같아서는 모조리 다 죽여 버리고 싶었으니까. 지금 내 앞에서 알랑거리는 귀족 놈들이나… 당신이나… 모두……."

"취하신 것 같군요."

"내가? 겨우 와인 몇 잔에 취할 것 같아? 그대는 여전히 날 무시하는 것 같군."

"왕으로서, 나라의 주인으로서 품격을 좀 지키세요, 폐하."

"후우……. 품격? 뭣 하러? 그대도 귀가 있으니 알겠지? 내가 왕명으로 무리한 공사를 진행시켰다. 국고가 바닥날 정도로 말이야. 그런데 귀족 놈들은 그런 것 따윈 아무런 상관도 안 해. 내가 아무것도 안 하고 있어도 역시 마찬가지일걸? 귀족들에게 난 그저 발언권이 좀 더 강한 대귀족 정도일 뿐이야. 그런 내게 품격을 가지라고? 뭣 하러? 아니면… 전쟁이라도 벌일까? 훗. 내 이름으로 전쟁을 벌인다고 하면 머저리 같은 귀족 놈들이 벌 떼처럼 몰려들걸? 한 치의 영지라도 더 얻어내기 위해서 말이야."

"물론 그런 자들도 있을 겁니다, 폐하. 하지만 워렌 자작 같은 충신도 있죠."

"충신? 그래… 워렌 자작. 그래, 맞아. 충신이지. 그런데 말이야. 그놈은 누구의 신하지? 응?"

"…당연히 폐하시지요."

"그래? 하하하! 그래… 그랬단 말이지. 워렌 자작은 바로 내 부하였군. 하하하하."

"……."

"아넬리안."

"말씀하십시오, 폐하."

"난… 바보가 아니야. 알아들었어?"

"……."

"침묵은 긍정이라고 생각하지. 그럼 푹 쉬라고. 오랜만에 잠자리가 바뀌어서 낯설 테니까."

그렇게 말한 로이드는 빈 잔에 포도주를 한 잔 더 따르고는 단숨에 마셔 버렸다. 그리고 자리에서 일어섰다.

"아넬리안."

"예, 폐하."

"다시 이곳을 나갈 건가?"

"…글쎄요."

"흥. 확실히 대답하는 건 하나도 없군. 하긴 나 역시 기대도 안 했지만……."

 나를 내려다보며 말하던 로이드는 그대로 내게서 등을 돌리고 문 쪽으로 걸어갔다. 뭐라고 말해야 할지 고민하던 난 그가 문고리를 잡았을 때야 겨우 입을 뗐다.

"폐하."

"뭔가?"

"아직도… 저를 미워하시나요?"

"…아니. 하지만… 이젠 그대를 사랑하지도 않아. 그리고… 로렌에게 동생을 안겨주고 싶지도 않고. 저 아이에게 나 같은 고통을 넘겨주고 싶지는 않으니까."

"그런… 가요."

철컥. 타악.

문이 닫혔다.

"하아……. 정말이지… 이젠 익숙하다고 해도… 힘든 건 여전하구나……."

 이젠 아무것도 모르겠다. 내가 뭘 하는 건지 뭘 추구한 건지도 말이야. 훗. 하긴 미움받는 건 내 전공이라고. 그래……. 아하하하! 그가 남기고 간 포도주 병을 들어 올렸다. 절반쯤 남아 있군. 후후후. 난 포도주 병을 입에 가져다 댔다.

"꿀꺽. 꿀꺽."

 목이 타 들어가는 듯하다. 크으으…….

"캬하! 딸꾹. 젠장할… 망할……."

 단숨에 반 병을 들이켰더니 속에서 금세 반응이 온다. 화끈화끈. 꼭 불덩어리를 삼킨 것 같잖아. 우우……. 비틀거리면서 침대로 걸어갔다. 쿨쿨 잘도 자고 있는 로렌이 보인다. 우리 아기. 불쌍한 우리 아기. 로렌. 로렌. 괜찮아. 로렌. 엄마가 여기 있으니까. 오늘만은… 아무 생각 없이 우리 로렌처럼 깊은 잠을 잘 거야. 로렌아, 엄마랑 코~ 자자? 알았지?

크어어어… 속 쓰리다. 역시 독한 포도주를 안주도 없이 퍼마시는 짓은 미친 짓이었어.

"끄으응……."

우욱… 속이 울렁거려. 당장이라도 토할 것 같은 기분. 우에에…….. 딸꾹. 힘겹게 몸을 일으키면서 부스스한 몰골로 눈을 비비며 일어섰다. 그나마 다행히도 화장대 위에 물잔이 보였다. 끙끙거리면서 손을 뻗어서 잡아 드니 손바닥에 싸한 냉기가 느껴졌다. 누가 아침에 떠다 놓은 것 같았다.

"꿀꺽. 꿀꺽."

캬아아아~ 시원해! 그나마 좀 살 것 같다. 휴우…….

"으응?"

어… 없다? 침대 위에 나뿐이다! 이럴 수가! 우리 로렌! 로렌 어디 간 거야? 응?

"에린! 시녀장! 제린! 누구 없어?"

조용……. 뭐야? 왜 이렇게 사방이 조용한 거야?

"카렌! 카렌! 어디 있어? 당장 튀어나와! 카레엔!"

불길한 예감이 들었다. 설마……. 그런 생각이 들고 나자 더 이상 침대 위에서 뭉그적거리고 있을 수 없었다. 당장에 침대에서 뛰어나온 난 잠옷을 잡아 찢듯이 내던져 버리고 옷장으로 달려가서 손에 잡히는 드레스를 꺼내 입었다. 그리고 막 문을 박차고 뛰어나가려고 할 때 갑자기 내 방문이 벌컥 열리면서 처음 보는 얼굴의 시녀가 헉헉거리면서 안으로 뛰어들어 왔다.

"넌 뭐야?"

"예… 예? 허억… 허억… 저……."

"뭐나고 물었다!"

"저어… 코넬리아님을 모시고 있는……."

뭣? 그 계집애의 시녀라고? 그런데 왜 내 방에 들어온 거야? 코넬리아라는 이름을 들으니 다시 열이 확 뻗쳤다. 아니야! 이게 아니야! 지금 내가 그런 사소한 일에 신경 쓸 때가 아니야!

"왜 온 거지?"

"저기… 부르심을 받고… 왔는데요. 꺄악!"

콰장창!

내 손에 걸린 화병 하나가 벽에 부딪쳐 산산조각났다. 그리고 망할 계집애가 두 손으로 머리를 감싸면서 주저앉는 게 보였다. 크으! 망할! 정말이지… 이 방의 주인이 누군지 모두에게 똑똑히 알려줘야겠다! 힘으로라도!

"후우…. 내 시녀들은 다 어디 간 거야? 그리고 우리 로렌은 어디 있지? 질질 짜지 말고 대답해! 어서!"

"흑……. 네! 저기……."

아우! 신경질나! 저거 완전히 에린 판박이잖아! 어디서 저런 게 튀어나와서 신경질나게 하는 거야! 우씨!

결국 난 우물쭈물거리는 시녀의 대답을 듣기보다 직접 찾아보는 게 빠르겠다고 판단했다. 그래서 문가에서 뭉그적대고 있는 그 계집애의 시녀를 밀쳐 버리고 밖으로 뛰어나왔다. 한낮이니 시녀들이나 하녀들이 바쁘게 일하고 있을 시간인데 내 방 앞은 웬일인지 조용했다. 뭐야? 이 분위기는…….

궁 안을 뛰어다녔다. 아니, 헤메고 다녔다고 말하는 게 옳을 것이다. 눈앞에 거치적거리는 인간들이 가끔 내 앞길을 막아서기도 했지만 그런 놈들치고 내가 살짝 밀치는 것조차 못 버티고 벽과 키스하거나 바닥을 끌어안지 않는 녀석이 없었다. 등 뒤에서 '피다!' 라던가 '의사를!!' 같은 소리가 잠깐 들려오긴 했지만 난 지금 그런 하찮은 일들에 신경 쓸 처지가 아니라고!
"정지! 이곳은 통제 구역입니다! 허가증을……."
뭐야? 이것들은!! 왕성 안에 웬 기사와 병사들이야? 그것도 한둘이 아니다. 병사 열 명과 두 명의 기사? 단순 복도 경비에? 뭔가 있다.
"비켜!"
"허가증을 보여……."
"비키라고 했다."
"폐하의 명입니다. 허가받지 못한 분은 아무도…….."
"근위대냐?"
대답하지는 않았지만 놈들의 표정을 보니 그런 것 같다. 빌어먹을! 네놈들은 전부터 마음에 안 들었어! 주변을 둘러보았다. 그러다가 벽에 걸린 배너(Banner) 기가 눈에 들어왔다. 크레센트 왕실 문장이 그려진 그 깃발을 본 난 그 끝을 한손으로 잡고 강하게 당겼다.
찌이익…….
"무… 무슨 짓을……."

무슨 짓이긴! 이런 짓이지! 길쭉한 천을 죽죽 찢은 난 그것을 양손에 단단히 감았다. 마치 벙어리 장갑처럼 엄지손가락만 빼고 단단히 감은 난 두 손을 탁탁 쳐본 뒤 왕실기를 훼손한 중죄(?)를 지은 날 어떻게 해야 할지 곤란해하는 근위대 기사를 향해 말했다.

"마지막으로 말한다. 비켜."

"허가증 없이는 들어가실 수 없습니다!"

"그래? 그렇다면 좋아. 이 나라의 국모도 못 알아보는 머저리는 필요없겠지. 그 모자걸이로밖에 쓰일 데가 없는 대가리… 박살을 내주마."

"뭐… 뭣?"

앞에서 서서 나와 대화를 나누었던 기사가 당황한 듯 뒤로 물러섰지만 그보다는 앞으로 뛰어든 내가 빨랐다.

타닥.

단 두 번의 도약으로 그 기사의 앞에 선 나는 검집으로 손을 가져가는 망할 놈의 면상을 세게 올려쳤다.

뻑!

건장한 체구의… 그것도 플레이트 아머를 입고 있는 기사 놈이 공중에 붕 떠올랐다가 그 뒤에 서 있던 다른 병사들을 덮쳤다. 그 멍청한 놈의 최후를 내려다보던 난 나의 공격에 자극받은 다른 기사가 검집에서 롱 소드를 반쯤 뽑아 드는 것을 보고는 단숨에 달려들었다. 오른손으로 그자가 뽑아 드는 롱 소드의 폼멜을 강하게 후려치자 검은 다시 검집으로 되돌아가면서 강한 마찰음을 내었고 '악!' 하고 비명을 지르며 붉은 피가 흐르는 자신의 오른손을 내려다보던 그 기사의 턱을 왼손바닥으로 올려쳤다.

콰득! 쿵!

고개를 뒤로 젖힌 채 뒤로 날아갔던 기사는 그대로 벽에 머리를 부딪치고 다시 내 쪽으로 튕겨 나왔다. 하지만 난 이미 몇 발짝 앞으로 나아간 상태였기에 그 기사는 내 등 뒤에서 큰 소리를 내면서 바닥과 진한 키스를 나누었다. 둘!

어설픈 몸놀림으로 내게 창날을 내미는 병사의 창날을 잡고 내 쪽으로 당겼다.

"우왓?"

두 발이 공중에 뜬 채 내 쪽으로 날아오던—그러면서도 창날을 놓지 않은 건 칭찬해 주지—그 병사의 면상을 손등으로 후려친 나는 벽으로 날아가 구겨지듯 뭉개진 그 병사를 한번 쓰윽 본 뒤 창날의 중간을 잡고 힘을 줬다.

뚜둑.

쓸 만한 나무 몽둥이가 내 손에 쥐어졌다.

"자, 죽고 싶은 놈, 앞으로 나와. 내가 친히 쓸데없이 무겁기만 한 그 대가리를 박살 내주지."

"으으……."

내가 한 발짝 앞으로 걸어가자 근위대 병사들이 뒤로 물러섰다. 그렇게 몇 발 앞으로 걸어가고 나니 내 앞에 맨 처음 면상을 작살냈던 기사 놈이 바닥에 엎드린 채 끙끙대고 있는 게 보였다. 난 씨익 웃으며 그놈의 등을 강하게 밟았다.

"크허어억……."

부들부들 떨던 기사 놈이 그대로 눈을 뒤집으면서 기절해 버렸다.

허약하긴. 이런 놈이 기사라니. 사내들의 수치다, 수치. 젠장… 드레스에 피가 튀었잖아!

"삐익! 삐삐익~"

병사 중 한 놈이 높은음의 호각을 불었다. 칫. 시간을 너무 끌었군. 난 밀집 대형으로 뭉쳐서 창날을 내 쪽으로 향하고 있는 병사들 중 가장 선두에 선 놈의 창대 끝을 붙잡았다. 찌직… 하는 작은 소리가 나면서 손에 감고 있던 천 조각이 시퍼렇게 날이 선 창날에 조금 베이긴 했지만 창대를 붙잡는 데는 성공했다. 당황한 그 병사 놈이 힘을 쓰면서 창대를 자기 쪽으로 당겼지만 내가 힘주어 버티자 낑낑거리기만 할 뿐 뒤로 물러서지는 못했다. 덕분에 두어 발짝 뒤로 물러선 다른 병사들과는 다르게 그놈 혼자서 앞에 서는 형태가 되었고 그 병사가 좌우를 돌아보면서 당황하자 난 창대를 힘주어 잡고 녀석 쪽으로 밀었다.

지이익… 퍽!

얼굴이 새빨개지도록 온 힘을 다해 창대를 잡아당기던 그 병사는 그대로 뒤로 물러서면서 자기들끼리 부딪쳤고 다른 두 병사와 같이 바닥을 굴렀다. 그리고 난 그때를 놓치지 않고 앞으로 뛰어들었다.

왼쪽으로 셋, 오른쪽으로 하나. 넘어진 놈들 중 하나를 발로 밟으며 그들 사이로 뛰어든 난 오른쪽에 서 있는 병사의 허리를 손에 쥐고 있는 나무 봉—한때 창대의 일부분이었을…—으로 강하게 후려쳤다.

퍼억!

"크허헉……."

허리를 움켜잡고 쓰러지는 놈에게 시선을 뗀 난 이번엔 왼쪽에 나란히 모여 있는 놈들 쪽으로 몸을 날리면서 왼발로 바닥을 강하게 찍으며 손바닥으로 가장 가까이 있는 병사의 옆구리를 후려쳤다. 발이 바닥에서 살짝 뜬 그 병사는 옆에 모여 있던 다른 병사를 온몸으로 깔아뭉개며 벽에 부딪쳤고 이내 신음 소리를 내면서 바닥을 굴렀다. 처리 끝!

"침입자다!"

"적이다!"

"삐익! 삐익!"

쳇… 앞뒤로 수십 명은 될 법한 근위대 놈들이 몰려왔다. 그래… 어디 한번 죽어보자고!

빠각!

기사 놈이 들고 있던 카이트 실드를 내려쳤던 나무 몽둥이가 그대로 조각조각 부서지면서 사방으로 파편을 흩날렸다. 덕분에 내 볼에서도 튕겨 나간 파편에 긁혀서 피가 조금 흘러내렸다. 그래도 몸을 숙이면서 내 공격을 막아냈던 기사 놈은 그대로 바닥에 주저앉으면서 비명을 질러댔다.

"내 팔… 내 팔!! 끄아악!"

"그렇게 아픈 게 싫으면 나서지 말라고! 이 머저리야!"

엎어진 그 기사 놈의 면상을 구두발로 차주었다. 덕분에 발이 얼얼하긴 했지만 그래도 시끄럽게 소리 지르던 놈은 조용해졌다. 후우…….

"무기는 쓰지 마! 무조건 생포해! 이건 명령이다!"

"하지만……."

기사단장으로 보이는 놈의 외침에 그 옆에 서서 내 쪽을 바라보고 있던 기사가 곤란한 듯한 표정을 지었다. 훗. 하긴 이제 내가 누군지쯤은 알 만한 놈이 왔으니까 말이야. 그나저나… 이거 조금 곤란한 걸……. 앞뒤로 카이트 실드로 몸을 반이나 가린 기사들이 어디서 조달한 건지 궁금한 1m쯤 되어 보이는 단봉을 들고 기회를 노리고 있었고 그 뒤로는 수십 명은 되어 보이는 병사들이 불안한 눈으로 내 쪽을 쳐다보고 있었다. 저놈들을 다 때려눕히기 전에 내가 먼저 지쳐 쓰러질 것 같아. 체에…….

"더 맞고 비킬래? 비키고 나서 맞을래? 응?"

"……."

대답이 없군. 훗. 내가 앞으로 한 발 걸어나가자 어깨를 마주 댈 정도로 좁은 간격으로 서 있던 기사 놈들이 흠칫거리며 뒤로 물러섰다. 그때 뒤에서 철컹거리는 소리가 났다. 몸을 돌리니 눈앞에 건장한 체격의 기사가 단봉을 높이 들어 올린 채 내게 달려드는 모습이 생생하게 들어왔다. 저절로 허리를 숙이고 몸을 낮추어졌다. 이건 습관인가? 조건 반사인가? 내 어깨를 향해 떨어져 내리는 단봉을 지켜보던 난 왼손을 들어서 그 기사의 봉 끝을 잡은 뒤 오른손으로 겁없이 내게 달려든 기사 놈의 오른 팔목을 움켜쥐었다.

"어억?"

놀란 표정? 훗. 좀 더 놀라야 될걸? 왼손을 뻗어서 기사의 건틀렛을 움켜쥔 난 몸을 반바퀴 돌리면서 기사 놈을 휘둘렀다.

부웅… 카랑… 캉캉.

몸이 붕 뜬 채 휘둘러진 기사의 철제 장화 끝이 내 앞을 막고 있던 다른 동료들의 카이트 실드를 마구 긁어댔다. 그리고 내가 손을 놓자 벽으로 날아간 뒤 쿵… 하는 소리와 함께 무지무지 아픈 듯한 비명을 지르면서 바닥에 엎어졌다.

"빌어먹을! 겨우 여자 하나에게 당하다니! 네놈들은 모조리 머저리들뿐이냐?"

"어이. 거기 겨우 어쩌구 하는 놈. 이리 와서 내 앞에서 한 번 그 딴 소리 해보지 그래? 응?"

"흥! 더 이상 난동을 피우시면 저희도 무기를 쓸 수밖에 없습니다! 순순히 돌아가십시오!"

"너… 닥칠래? 아니면 여기 와서 나랑 한 판 떠볼래? 응?"

"품위를 지키시지요! 마마께서는 자신을 길거리 불량배라도 되는 줄 착각하는 거 아닙니까?"

"입 닥치고 이리 나와봐. 남자라면 말이야. 아니, 기사라면이라고 해줄까? 그렇게 잘났으면 어디 한번 나와서 내 상대가 되어달라고. 응?"

"…비켜라!"

그 기사단장처럼 생긴 녀석이 병사들을 헤치고 앞으로 달려나왔다. 그리고는 카이트 실드를 붙인 채 실드월 대형으로 나를 막아서고 있는 기사들을 제친 뒤 내 앞으로 나섰다.

"호오~ 그래도 보기보다 용감한 것 같네? 이름이 뭐지?"

"반슈타인. 기사 반슈타인입니다, 마마. 이제 소란은 그만 부리시고 돌아가십시오."

"싫어!"

난 강하게 거절했다. 덕분에 반슈타인이라는 그 기사단장의 얼굴이 새빨갛게 달아오르는 걸 볼 수 있었다. 실내였기에 투구 대신 둥근 기사단 정모를 쓰고 있어서 얼굴 표정이 바뀌는 게 눈에 확 들어왔다. 훗. 재미있는걸?

"불미스러운 소문이 돌기 전에 돌아가시는 게 좋을 것 같습니다만?"

"훗. 내기할까? 소문 따윈 안 날걸? 나라면 말이야⋯ 아무리 그래도 건장한 기사들이, 그것도 근위대 소속 기사들이 연약한 열아홉 살 소녀에게 박살이 났다는 소문이 도는 걸 철저하게 막을 테니까. 안 그래?"

씨익 웃었다. 후후후. 덕분에 그의 표정이 더 더욱 일그러졌다. 아마 부정할 수 없는 현실이 저주스러울 테지? 후훗. 반슈타인 기사단장은 나를 노려보다가 갑자기 허리에 차고 있는 검집을 잡아 뜯었다. 질긴 가죽 끈으로 묶여 있는 검집을 통째로 벨트에서 뜯어내다니. 호오~ 힘이 장사인걸? 하긴 나보다 머리 하나는 더 크고 몸집은 두 배만하다. 남자에다가 기사이니 당연한 거겠지. 그런데 왼팔 건틀렛에 묶어놓은 카이트 실드까지 뜯어내더니 바닥에 내팽개쳤다.

"뭐 하자는 거야?"

"⋯이런 꼴이라 해도 명색이 기사입니다."

"호오~ 이 나한테 달랑 두 주먹으로 덤비겠다는 거야? 배짱도 좋은데?"

"⋯⋯."

그는 내 말에 대답하지 않았다. 아니, 오히려 양 팔목을 감싸고 있는 건틀렛까지 벗겨내더니 등 뒤로 던져 버렸다. 그리고는 내 주먹보다 배는 커 보이는 두 주먹을 꽉 움켜쥐고는 나를 노려보았다. 흠⋯ 꼭 아르케네스를 보는 듯한 모습이군. 뭐⋯ 아르케네스 쪽이 저 친구보다 더 험상궂고 무시무시하게 생기긴 했지만 말이야. 난 그의 그런 모습을 보고 피식 웃었다. 그리고는 양 주먹을 감싸고 있는 천을 뜯어냈다.

투둑⋯ 툭.

피가 잔뜩 묻고 엉겨 붙은 거친 천 조각을 벗겨내고 나니 온통 까지고 긁혀서 피투성이가 된 불쌍한 내 두 손이 드러났다. 어쩐지 좀 쓰라리더라. 치잇…….

"어이, 반슈타인이라고 했던가? 우리 그냥 힘겨루기나 하지? 응? 보다시피 내 두 손도 이 모양이라서 말이야."

"……."

내가 두 손을 들면서 그렇게 말하자 그는 그저 나를 노려보고 있다가 어깨까지 올린 양팔을 늘어뜨렸다. 아마도 나와 드잡이질을 하는 게 그로서도 걸렸나 보다. 후훗. 바.보.

"지금이라도 조용히 물러가신다면……."

"입 닥치고 이리 와."

그렇게 말하면서 손가락들을 몇 번 쥐었다 폈다 해본 뒤 양손을 위로 들어 올렸다. 그런 내 모습을 보던 그 기사단장은 할 수 없다는 듯이 작게 한숨을 내쉬더니 내 앞으로 걸어왔다. 그리고는 내 손가락의 배는 될 법한 두툼한 손가락들을 내 손가락들 사이에 끼웠다. 그렇게 서로 깍지를 낀 나와 그는 서로를 노려보았다.

"흐음… 먼저 할래?"

"…마마께서 먼저……."

"훗. 곧 죽어도 레이디라 이건가? 그렇다면… 죽어!"

우둑!

내 손가락들이 그의 살 속으로 파고드는 느낌이 생생하게 느껴졌다. 후후후. 나와 힘겨루기를 하려 하다니. 머저리!

"으윽… 크으… 이… 이건… 마… 말도… 크아아악!"

뚜두둑.

손을 좌우로 돌리자 그의 손목뼈뿐만 아니고 팔목까지 꺾여지는 소리가 들려왔다. 어깨 갑옷이 들썩거릴 정도로 반슈타인의 몸이 크게 움찔거렸다. 난 여전히 웃는 얼굴로 팔을 내 쪽으로 당겼고 그 반동에 그는 그대로 바닥에 두 무릎을 대며 꿇어앉았다. 고통으로 일그러진 그는 믿을 수 없다는 눈빛이었지만 불행하게도 이건 현실이라고. 후훗. 좀 더 힘을 주면 완전히 어깨뼈까지 탈골시킬 수 있을 것 같았지만 이쯤 하기로 했다. 내가 두 손을 놔주고 손을 탁탁 털면서 뒤로 물러서자 반슈타인은 축 늘어진 두 팔을 내려다보면서 고개를 떨궜다. 한대 쳐서 마무리 지어줄까도 생각해 봤지만 뭐… 이만하면 됐겠다 싶어서 난 이젠 겁을 집어먹은 표정이 역력한 다른 기사들을 한번 휘~ 돌아본 뒤 입을 열었다.

"다음은? 누구야? 응?"

조용……. 아무도 대답을 못하는군. 후후. 당연하겠지만…….

근위 기사단 단장인 반슈타인은 내가 승리감에 젖어 있을 때 불쑥 튀어나온 두 기사의 손에 끌려서 인간들 사이로 사라졌다. 에이! 인질로 잡고 협박이라도 했어야 했는데… 그런데 이제 또 어떻게 여길 빠져나간다?

"이게 무슨 일인가?"

갑자기 내 앞에서…… 그러니까 대충 보기에도 백 명쯤은 몰려 있는 듯한 인구 밀도가 어마어마하게 높은 병사들 뒤쪽에서 분노에 찬 음성이 들려왔다. 그러자 저 뒤쪽부터 인간들의 머리가 밑으로 가라앉는 게 보였다. 마치 파도가 밀려 나가는 것 같은걸?

캉캉캉.

내 앞에 서서 길을 막고 있던 기사들 역시도 한쪽 무릎을 꿇으며 주저앉았다. 카이트 실드가 바닥에 부딪치면서 맑은 쳇소리를 냈지만 그런 건 내 귀에 안 들어온다고! 로이드! 이 악의 대마왕! 로렌을 돌려줘!!

"폐하……."

"후우. 아넬리안! 이게 도대체 무슨 소동이지? 응?"

"전 잘 모르겠군요. 폐.하. 그저… 제가 길을 걸어가는데 이들이 이렇게 몰려나와 소동을 벌이더군요. 전 제가 왕비인 줄 알았는데 알고 봤더니 일개 시녀보다도 못한가 보군요. 폐하의 등 뒤에 있는 저 많은 시녀……."

"빠아~ 마아~"

"로렌!!"

우리 아기! 로렌! 역시 로이드가 데려간 거였어! 망할 남편 같으니라고! 아악!! 거기다 우리 로렌을 안고 있는 건 창밖으로 내동댕이쳐도 시원치 않을 코넬리아 그 계집이다!

"비켜! 썩 비키지 못해!?"

"내 질문에 답하도록! 아넬리안!"

"안 비켜?! 다 죽어불래?"

"아넬리안!!"

난 급히 로이드 쪽으로 뛰어가려고 했지만 이 당할 기사 놈들이 방패를 앞세워서 나를 막아섰다! 우리 로렌이 저기 있는데! 아아악!! 정말 다 죽여 버리고 싶어!!

"카렌! 카렌! 당장 로렌을 데리고 이리로 와! 당장!"

"뭐……?"

방패로 날 밀어붙이는 기사들 사이로 스무 발자국쯤 떨어진 곳에 서서 당황한 듯 주변을 두리번거리는 로이드가 보였다. 왕관 썼네? 멋있긴 하다. 그러니 내 남편이라 인정해 줄 수… 이게 아니야!! 이 망할 꼬맹이 어디에 처박혀 있는 거얏!

"카레엔!!"

"우와악!!"

내 앞을 막고 있던 기사 놈이 나의 미는 힘을 못 이기고 주춤거리면서 뒤로 넘어졌지만 그자의 등 뒤를 받치고 있던 다른 기사 때문에 쓰러지지 않았다. 아악! 이놈의 인간들을 몽땅…….

"어엇?"

"꺅!"

내가 막 한 기사 놈의 목줄기를 잡고 내던져 버리려고 할 때였다. 갑자기 로이드의 뒤에 서 있던 시종―시종이었다. 시녀와는 복장이 달랐다―이 튀어나오더니 코네리아 그 계집애를 밀치면서 우리 로렌을 빼앗아서 안아 들었다. 머리 색이 갈색이긴 했지만 난 저 시종이 카렌이라는 걸 알 수 있었다. 내 예상이 맞았는지 카렌은 우리 로렌을 가슴에 품은 채 두 팔로 감싸고는 비명 소리에 고개를 돌리는 병사들의 머리와 어깨를 밟으면서 내 쪽으로 뛰어왔다.

"어억?"

"웃!"

"잡아! 막아!"

그때서야 로이드가 악을 쓰면서 소리쳤지만 카렌은 벌써 병사들 사이를 뛰어넘어서 내 쪽으로 달려왔고 왕의 명령에 반응한 기사 중 뒷열에 서 있던 자가 양팔을 펼치며 카렌에게 뛰어들었지만 저 날렵한 암살자 출신의 소녀는 가볍게 그의 등을 밟은 뒤 공중으로 떠올랐다. 그리고는 내 바로 앞에 서서 방패로 날 밀고 있는 기사의 어깨를 밟은 뒤 가볍게 내 뒤에 착지해 내렸다.

"…왔어."

"잘했어! 카렌! 오오! 우리 로렌!! 이 엄마한테 오렴!"

"마아~ 쭈우~ 마아~"

엄지손가락을 빨며―이 녀석 대담한 건가? 보통의 아이라면 그 상황에서 울음을 터뜨렸을 텐데…―멍하니 있던 로렌은 내가 양팔을 벌리며 달려들자 고 자그마한 손가락을 옴찔거리면서 내게 두 손을 뻗쳤다. 귀여운 것! 난 로렌을 꼭 껴안으면서 볼을 부비적댔다. 보들보들. 에유~ 이쁜 것!

"비켜라! 비켜! 당장 물러서!"

내가 로렌을 토닥여 주면서 꼭 안고 있는데 로이드가 소리치면서 병사들 사이를 헤치며 내 쪽으로 뛰어왔다. 왕의 명령에 기사들과 병사들은 그렇지 않아도 좁아 터진 복도에서 서로 밀집하면서 로이드가 지나갈 만한 길을 만들어줘야 했다. 조금… 불쌍하다. 저렇게 꼭 끼이면… 아플 텐데……. 뭐… 얻어맞는 것보다야 낫겠지.

"아넬리안!"

"네에~"

"뭐야?! 그 느긋한 대답은?!"

"하지마안~ 우리 로렌도 찾았는걸요."

"…후우. 도대체가 말이야. 이 사건은 다 뭐냐고?! 응? 어떻게 매일같이 사고를 못 쳐서 안달이야!!"

"예에, 예에."

"내 말 듣고는 있는 거야? 엉?"

깜짝이야! 왜 소리는 지르고 난리람? 체에.

"소리치지 마세요! 우리 로렌이 놀라잖아요!"

"미… 미안. 아니! 지금 그게 문제야? 응? 주변을 둘러보라고!"

"로렌이 아니면 뭐가 문제인데요? 네? 애초에 나한테 한마디 말도 없이 우리 로렌을 데려가 놓고 못 보게 한 게 문제 아닌가요? 네?"

"그건……."

할 말 없겠지? 훗. 이겼다! 우후후. 하지만 좀 심한 감이 있긴 한 것 같다. 오랜만에 진짜로 열받아서 사고 쳐 버렸다고나 할까? 예전에 한 번 전장에서 미친 녀석처럼 날뛴 뒤로는 될 수 있는 한 자제하고 살았는데… 오늘은 그만 한도를 넘어버려서 말이지……. 무엇보다 코넬리아 저 계집애가 우리 로렌을 안고 있었다는 게 너무 너무 너무!! 마음에 안 든다! 당장이라도 달려가서 뺨을 후려갈기고 싶다고! 흥!

"뭐예요? 더 할 말 있어요? 네?"

"크으……."

흥! 인상 쓴다고 누가 무서워할 줄 아나? 어라? 이 사람이 지금 나한테 손을 드는 거야? 그 손으로 날 때릴려고?

"칠 거예요?"

"……."

흥이다! 그렇게 인상을 쓰면서 손을 든다고 내가 겁먹을 줄 알아? 난 로렌을 등을 토닥여 주던 오른손을 살짝 말아 쥐었다. 훗! 우리들 좌우로는 벽밖에 없으니 내 주먹을 본 건 로이드뿐! 얼굴색이 수시로 바뀌던 로이드는 이내 한숨을 내쉬면서 손을 내렸다. 하지만 난 봤다고. 오호훗! 로이드가 콧잔등을 살짝 쓰다듬는 걸 말이야!

"후우… 난 정말 왜 이렇게 불운한 건지 모르겠군."

"그건 제가 할 말이로군요, 폐하."

"흥! 그대가? 뭐가 아쉬울 게 있다고?"

팔짱을 끼며 발을 탁탁 구르는 로이드. 우우… 난 정말 불행해. 남편이라는 사람이 맨날 비꼬기나 하고, 괴롭히기나 하고, 만나주지도 않고 말이야. 내가 하는 일에는 언제나 방해만 하고. 홍. 얼레? 저 코넬리아 계집애는 왜 또 우리 쪽으로 오는 건데? 에이씨! 왜 마치 당연하다는 듯이 로이드 등 뒤에 서는 거야? 하아. 짜증나려고 한다. 아아… 그래도 카렌아, 죽이면 안 돼. 귀찮아지니까. 넌 가만히 있어라. 나중이라면 모를까 여기서 사고 치면 진짜 수습이 안 된다.

"하여간 로렌은 내게 넘겨."

"싫어요!"

"빠아~ 빠아~"

엣! 로렌! 배신자! 너 이 녀석! 아빠한테 뭘 얻어먹은 거얏! 이 엄마 품에 안겨 있으면서 왜 로이드에게 가고 싶다고 하는 건데? 응? 로렌 미워!

"로렌아~ 엄마랑 가서 맛난 거 먹자? 응?"

"우웅~ 빠아~ 빠아~"

으흑… 로렌이 날 버렸어. 난 이제 어떡해……. 이제 누굴 믿고 살라고… 앗! 빼앗겼다. 로렌아~

"빠야~ 빠야~"

"그래. 착하지, 우리 로렌?"

"돌려줘요!"

"흠… 우리 아기가 병나기라도 하면 어쩔 건데? 자기 몰골이나 좀 돌아보지 그래? 그래, 그래. 로렌아~ 착하지?"

로렌 녀석! 배신했다! 로이드의 얼굴을 만지면서 꺄르르 웃는다. 흑흑. 다 미워!! 우… 근데 나도 좀 심하긴 심하네. 드레스 밑단은 다 찢어져서 걸레 쪼가리나 다름없고, 소매도 쭉 찢어져서 맨살이 다 드러나 있다. 거기다 군데군데 핏자국이 맺혀서 좀 보기 흉하긴 하네. 거기다 팔뚝에는 누구 건지 알 수 없는 새하얀 치아가 대롱대롱 매달려 있다. 붉은 핏자국과 함께… 으으……. 머리는 산발이요, 양손은 핏물에 절었고……. 우흑……. 내가 이런 꼴로 다른 인간들 앞에 섰다니… 내일 뭐라고 소문이 날지 안 봐도 뻔하다. 피의 마녀 재림이라고 난리들 치겠네.

"난 숨지도 도망치지도 않아. 로렌을 보고 싶다면 내 집무실로 오라고. 그럼… 아! 그러고 보니 근위대에 상이라도 줘야겠군. 그런 몰골로 돌아다니는 당신을 잘도 왕비라고 알아봤으니 말이야."

"큭!!"

로이드는 그렇게 날 비웃으면서 몸을 돌렸다. 그러자 그 뒤에 서 있던 코넬리아 계집애가 나를 보며 생긋 웃는다. 뭘 봐!!

"저도 실례할게요, 마마. 그럼 다음에 뵈어요."

……. 끄아아아아!! 저것이! 죽여 버릴 거야! 죽여 버릴 거야! 죽여 버릴 거야아아!

카렌의 부축을 받으며 힘이 빠져 버렸다. 진이 빠진 걸지도? 내 방으로 돌아왔다. 풀이 죽은 모습으로 시녀의 시중을 받으며 씻고 나왔더니 눈꼬리로 하늘을 찌를 듯한 표정의 남녀가 나를 기다리고 있었다.

"댄… 에레니아? 왜?"

"마마, 우선… 앉으십시오."

"예! 마마! 우선 자리에 앉으세요! 아무래도 아주 기인~ 대화가 필요할 것 같으니까요!"

크으… 둘 다 화가 단단히 난 표정이었다. 이거… 어떻게 도망칠 방법이 없을려나? 끄으응…….

잔소리… 잔소리… 잔소리… 지겹도록 계속되는 잔소리이! 그것도 댄이 지치면 시녀장이, 시녀장이 지치면 댄이… 아주 번갈아 쉬어가면서 나를 정신적으로 궁지에 내몰았다. 으으… 꼭 세뇌되는 듯한 기분이야.

"그만! 그만!"

"아직 멀었습니다! 마마!"

"맞아요, 워렌 자작님. 마마! 어떻게 정숙한 숙녀 분께서 그런 험악한 짓을 하실 수 있어요? 네? 코넬리아님 반만 닮아보시라고요!"

"동감입니다, 마마. 코넬리아 백작 부인의 반만 닮으십시오!"

"왜?! 내가 그 계집애를? 앙? 걔가 뭐? 나보다 나은 게 있어? 엉?"

화나! 내가 왜 그 코넬리아 계집애를 닮아야 하는데? 기분 나쁘게 말이야! 확! 부하건 시녀장이건 뭐건 뒤집어엎어 버릴까 보다!

"마마와 정반대지 않습니까? 더 이상 말이 필요할까요?"

"코넬리아님이 얼마나 마음 씀씀이가 좋으신 줄 아시기는 하십니까? 전 그분같이 현숙하고 정숙하신 숙녀 분은 처음입니다. 정말 어린 나이임에도 불구하고 대단한 분이라니까요."

"뭐야? 그럼 난?"

"……."

"……."

그 침묵의 의미는 뭐냐?! 크아아앗!!

"나가! 다 나가!! 당장 나가지 못해?!"

손에 집히는 건 모조리 다 집어 던졌다. 몽땅 다… 우씨!

혼자서 씩씩거리고 있는데 어디선가 카렌이 슬그머니 나타나더니 내 어깨를 툭툭 건드린다.

"뭐야?"

"…위로."

"하아?"

이걸… 어떻게 받아들여야 하는 거야? 응? 누구 아는 사람 있으면 대답 좀 해줘! 나 미치겠다아!! 아니야. 진정… 진정… 휴우. 진정하고…….

"카렌."

"응?"

"넌 코넬리아 싫지?"

"응."

"그래! 역시! 카렌 너만은 내 편이구나! 그런데… 왜 싫어?"

우선 기쁘긴 한데…… 카렌이 누구를 싫다고 직접적으로 말하는 건 처음이었다. 이 녀석과 살아온 것도 3년이 다 되어가는데 진짜 처음이야. 뭐… 카렌의 성격으로 봤을 때 싫은 인간이 아직까지 숨 쉬고 있을 확률은 거의 없을 테지만…….

카렌은 골똘히 생각에 잠기는 듯했다. 그렇게 한 10분쯤 생각하던 카렌은 내가 지루해할 때쯤 불쑥 말을 꺼냈다.

"…싫어."

"…에? 뭐라고?"

"작은 주인 빼앗아가서 싫어. 가짜 주인—로이드를 말하는 것 같다—있는 데론 들어가기 힘들어. 그래서 싫어."

"뭐뭣? 카렌?! 어디 가는데? 응?"

"로렌, 작인 주인."

녀석은 그 말을 끝으로 방을 나가 버렸다. 우아아악!! 싫어! 이젠 진짜 싫어! 나 발광이라도 하고 싶어어!! 이 망할 꼬맹이 자식! 겨우 그딴 이유냐! 네 녀석 머리 속은 도대체 어떻게 되어 처먹은 거얏! 아니! 그것보다 그 망할 계집애는 왜 나보다 주위 사람들의 반응이 좋은 건데? 응? 내가 뭘 잘못했어? 로이드가 왕 된 것도 다 내 덕분이고 후계자인 우리 로렌도 내가 낳았고! 거기다 이 나라를 대국으로 성장시키기 위해서 매일 잠자는 시간마저 줄여가면서 밤낮으로 뛰고 있는데에! 왜! 도대체 왜! 나보다 그 빌어먹을 계집애가 더 인정받는 건데! 내가 뭘 어쨌다고오오!!! 나 더 이상 못 참아!

"대애애앤!!"

콰당탕. 벌컥!

내가 부르자마자 방문이 활짝 열리면서 댄이 허겁지겁 뛰어들어 왔다. 난 놈을 노려보다가 소리쳤다.

"당장 준비해! 어서!"

"예! 마마! 예? 뭐… 뭘 말입니까?"

"나…… 가출한다."

"예에?"

"못 들었어? 당장 내 짐 싸놔! 이 망할 놈의 왕궁! 내 다신 돌아오나 봐라! 흥!"

나쁜 로이드! 이 나를 이렇게까지 만들었겠다! 두고 보자! 그리고 코넬리아 그 계집애! 어떻게 사람들을 구워삶았는지는 모르겠지만! 너도 편히 발 뻗고 잘 날이 얼마 안 남았다! 그리고! 우리 이쁜이… 가 아니라! 배신자 로렌! 이 엄마 없이 얼마나 잘 자나 두고 보자고! 아무리 울면서 엄마를 찾아도 안 만나줄 거야! 홍홍홍! 흐응!

그날 난… 태어나서 처음으로 충동적인 가출이라는 걸 시도했다. 그리고… 불행히도 성공해 버렸다. 망할!

누가 그랬던가? 집 나오면 고생이라고. 그 말이 딱 들어맞는다. 특히 나처럼 충동적으로 가출한 불쌍한 인간은 더 고생이지.
딸랑딸랑.
"이봐요? 누구 없어요?"
"예에~ 나갑니다, 손님!"
대머리! 배불뚝이! 그것도 모자라 다리도 짧다! 그리고… 불행히도 나와 같은 인간종이다! 드워프라고 해도 믿을 듯하지만… 뭐… 드워프는 대머리가 없다니까 인간인 듯했다. 물론 자연적인 대머리만! 머리카락을 홀랑 태워먹어서 박박 민 드워프가 있을 수도 있으니 판단은 보류……. 주인은 내 쪽으로 급히 뛰어오다가 날 발견하고는 환하게 웃었다.
"아아!! 어제 그 손님이로군요. 기다리고 있었습니다, 손님."
"전 급해요."
"예! 물론이지요. 손님, 대금은 준비해 뒀습니다."
그는 활짝 웃으면서 가게 안쪽 깊숙한 곳으로 들어갔다. 난 그가 돈을 가지고 나오는 동안 기다리며 가게 안을 돌아보았다. 흠… 어제와 별로 달라진 것도 없네. '루비 아이(Ruby Eye)'라는 작명 센스가 의심스러운 촌스러운 이름을 달고 있는 이 가게는 수도 크롬발에서 다섯 손가락 안에 드는 커다란 보석상이다. 물론 이 가게에는 보석류는 별로 없지만……. 주 고객이 대부분 귀족이다 보니 이런 데 잔뜩 진열하기보다는 상점 주인이 귀족가로 찾아가는 게 보통이기에 매출액에 비해 규모는 매우 작다. 빵 가게보다도 작다고나 할까? 그나마 이 가게 주변에 많은 드레스 샵이 몰려 있어서 격이 떨어지지는 않지만… 이 작은 몰골을 보면 거래하고 싶은 생각이 싹 달아난다. 내가 처지만 이렇지 않았어도 이런 꾀죄죄한 보석점 따위 쳐다도 안 봤을 텐데… 쯧. 앗! 주인이 나오는군.

"자! 여기 있습니다, 손님."

"흠……."

좌르륵…….

그가 가져온 꽤 커다란 주머니를 열고 목제 테이블 위에 거꾸로 쏟자 금화와 백금화가 좌르륵 쏟아져 나왔다. 얼레? 보석도 끼어 있잖아?

"전 현금만 달라고 했을 텐데요?"

"그게… 저희 가게에서는 이 정도가 한계입니다, 손님. 헤헤. 가져오신 물건을 좀 팔면 현금이 돌아오겠지만 그때까지는 시간이… 헤헤헤."

100골드 정도 가치로 쓰이는 엄지손톱만한 루비들이 서른세 개. 10골드짜리 백금화가 대충… 하나, 둘, 셋, 넷… 우씨! 뭐가 이리 많아? 난 치를 떨면서—보석이 있어서 다행이었다—금화를 열심히 세었다. 다 해서 삼백서른두 개! 그리고 1골드짜리 금화가 여섯 개로근. 다 합쳐서 6,626골드? 겨우 이것뿐?

"이거 계산이 맞는 건가요? 제가 가져온 물건들은 최소한 만 골드

가출 245

이상은 나갈 텐데요?"

"헤헤. 이런 고가품들은 판매가와 구입가가 조금 차이가 있는 법이지요. 안 그러신가요? 헤헤. 거기다… 입수 경로도 안 밝혀주셨으니 수고비 정도는 주시는 게 상식이지 않겠습니까?"

수고비가 사천 골드씩이나 해? 이런 빌어먹을 날강도 같은 놈! 칼만 안 들었지 완전히 날강도잖아! 쳇. 할 수 없지 지금 사정이 사정이니만큼 이 정도에서 물러서도록 하자.

"좋아요. 뭐……. 그 정도 푼돈쯤이야 그냥 넘어가도록 하죠. 이 루비들은 따로 담아주시고요. 금화는 이 가죽 주머니에 담아주세요."

그렇게 말한 뒤 난 주인에게 금화와 루비 주머니를 받아 들어서 각각 품속에 잘 챙긴 뒤 가벼운 발걸음으로 상점을 나갔다. 조금 손해 본 느낌이긴 하지만 그래도 뭐 어때? 내 것도 아닌걸… 후후후.

그때였다. 내가 막 상점을 나서서 모퉁이를 돌려고 할 때 갑자기 기사로 보이는 자들과 도시 치안을 맡고 있는 치안대 병사들이 수십 명씩이나 튀어나왔다.

"비켜! 다친다!"

"까악!"

우씨! 왜 사람을 밀고 난리야? 정말 예의가 없어! 예의가! 거기다 이런 예쁜 숙녀가 쓰러졌는데 쳐다도 안 보고 뛰어가 버리다니! 에잇! 재수없어! 기분 나빠!

어디서 뭣 하는 놈인지 알아보고 후에 복수하기 위해서 난 그 기사와 병사 무리를 뒤좇아갔다. 아니, 가려고 했다. 막 엉덩이를 털고 일어서서 투덜대며 모퉁이를 돌아보니 방금 전 내가 나왔던 상점으로 기사들이 우르르 몰려들어 가는 게 보였다. 그리고 잠시 뒤 상점 주인이

꽁꽁 묶인 채 끌려 나왔고 가게 안에서는 와장창! 콰장창! 하는 값비싼 유리가 깨져 나가는 소리가 연신 들려왔다. 쯧쯧. 저런, 저런……. 아무래도 저 주인 아저씨 내 것 말고도 다른 장물을 취급했었나 보네. 안 됐군.

"흠~ 돈도 생겼겠다. 이만 돌아가 볼까나?"

난 등 뒤에서 들려오는 '어디다 숨겼어?', '전 정말 모릅니다, 나으리! 억울합니다. 정말입니다요', '거짓말 마라! 누가 모를 줄 아느냐?', '아이고! 내 가게가… 억울합니다!', '이놈! 정녕 고문을 받아야 실토할 테냐?' 등등의 소리에 귀를 가볍게 닫아준 뒤 돌 블럭이 깔려 있는 대로에서 잔먼지가 풀풀 날리는 골목길로 발걸음을 옮겼다. 우히힛. 지금쯤 왕성에서는 난리가 났겠지? 로이드의 표정이 궁금했다. 우후후.

"큭큭큭."

품이 넉넉한 로브 속으로 손을 집어넣어 보았다. 둥글고 뾰족한 물건이 손에 잡혔다. 지금 내 품에 들어 있는 게 바로 로이드가 매일 쓰고 다니는 바로 그것이다! 이름하여 국왕의 왕관! 훗. 카렌을 시켜서 훔쳐 냈으니 아무도 모를 거야. 그리고 이 왕관 말고도 돈 될 만한 보석 몇 개 주워오라고 했더니 카렌이 일을 아주 잘해줬다. 이정도 돈이라면 입이 삐죽 나온 카렌 녀석도 좀 달래줄 수 있겠구나. 그 녀석 내가 왕성을 나온 탓에 로렌을 못 보게 됐다고 단단히 삐쳐 있었는데. 녀석 좋아하는 질 좋은 단검 세트나 좀 사다 줘야지. 흠흠…….

내가 잡아둔 여관으로 돌아가기 전에 난 우선 도둑 길드에 들르기로 했다. 아마 댄이 미리 연락을 해뒀으니 그들과 접촉하기는 어렵지 않을 거라 생각된다. 그런 내 예상이 맞았는지 내가 뒷골목을 몇 번 헤매고 나자 한 무리의 허름한 차림의 사내들이 내 쪽으로 다가왔다.

"늦었잖아! 이런 지저분한 골목을 얼마나 헤매게 만들어야겠어? 앙?"

"…뭐?"

"이거 미친 계집 아니야?"

"허참… 건달 생활 5년 동안 우릴 기다린다는 계집애는 또 처음 보네."

어라? 이놈들이 아닌가? 그렇다면 이런 놈들에게 시간 낭비할 필요는 없겠지. 난 그렇게 생각하면서 몸을 돌리려 했다. 하지만 어느새 내 옆까지 다가온 놈들 중 하나가 그런 내 어깨를 붙잡았다.

"어이, 아가씨. 복장을 보아하니 바드(음유 시인) 같은데 우리 앞에서 그 꾀꼬리 같은 노래나 좀 들려주지 그래? 응?"

"킬킬. 같이 홀딱 벗고 말이야."

"아항~ 아항~ 좋아, 좋아~"

"어떤 놈이냐? 이 자식아! 또 너냐? 고닉, 이 망할 놈. 내가 누누히 말했지. 건달이면 건달답게 굴라고! 그게 뭐냐? 천박하게 계집 흉내나 내고 말이야."

"뭐? 이 자식아! 내가 어때서?"

"그러니까 밤마다 다른 자식들이 네 엉덩이를 노리는 거다! 짜샤!"

후우… 상대하기 귀찮다. 그냥 가자. 괜히 내 품위만 버릴 거 같아. 하지만 그것도 맘대로 못하게 하는군. 난 내 어깨를 잡고 힘을 주는 놈들 중 하나를 노려보았다.

"크흐. 이거 몸이 아주 나긋나긋한걸? 얼굴도 죽이겠어."

"아니야. 저렇게 얼굴을 꼭꼭 가린 걸 보니 얼굴은 죽상일 거야.

음음."

다른 놈이 낄낄거리면서 내 머리를 가리고 있는 후드를 가리켰다. 그러자 다른 놈들이 낄낄거리면서 따라 웃었다. 슬슬… 인내심이 바닥나는 소리가 들리는 것 같은데?

"손 치워라. 귀찮다."

"뭐? 뭐라고? 이 계집애가!"

"쓴맛 좀 봐야지 정신을 차리겠구만."

하긴 이런 놈들에게 말이 통할 리가 없지. 귀찮지만 할 수 없을 거 같다. 난 다시 몸을 돌렸다. 그리고 여전히 내 어깨를 쥐고 있는 사내놈에게 손을 내밀었다.

"응?"

나의 이런 행동을 보고 의아한 표정을 짓는 그놈에게 한 발짝 다가간 난 손바닥을 들어서 가슴에 닿을락 말락 하도록 쭉 뻗었다. 이런 내 행동을 신기한 듯 지켜보는 건달들. 바보 아냐? 좋아, 어디 오늘 한번 죽어봐.

쿵.

오른발로 강하게 바닥을 찍으면서 허리를 오른쪽으로 틀었다. 그러면서 어깨를 회전시키면서 손을 앞으로 뻗었다. 겨우 1㎝쯤밖에 떨어지지 않은 내 손바닥은 단숨에 그 사내놈의 가슴으로 파고들었다.

투웅…….

"쿠어어억."

놈이 붕 뜨면서 엄청난 속도로 뒤를 향해 날아갔다. 그리고는 지저분한 골목길 바닥에 떨어지더니 데굴데굴 구르기 시작했다. 한 바퀴, 두 바퀴, 세 바퀴. 오오오, 이거 기록인걸? 짝짝짝.

"뭐 해? 박수 안 쳐?"

"으응… 이 아니라! 이 망할 계집이!"

한 놈이 날아가 이제 넷이 된 건달들은 단번에 품속에서 단검을 뽑아 들었다. 그리고는 상체를 낮추면서 나를 위협해 왔다. 그중 하나는 '쉿 쉿' 거리면서 단검을 위협적으로 휘둘렀다. 홋. 그래 봐야 닐크의 롱 소드나 아르케네스의 그 무식한 주먹 속도에 비하면 기어가는 수준이군.

"죽어!"

놈들 중 하나가 나를 향해 뛰어들면서 내 얼굴을 노리고 단검을 찔러 들어왔다. 난 상체를 옆으로 움직여서 놈의 단검을 피했고 왼손으로 그자의 얼굴을 움켜쥐었다. '크억' 하는 소리가 들려왔지만 무시. 그자의 얼굴을 쥔 채로 놈을 벽에다 갖다 박았다.

퍼걱……

웃. 피가 튀잖아! 쳇. 여전히 그놈의 머리를 움켜쥔 난 앞으로 두어 발자국쯤 나아갔다.

지익… 직직.

담벼락에 붉은 핏자국이 그려졌다. 완전히 거품을 물면서 쓰러진 놈을 대충 내던진 난 다음 세 놈 중 하나를 노리고 뛰어들면서 오른발로 앞에 서 있는 한 건달 놈의 정강이를 낮게 후려쳤다. 뻐억, 하는 소리와 함께 내게 얻어맞은 건달이 그대로 공중에서 한 바퀴를 휙 하고 돌더니 바닥에 털푸덕 엎어졌다.

"으으……"

"이제 조금 무서워졌나? 그러니 간다고 했을 때 가게 해줬으면 이런 귀찮은 일은 안 해도 됐잖아."

내 앞에 서 있는 두 건달은 손을 부들부들 떨면서 땀을 잔뜩 흘리고 있었다. 덕분에 놈들이 들고 있는 단검의 끝 역시도 위아래로 요동치고 있었다. 난 그중 왼쪽에 서 있는 놈에게 자세를 낮추며 달려들었다. 녀석이 달려오는 나를 보고 단검을 수평으로 세차게 휘둘렀지만 고개를 숙이며 녀석의 단검을 피하고 품 속으로 파고든 나는 왼손을 뻗어서 그자의 목줄기를 움켜쥔 뒤 몸을 일으키며 팔을 위로 뻗어서 녀석을 들어 올렸다.

땡그랑…….

놈의 손에 들려 있던 단검이 바닥에 떨어지면서 쇳소리를 낸다.

"큭… 커헉… 크억……."

지면에서 들어 올려진 발이 앞뒤로 흔들거리면서 버둥거렸다. 두 손이 내 팔목을 잡고 벗어나려고 바둥거렸지만 그 정도 힘쯤은 내겐 그저 가는 나뭇가지가 흔들거리는 정도로밖에는 느껴지지 않았다. 그자는 곧 입가에 거품을 물고 캑캑거렸고 난 지저분한 녀석을 바닥에 내팽개친 뒤 벽에 등을 기댄 채 질린 표정으로 날 보는 마지막 건달을 바라보았다.

"으으… 괴물……."

"에이, 지저분한 놈 같으니라고. 침이 묻었잖아!"

"히익!"

내 시선을 받은 그놈은 두 손으로 단검의 손잡이를 꽉 쥐고는 후들거리며 떨었다. 훗. 저런 걸로 날 찌르겠다는 건가? 꿈도 크셔.

"한 놈은 살려준다. 가봐."

"…에? 저… 정말?"

"그래."

내 말에 믿을 수 없다는 표정을 짓던 그놈은 내가 가만히 서 있자 이

내 주춤거리면서 벽에 찰싹 붙은 채 옆으로 걷다가 약간 거리가 벌어지자 이내 내게 등을 돌리고는 뛰기 시작했다. 그 꼴을 지켜보던 난 바닥에 떨어져 있는 자그마한 돌멩이 하나를 집어 들고는 도망가는 놈을 향해 있는 힘껏 집어 던졌다.

뻐어억!

저런… 머리를 노렸는데 등에 맞아버렸네. 쯧쯧. 아프겠다.

"끄어어어어억!!"

시끄러운 비명 소리를 내지르던 놈은 그대로 바닥에 쓰러졌다. 난 천천히 그자가 쓰러져 있는 곳으로 걸어갔다. 고통에 찬 표정으로 바닥을 구르던 그자는 내가 다가오자 '히익' 하고 소리치며 팔다리를 허우적거리면서 뒤로 기어갔다. 하지만 이내 내가 그자의 허리춤을 발로 밟고 누르자 더 이상 도망치지도 못했다.

"왜… 왜… 살려… 준다면… 서……."

"거짓말이야. 믿었냐? 순진하긴."

그 건달의 표정이 참 볼 만하게 일그러졌다. 마치 '세상이 날 버렸어'라고 외치는 듯한 표정이었다. 불행히도 그런 그의 얼굴을 보고도 동정심이 별로 일지 않았다. 그래서 난 발을 들어서 그자의 면상을 후려쳤다.

뻐억.

힘 조절은 했으니 목과 척추가 통째로 뜯겨 나가는 그로테스크한 광경이 벌어지지는 않았다. 이러면 내가 한 말은 지킨 건가? 훗. 정말 빌어먹도록 짜증나는 놈들뿐이라니까. 에이, 기분 나빠.

내가 건달들을 작살내고 쓰레기와 피로 범벅이 된 골목길을 벗어나려고 몇 발짝 걷자 지붕 윗쪽에서 두 명의 사내가 뛰어내려 왔다. 아까 전의 건달들과 비슷한 모양의 허름한 복장들이었지만 눈빛이 달랐다.

"이번엔 진짜겠지?"

"…손님이 온다고 하더군. 여자인 줄은 몰랐는데."

"잔소리 말고 안내나 해. 이런 지저분하고 냄새 나는 곳에 오래 있고 싶지 않으니까."

오물과 쓰레기. 가끔은 동물의 죽은 시체까지……. 역겹고 구역질 나는 곳이다. 그것도 모잘라 좌우의 건물들 때문에 한낮에도 빛조차 안 들어왔다. 퀴퀴하고 습한 데다가 냄새까지 나다니. 최악이라고나 할까?

"따라오시오."

두 사내 중 한쪽이 내게 손짓하면서 먼저 걸어갔다. 내가 그 뒤를 따라가자 다른 사내는 내 등 뒤에 서서 좇아왔다. 흠…….

골목을 이리저리 헤매면서 몇 바퀴를 돈 뒤—내게는 거기가 거기 같았다—나는 양 눈까지 가려진 채 그들을 뒤따라가야 했다. 그렇게 또 10분쯤을 따라가니 이제는 가만히 서서 기다리랜다. 이놈의 도둑 길드는 서비스 정신이 엉망이야. 나 같은 거물 손님을 이렇게 대하다니 말이야.

"이제 벗어도 됩니다."

음? 다 온 건가? 난 잽싸게 눈을 가리고 있던 검은 천을 벗어 던졌다. 그러자 눈앞에 창문 하나 없는 어두컴컴한 지하 건물 안이 나타났다. 어라? 언제 집 안으로 들어온 거지? 이상하군. 뒤돌아보니 굳게 닫힌 철문이 보였다. 문이 열리고 닫히는 소리도 못 들었다고. 거기다 몇 발짝 전까지만 해도 흙바닥이었는데……. 슬며시 바닥을 내려다보니 문가에 흙먼지가 조금 쌓여 있었다.

"거긴 어두우니 이쪽으로 오시죠."

응? 누구? 언제 들어왔지? 고개를 돌려보니 방금 전까지 아무도 없던 빈 공간에 한 사내가 앉아 있었다. 그것도 아까 전에는 벽이었던 걸로 기억되는 곳에 말이다. 그자에게 다가가면서 슬쩍 천장을 올려다보니 천장 중앙에 삐죽 나와 있던 작은 나무판이 소리없이 천장 속으로 들어간다. 아항. 알고 보니 별것 아니로군.

"당신이 길드 마스터인가요?"

"흠… 그렇기도 하고… 아니기도 하죠."

"무슨 뜻이에요?"

"고객은 왕이다! 이것이 저희 길드의 모토입니다! 그러니 의뢰가 있을 때는 고객이 우리 길드의 주인이죠. 없을 때면 제가 마스터 직을 맡고 있습니다만. 하하하."

"반갑군요. 전 아넬리안이에요."

"믹, 믹 핸드류입니다. 손님, 그런데… 그 후드 좀 벗어주십시오."

"왜요?"

내 반문에 가죽 의자에 앉아 있던 그는 약간 곤란하다는 표정을 짓다가 이내 결심한 듯 손을 들어 천장에 걸려 있는 몇 개의 밧줄 중 하나를 잡아당겼다. 뭘 하려는 건지 내심 긴장하고 있었는데 갑자기 그의 뒤에 길게 쳐져 있던 커텐이 좌우로 걷혀졌다.

"…악취미군요."

"미의 탐구라고 해두지요, 손님."

망할……. 아르케네스 미워! 내가 가지고 싶다고 했던 내 전신화가 벽에 걸려 있다! 그것도 본 적도 없는 괴상한 길드 마스터의 등 뒤에! 우에~ 하지만 뭐… 할 수 없지. 아쉬운 건 나니까. 난 손을 들어서 후드를 뒤로 젖혔다.

"호오~ 역시 실물이 백배는 낫군요. 영광입니다 왕비 마마."

"흥. 시끄럽고, 부하를 시켜서 의뢰한 일들은 어떻게 되었죠?"

"에또… 이번에 운 좋게 작은 단서가 잡히기는 했습니다만… 이걸로 만족하실지 모르겠군요."

그는 웃으면서 내게 둘둘 말린 종이 뭉치를 건넸다. 난 그가 보는 자리에서 즉시 그 종이 뭉치를 집어 든 뒤에 그것을 펴보았다. 흠… 전 국왕 폐하를 암살했던 자들에 대한 추적 보고서였는데 그 당시 도주했던 일당 중 하나로 보이는 자의 거주지를 확보했다는 보고였다. 그 뒤에는 날짜별로 쓰여진 간략한 보고서가 붙어 있었고 마지막에는 작은 약도가 그려져 있었다. 수도 안이로군. 허참… 기가 막혔다.

"이게… 사실인가요?"

"그 보고서를 보내왔던 정보원은 다음날 시체로 발견되었습니다. 자중하라고 했는데 돈에 눈이 멀었는지 무리하다가 살해당한 것 같더군요. 특이한 건 그 정보원의 시체를 찾은 조직원의 말에 따르면 온몸이 찢겨 나가서 신원을 확인하기 힘들었다고 하더군요."

"그렇다는 건… 인간이 아니라는 뜻?"

"뭐… 거기까지는 솔직히 잘 모르겠습니다. 마약을 많이 한 미친놈 중에도 그런 짓을 하는 놈이 가끔 있으니까요. 하여간 여기까지가 중간 보고입니다."

"그런가요? 그럼 앞으로도 계속 수고하세요. 그럼……."

"자… 잠깐! 저……."

"뭔가요? 차 마시자거나 데이트 신청이라면 거절이에요. 전 바빠요."

"그게 아니고… 지금 대금이 꽤 밀려서 그럽니다."

"…예?"

"그러니까… 어디 보자. 아! 여기 있군. 워렌 자작님을 수하로 두셨지요? 어디 보자… 총 열일곱 건 5,764골드가 밀려 있군요. 보스이시니 당연히 대신 내주셔야겠는걸요?"

"에에?"

"설마… 없는 겁니까? 왕비씩이나 되시는 분이?"

"……."

눈물이 눈가에 맺혔다. 그 고생(?)을 하면서 가지고 나온 피 같은 내 돈이 모조리 털려 나가게 생겼다. 흑. 두고 보자, 댄! 죽일 테다, 아르케네스! 둘 다 죽도록 패줄 테다!

결국 대금을 다 치렀다. 거기다 그 믹이라는 빌어먹을 자식은 자기가 나의 열렬한 추종자라면서 무려 4골드가 깎아줬다! 4골드씩이나! 으득. 차라리 다 받으면 밉지나 않지! 나가서 두고 보자. 도둑 길드? 와해시켜 버리거나 수하로 만들어서 죽을 때까지 공짜로 부려먹어 줄 테다! 으드득!

"앞으로도 많이 이용해 주세요! 외상은 사절입니다."

생글거리면서 내 얼굴에 대고 말하는 그 자식의 면상을 날려 버리지 않기 위해 참느라 고생했다. 나오면서 움켜쥔 철제 문고리가 뚝 하고 떨어져서 내 손에 조각으로 남을 정도로 말이다. 잘 참았다, 아넬리안. 정말 잘 참았다. 크으윽!

텅 비어버린 가죽 지갑만큼이나 내 마음도 공허했다. 바로 30분 전까지만 해도 세상을 다 가진 듯한 기분이 들었었는데… 훌쩍. 이 가슴

찢어지는 아픔은 나중에 두 못된 부하 놈들에게 풀기로 한 나는 역시나 여기 들어왔을 때처럼 두 도둑들의 안내를 받은 채―역시 눈을 가렸다―밖으로 나왔다. 다시 눈을 떠보니 겨우 5m도 안 되는 곳에 넓은 대로가 보였다. 나를 안내했던 두 도둑은 작게 손을 들어 인사를 한 뒤 다시 어두침침한 골목길 속으로 숨어들었다. 후우……. 이만 돌아가자. 약간의 소득이 있었으니 뭐… 이 정도로 만족하자고.

　대로는 평소 때와 마찬가지로 북적거렸다. 아니, 좀 더 북적거리는 것 같았다. 간간이 열 명, 스무 명씩 돌아다니는 치안병들과 대로 중앙을 질주하는 전령들과 몇몇 기사들. 그리고 그들 뒤를 따라 마차를 모는 귀족가의 마차들과 상인들의 짐마차들. 대로 좌우로는 수많은 평민들이 웃고 떠들면서 혹은 소리치면서 길을 걷고 있었다. 뭔 놈의 인간들이 이렇게 많은 건지… 다 어디서 나온 거래? 정말이지… 길을 걷기도 힘들잖아!

　힘겹게 인간들을 헤치며 길을 따라 걷다 보니 대로를 떡하니 가로막고 있는 검문소가 보였다. 참나. 저딴 게 길을 가로막고 있으니 이렇게 사람들이 밀리고 몰리는 거지! 어떤 머저리가 저딴 짓을 하는 거야? 몽땅 잘라 버릴까 보다! …라고 말해도 지금 난 가출한 상태. 괜히 눈에 띄는 짓을 했다가 왕실로 잡혀들어 가면 불행한 탑 속의 왕비가 될 수도 있다. 조심해야지.

　난 그렇게 생각하면서 최대한 인간들 사이에 숨어서 검문소를 지나가려 했다. 하지만 막 내가 검문소 옆의 작은 통로를 따라 지나가려 할 때 병사 중 하나가 나를 가리키면서 소리쳤다.

　"어이! 거기! 당신! 이리 와!"
　"에?"

"수상한데? 그 후드 벗어봐. 당장."

그 병사가 소리치자 다른 자들을 검문하고 있던 병사들 중 두셋이 내 쪽으로 다가왔다. 난 어떻게 할까 망설였다. 그러다가 그들이 세워 놓은 목조 검문소의 벽에 어설프게 그린 내 초상화가 있는 걸 보고는 심장이 떨어지는 줄 알았다. 어느새!! 이럴 수가! 어쩌지?

"뭐 하는 거냐? 어서 벗지 못해? 수상한 자다!"

내가 그들의 명령에 우물쭈물거리자 병사 중 하나가 갑자기 호각을 불었다. '삐익'. 망했다. 우씨. 단번에 내 주위에 있던 시민들이 사방으로 흩어지면서 난 사람들에게 둘러싸인 형상이 되었고 그 빈 공간에 무장한 치안병 일곱이 나를 노려보면서 둥글게 둘러쌌다. 에이, 할 수 없지. 난 저항을 포기하고는 순순히 말을 듣기로 했다. 뭐… 댄이라도 불러다가 어떻게 빼달라고 해야겠다. 그런 생각을 하면서 내가 쓰고 있던 후드를 뒤로 젖혔다. 이내 나의 긴 백금발 머리카락이 밖으로 삐져나왔고 나를 둘러싸고 있던 병사들 중 몇몇이 탄성을 내질렀다. 훗. 하긴 어디 가서 나 같은 미모의 여성을 보겠어? 이런 때라도 봐두라고. 오호홋… 이 아닌데. 혹시 난 긴장감이 결여된 게 아닐까?

잠시간 대치 상황이 이루어졌다. 하지만 그런 대치는 금세 풀리고 말았다. 갑자기 그들 치안병 중 가장 고참으로 보이는 콧수염을 길게 기른 고참병이 혀를 차면서 말을 한 것이다.

"쳇. 아니잖아! 이 멍청이들아! 괜히 시간만 낭비했잖아. 에이… 아가씨, 얼른 지나가쇼."

"하지만 보스, 여기 이 그림이랑 비슷한걸요?"

"이 멍청아! 넌 글자도 못 읽냐? 앙? 하긴 무식한 것들이라 글이 뭔지도 모르지? 자, 잘 봐라. 적금발. 남자. 됐냐? 됐어? 에이! 제기랄. 언제까지 이렇게 근무를 세워두려는 거야?"

그 고참병은 연신 투덜거리면서 다시 검문소 쪽으로 돌아가 버렸다. 황당하기도 하여라……. 그가 가고 나자 다른 병사들도 내 얼굴을 한 두 번씩 힐끔거리면서 각자 자기 자리로 돌아갔다. 뭐가 뭔지는 모르겠지만… 우선 살았다.

난 작게 안도하면서 후드를 다시 쓰고 검문소를 지나갔다. 지나가면서 슬쩍 내 얼굴이 그려져 있는 작은 초상화를 바라봤다. 확실히 못 그렸어. 내 얼굴은 저거보다 천 배는 예쁘다고. 그리고 그 아래 써진 경고 문구를 읽었다.

백금발의 굉장한 미모를 가진 여성. 절대적으로 생포. 포상금 100골드.

허… 이 검문소의 대장으로 보이던 저 늙은 고참병도… 글을 모르나 보다. 하여간 모르면 그냥 모른다고 할 것이지……. 쯧쯧. 백금발을 적금발로, 여성을 남성으로 읽었다. 보나마나 자기가 아는 단어랑 비슷한 걸 보고는 멋대로 해석한 걸 거다. 크레센트 문자로 저 두 단어는 꽤 비슷하니까 말이야. 아무튼 살았군.

내가 묵고 있는 고급 여관으로 돌아간 나는 푹 쉬고 싶은 생각에 빨리 안으로 들어가려 했다. 하지만 갑자기 여관문이 벌컥 열리면서 여섯 명의 기사가 쏟아져 나오자 나도 모르게 여관으로 올라가는 계단 옆에 몸을 숨겼다. 지배인으로 보이는 사내는 그런 기사들을 따라서 계단 밑까지 내려왔고 열 살이나 됐을지 궁금한 꼬마가 말 여섯 마리를 끌고 나타났다. 이어 기사들은 말을 타고 대로를 달려갔다. 기사가 종자도 부하 병사들도 없이 홀로 무리 지어 돌아다니다니. 있을 수 있는 건가? 요즘 왠지 신기한 일들만 보는 것 같다. 흐음…….

　기사들이 멀리 사라진 것을 확인한 난 이내 여관으로 들어갔다. 예전엔 귀족의 저택으로 사용되던 건물을 개조해서 그런지 확실히 품격이 있어 보였다. 덕분에 숙박비는 상당히 비싼 편이지만 왕성의 내 방만큼 편했다. 하지만… 이건 좀 생각해 볼 문제였다.

　"어서 오십시오. 아~ 돌아오셨군요, 손님."

　"……."

　난 나를 보고 반갑게 달려오는 지배인을 보고 작게 고개를 끄덕였다. 어제 내가 지금과 같은 복장으로 들어오자 당장 내쫓으려고 하던 자이지만 내가 가진 보석 하나에 넘어간 정말 욕망에 충실한 자다. 내 앞에서 굽신거리는 그를 보던 난 여관문 바로 앞에 걸려 있는 내 초상화를 발견했다. 난 그것을 가리켰다.

　"뭐지?"

　"예? 아~ 글쎄요. 잘은 모르지만 기사님들과 귀족 분들이 찾는 여성이라고 하더군요. 신고만 해도 100골드라고 합니다. 거기다 굉장히 아름답지 않습니까? 하하하. 생각 같아서는 액자에 넣어서 걸어두고 싶습니다."

　"기분 나빠. 마음에 안 들어."

　"예에? 저… 손님……."

　난 그 초상화 앞으로 뚜벅뚜벅 걸어갔다. 그리고 손을 들어 초상화를 벽에서 떼어냈다.

　"저기… 손님… 그걸 떼시면 안 되는… 아앗!!"

찌익. 찌익.

갈가리 찢었다. 그리고 조각난 종잇조각들을 바닥에 버린 뒤 발로 몇 번이나 짓밟아주었다. 왕성으로 돌아가면 이 초상화 그린 화가는 모가지다. 난 난감해하는 지배인을 보다가 품 속에서 루비 하나를 꺼냈다. 그리고 그것을 던져 주면서 말했다.

"나보다 아름다운 여자는 없어. 그렇게 초상화를 걸어두고 싶으면 내 얼굴을 그리라고."

"아… 예, 예! 물론이고말고요."

"식사는 방으로, 목욕물 준비해 둬."

"예!"

지배인의 허리가 90도로 굽혀졌다. 훗. 역시 돈은 있고 볼 일이라니까. 하여간… 대충 이걸로 마무리된 것 같군. 그나저나 어서 빨리 수도를 벗어나던지 해야겠어. 이렇게 걸리는 게 많아서야 원… 생각보다 로이드의 반응이 빠른 편이였다. 이래서는 마음대로 행동하지도 못하잖아! 체에!

한밤중에 카렌과 댄이 거의 동시에 찾아왔다. 편한 자세로 엎드려 있던 난 턱을 괴고 그들을 올려다보았다. 댄은 꽤나 수척한 몰골이었는데 아마 오늘도 로이드에게 불려가서 갖은 고문을 당한 듯했다. 물론 말로……. 로이드가 진짜 마음먹고 고문했으면 댄은 지금쯤 푸줏간에 걸려 있는 고깃덩이 수준으로 해체되었을 게 뻔하니까. 우웃. 상상해 버렸다. 기분 나빠.

"나 피곤하니까 어서 보고해, 댄."

"예, 마마. 마마께서 가출… 아니, 외유를 나가신 동안 별로 바뀐 점은 없습니다. 아직도… 에린이 마마의 대역으로 앉아 있습니다. 빨리 돌아오세요. 우리 에린이랑 예니 수척해지는 게 눈에 보입니다. 정녕 제가 피눈물 흘리는 꼴을 보시렵니까? 예? 에또… 그리고 오늘도 정계에서는 별다른 변동 사항은 없습니다. 이전과 같다고 생각하시면 되겠군요. 특별히 보고할 만한 정보도 없습니다. 결재할 서류가 몇 건 있지만 요약한 문서 확인만 해주십시오. 공문서는 대필가에게 사인을 위조하라고 해놓겠습니다."

그렇게 말한 댄은 내게 몇 장의 종이를 넘겨주었다. 화격단의 고급 장교 후보 몇을 뽑았다는 것과 필요 무기 및 재고에 관한 것 하나. 그리고 랭스턴 영지의 요원들 중 네 명이 실전 배치된다는 것 정도로군. 난 그것들을 한 번씩 훑어본 뒤 댄에게 돌려주었다.

"다 허가한다. 알아서 해. 더 할 말은?"

"빨리 돌아가세요. 우리 예니 말라 죽는 꼴 보실려고 이러십니까? 제 속이 다 타 들어갑니다. 예? 정말이지……."

"맞을래? 아니… 먼저 맞고 시작하자. 응?"

피곤해서 잊고 있었는데 생각났다. 저 망할 놈이 대금을 연체해서 내 주머니가 텅 비어버렸었지? 그냥 간단하게 1골드당 한 대씩만 패자. 난 녀석을 노려보며 자리에서 일어섰다. 위기 감지 능력만큼은 엔간한 초식 동물보다도 민감한 댄은 그런 내 반응에 슬그머니 뒷걸음질을 쳤지만 놈에게는 불행하게도 그 정도 거리는… 아니, 이 방 안 어디든 모두 내 사정권 안이다.

"저… 저기! 마마! 왕비 마마! 아넬리안 마마! 우리 대화로 해결하는 게 어떻겠습니까? 네? 마마! 히익… 꾸억!"

뻐어억!

보디 블로우 작렬! 댄의 뱃살 사이에 내 작고 앙증맞은 주먹이 쑤셔 박혔다. 요즘 손 안 댔다고 슬슬 기어올랐었지? 너 오늘 잘 걸렸다. 우라얍!

1시간 뒤. 난 뜨거운 목욕물로 샤워를 하고 가뿐한 얼굴로 욕실을 나왔다. 방으로 돌아와 보니 벽과 바닥에 흥건하게 튀었던 피가 다 지워져 있었다. 그리고 카렌이 가져다 버렸는지 푹 젖은 걸레처럼 늘어져 있던 댄도 안 보였다.
"댄은?"
"방 밖에 버렸어."
"죽지는 않았지?"
"의사랑 신관 부르라고 했어. 죽지는 않았을 거야. 아마……."
저 녀석이 말꼬리를 흐리니까 왠지 덜컥 겁이 났다. 진짜 내 손에 맞아 죽은 건 아니겠지? 댄아, 죽더라도 원령이 되어서 찾아오지는 말아라. 다 자업자득이니까 말이야. 으음… 그래도 좀 걸리니 앞으로 신관이라도 데리고 다녀야겠다.
난 푹 젖은 머리카락을 수건으로 몇 번씩 비비면서 의자에 앉았다. 그리고는 작은 원형 테이블 위에 올려져 있는 병을 들고 포도주를 잔에 따랐다. 포도주를 한 잔 마신 뒤 과일 바구니에서 껍질도 까지 않은 사과를 집어 한 입 베어 문 나는 카렌을 돌아보았다.
"줄까?"
"……."
작게 고개를 젓는다. 하긴 저 녀석이 뭘 먹는 걸 언제 봤어야지. 혹시 카렌은 아무것도 안 먹고도 사는 게 아닐까? 아니, 저 녀석, 나와 같은 인간인지조차 의심이 간다.

"로렌. 잘 놀아."

"그래? 엄마 없다고 울거나 하지는 않고?"

"아니. 코넬리아랑 잘 놀아. 로이드도 같이 놀아줘. 종일 놀고 쿨쿨 잘 자는 거 보고 왔어."

"……"

크아아악!!

퍼억!

내 손에 들려 있던 한 입밖에 못 먹은 사과가 대리석 벽에 부딪쳐 장렬히 작살났다! 망할 계집! 진짜 짜증나! 죽여 버리고 싶어! 끄아아아!! 아아… 하아… 분노는 금세 사그라들고 이내 한숨이 입에서 흘러나온다.

"…후우."

"……"

"카렌아."

"으응……"

"술 한잔할래?"

"일할 때는 안 마셔."

"그래. 알았다. 가봐라. 아… 이거 댄에게 전해줘."

난 좀 전에 도둑 길드에서 가져온 종이 뭉치를 건네줬다. 그것을 받아 든 카렌은 내 얼굴을 빤히 바라보다가 문으로(!) 나가 버렸다. 휴우… 좋아. 다 좋다고. 내가 로이드에게 잘한 것도 하나 없고 로렌까지 데리고 나오기엔 사정이 안 좋아서 그냥 나왔다. 하지만… 솔직히 말하자면 조금 기대했다고. 우리 로렌이 엄마를 찾으면서 하루 종일 울고 로이드가 잘못했다고, 돌아와 달라고 하면서 내게 무릎 꿇고 빌고……. 그리고… 그리고… 지금껏 그를 위해, 이 나라를 위해서 일한 것들을… 알아주기를… 바랐는데……. 딱 한 마디면 되었는데… 수고했다는 한마디면…….

"휴우. 됐다, 됐어. 내가 언제 그런 거 바라고 했나? 그리고 이런 소외감이야 로세니아 있을 때부터 지겹도록 겪은 거잖아? 이제 적응되어서 아무렇지도 않다고. 난 아무렇지도 않아. 정말이야."

후후. 미쳤나 봐. 혼자서 중얼중얼. 비도 안 맞았는데 말이야. 에라~ 내일 일은 내일 생각하기로 하고, 자자. 조금 자고 나면 기분이 나아지겠지.

아침 일찍 일어난 나는 씻고 가볍게 몸을 푼 뒤 방을 나섰다. 애초에 왕성에서 가져온 짐이 얼마 안 되어서—겨우 상자 하나뿐이다—짐을 꾸리는 건 정말로 순식간이었다. 단지 내가 직접 상자를 들고 다녀야 했던 건 불만이긴 하지만 지금은 마땅히 불러내서 부려먹을 만한 인간도 없으니 이 정도 노고는 감수해야지 뭐.

여관 1층 식당에서 가볍게 아침 식사를 하고서 밖으로 나왔다. 정문을 나와서 계단 밑으로 내려가자 여관의 종업원 중 한 명이 내 말을 끌고 왔고 내가 들고 있는 상자를 말 등자에 걸어서 고정시켜 주었다. 준비가 끝나자 난 말고삐들을 한 손으로 붙잡고 걸었다. 우선은 이 수도를 빠져나가고 봐야겠지?

검문소가 있는 대로를 피해서 주택가의 샛길이나 지저분한 뒷골목—말이 못 지나갈 만큼 작은 곳이 많아서 고생했다—을 따라 무작정 성벽 쪽으로 걸었다. 그렇게 두 시간이나 걷고 나서야 높다란 성벽 앞에 설 수 있었고 하늘에 떠 있는 태양의 위치와 왕성을 비교해 본 뒤 외성벽의 남문을 향해 걸었다. 이번엔 성벽에 붙어서 걸었기에 헤매거나 하지는 않았다. 가끔 내 머리 위에서 성벽 수비병들의 시선이 느껴지거나 무장한 모습으로 성벽 위로 통하는 계단을 타고 올라가는 병사들과 마주치기도 했지만 그들은 내게 별 관심을 가지는 것 같지 않았다. 하긴 치안병이라 해도 이쪽은 성 밖을 지키는 것이니까. 성안에 돌아다니는 사람들에게는 별로 관심이 없을 거야. 그보다는 언제 교대 시간이 되는지가 더 중요하겠지. 흠흠. 다행이군.

대략 30분쯤 걸은 뒤에야 커다란 성문 앞에 도착할 수 있었다. 아직 오전이라 그런지 성문을 통과하는 사람들은 그리 많지 않았다. 그래서인지 성문의 경비병은 검문을 철저히 하는 모습이었다. 흠……. 저기도 내 초상화가 걸려 있겠지? 어디 보자… 없잖아?

"내가 너무 일찍 나왔나?"

수도를 빠져나가기 위해서 댄이 알선해 준 상인 무리와 같이 나가기로 했는데 성문 앞을 이리저리 둘러봐도 없었다. 짐마차 지붕에 붉은 삼각 천을 걸어놓기로 한 게 아니었던가? 혹시 내가 못 본 게 아닐까 해서 다시 찾아봤지만 역시 없었다. 어쩐다……. 그냥 돌파해 볼까? 아니야, 중간에 격자문이라도 닫히면 그대로 꼼짝없이 포위될 거야. 우선은 기다리는 게 낫겠다… 라고 생각하는데 갑자기 누군가 등 뒤에서 내 옷자락을 붙잡았다. 난 반사적으로 그 손을 쳐내면서 주먹을 쥐고 몸을 회전시켰다.

"누구야!"

"히익……."

빠르게 쏘아져 나가던 내 주먹은 단번에 허공에서 멈추었다. 이제 열서너 살쯤 되어 보이는 꼬맹이였기 때문이다. 얼굴에 주근깨가 가득한 소년은 내가 주먹을 들이대자 눈을 꼭 감은 채 어깨를 움츠렸다. 훗. 꼭 겁먹은 토끼 같은 몰골이로군. 난 그 소년의 머리에 살짝 알밤을 먹이면서 말했다.

"뭐냐? 너? 왜 내 어깨에 손을 올린 거지?"

"저… 저… 아넬리안님이시죠?"

"…너 뭐야? 제대로 대답해. 안 그러면 죽여 버린다."

"힉! 저는… 심부름 왔어요. 아가씨를 모시고 으라고 했어요 네! 그래요! 제발 죽이지 마세요!"

겁은 많아가지고… 쯧. 사내 녀석이 저래서야 원 어다다 써먹을지 걱정된다. 그건 그렇고… 심부름? 그것도 내 이름을 알고 있다는 건 아무래도 댄 쪽 사람이겠지?

"안내해. 어서."

"네… 네……."

꼬맹이는 여전히 겁먹은 표정으로 나를 보다가 내게서 말고삐를 받아 쥐고는 앞서서 걷기 시작했다. 그리고 난 그 소년의 뒤에 바싹 붙은 채 따라갔다. 이 꼬마가 재미없는 장난이라도 하는 게 아닐까 하고 의심이 들기도 했지만 뭐… 장난 좀 치면 어떠랴 하는 생각이 곧바로 들었다. 힘으로 깨부수면 그만이니까 말이야.

꼬맹이를 뒤따라서 샛길과 뒷골목을 따라서 걸었다. 한 왕국의 수도라고는 해도 네 곳의 성문을 향해 뻗은 네 개의 대로를 제외하고는 제대로 정비된 도로가 거의 없기에—귀족가의 저택이 몰려 있는 거주구만 제대로 정비되어 있다—길은 꾸불꾸불했고 좁아졌다 넓어졌다 하는 등 완전히 제멋대로였다. 물론 나와 같은 사정이 있는 녀석들은 이편이 더 좋겠지만…….

"저기에요, 누님."

"어디…… 저 허름한 마차냐?"

"네."

"그래, 수고했다. 가서 빵이라도 사 먹어."

난 1골드짜리 금화를 던져 주면서 말했다. 그러자 그 꼬맹이는 입이 귀밑에 걸린 채 실실거리면서 마차 쪽으로 뛰어갔다. 그리고 마차 주인으로 보이는 꽤 질 좋은—하지만 천박한 디자인의—옷을 입고 있는 배 나온 사내와 몇 마디 대화를 한 뒤 골목길 사이로 사라졌다. 난 천천히 말을 몰아서 그 상인에게 다가갔다.

"자자! 빨리빨리 해! 정오가 되기 전에 나가야 한다고! 게으름 부리는 자식은 일당 없다!"

그의 외침이 떨어지자 상자를 날라다가 마차에 싣고 있는 허름한 차림의 사내들이 허둥대면서 뛰어다녔다. 힐끔거리면서 나를 봤음에도 모른 척하는군. 난 서류로 보이는 종이를 뒤적거리면서 서 있는 그 상인 앞에 섰다.

"뭐요? 여행자는 안 태우니 다른 데로 가보쇼."

"댄을 아나?"

"…돈을 쥐어줘도 안 되는 건 안 되는 거요."

"정정하지, 워렌 자작이라고 하면 알겠지?"

"말은 여기 놔두고 저쪽에 가 있으시오."

날 모르는 건가? 끝까지 고자세로군. 쳇. 뭐… 댄이 하는 일이니 알아서 잘하겠지.

난 그의 말대로 말들을 그 마차 주인에게 건네준 뒤에 골목길 사이의 어두운 음지에 몸을 숨겼다. 잠시 뒤에 짐을 모두 실은 마차가 내가 서 있는 골목길에 뒷꽁무니를 댄 채 멈춰 섰다.

"이 멍청아! 똑바로 못 몰래? 내일부터 집에서 편히 쉬게 해줄까? 앙? 마차에 흠집이라도 났다간 봐라! 네놈 일당에서 빼버릴 테다!"

마차 주인이 악을 바락바락 써가면서 골목길의 벽 사이에 바싹 달라붙은 마차 뒤쪽으로 뛰어왔다. 그리고는 작은 마차 사이의 공간으로 나를 확인하고는 작게 손짓했다. 아마도 마차에 타라는 거겠지? 보니까 짐마차의 뒷켠에는 내가 들어갈 만한 작은 공간이 있었다. 몸을 최대한 굽힌 채 안으로 들어서자 사람 한 명이 앉을 만한 공간이 마련되어 있다.

"이! 멍청이! 포장도 안 씌우다니! 여행하다 비 오면 네가 다 책임질래? 당장 안 씌워?!"

"죄… 죄송합니다, 주인님."

펄럭. 펄럭.

내 머리 위로 두꺼운 가죽 천이 씌워졌다. 아마 기름을 잔뜩 먹인 가죽이겠지. 비나 밤이슬을 피할 때 쓰는 그것 말이다. 짐마차 위로 포장이 씌워지자 마차는 앞으로 약간 나가는 듯했다. 하지만 또 중간에 멈춰 섰다. 그리고는 주인이 악을 써가면서 뭐라고 소리치다가 내가 들어온 그 작은 구멍에 나무 상자를 밀어 넣고 사라졌다. 지금 내가 타고 있는 마차가 대로의 일부를 점거하고 있어서 그런지 사방에서 욕지거리와 빨리 비키라는 고함 소리가 작게 들려왔다. 그 덕분인지 마차는 금세 출발하였다. 이제… 탈출이다!

내가 탄 짐마차는 금세 성문에 도착한 듯했다. 밖에서 '정지!' 하는 소리와 함께 마차 주인과 병사로 생각되는 자들이 떠들어대는 게 들려왔기 때문이다.

"짐은 뭐냐?"

"윗어르신들이 쓰실 도자기와 유리 공예품들이죠, 네."

"포장을 벗겨봐. 확인해야겠다."

"아이고, 나으리. 좀 봐주십시오. 예? 저것들은 충격에 약하다고요. 그래서 꼭꼭 묶어놨는데 언제 다 풀어봅니까? 예?"

툭, 툭, 내가 앉아 있는 곳 바로 왼쪽의 상자에서 뭔가 두들기는 소리가 났다. 그 소리는 점점 마차 뒤쪽으로 이어져 갔다.

"아이고! 나으리! 좀 봐주십시오! 잘못해서 깨지기라도 하면 운반비도 안 나옵니다요. 예? 그러지 마시고요. 헤헤. 작은 성의입니다요."

"크흠, 흠. 우린 뇌물 같은 건 취급 안 해."

"에이! 뇌물이라뇨. 그냥 근무 끝나시고 목이나 조금 축이시라는 거죠. 헤헤. 좋은 게 좋은 것 아니겠습니까? 예? 우리가 한두 번 본 사이도 아닌데 딱딱하게 이러지 마시고 봐주세요. 예?"

"지금 사태가 사태인지라……."

"에이~ 제가 여기서 장사한 지만 20년입니다요, 20년. 다 아시지 않습니까?"

"흠… 좋아. 통과. 참, 가다가 수상한 자가 보이면 당장 근처 도시에 신고하도록."

"물론이고말고요, 나으리."

따각따각.

다시 마차가 덜컹거리면서 달리기 시작했다. 휴우……. 심장이 오그라드는 느낌이야. 하지만 스릴있다. 은근히 재미있는걸?

짐마차에 탄 채 달리는 여행은… 덥다는 것만 빼면 모든 게 괜찮았다. 단지… 다른 불편함을 모조리 날려 버릴 정도로 더웠다. 우라지게 더웠다. 젠장맞게 더웠다. 너무 더워서 다른 불만 거리는 불만 축에도 못 낀 것이다.

"크아……."

평소 습관대로 챙겨 입은 세 겹의 속옷과 그 위에 걸친 여행자용 셔츠와 바지. 또 그 위에 입고 있는 두껍고 긴 로브. 이것까지는 그렇다고 치겠지만 내 머리 위로 바람 한 점 안 통하게 만든 두꺼운 가죽 천……. 한마디로 마차 안은 화염 지옥이나 다름없었다. 허리에 매달아두었던 가죽으로 된 물 주머니는 이미 텅 빈 지 오래. 연신 흘러내리는 땀은 닦아도 닦아도 줄어들 줄을 몰랐다. 한마디로… 죽겠다. 재미? 그 딴 게 어디 있어? 당장이라도 뛰쳐나가고 싶어!

내가 그렇게 축 늘어진 채 죽어가고(!) 있을 때 갑자기 머리 위의 포장이 열리면서 사내의 얼굴이 불쑥 안으로 들어왔다.

"괜찮으십니까?"

"물 줘……."

안으로 들어왔던 머리는 금세 사라졌다가 다시 나타났다. 그의 손에는 출렁거리는 물 주머니가 들려 있었다.

"거의 다 왔으니 조금만 참으십시오."

그 말을 끝으로 난 차가운 물 주머니를 품에 안은 채 기절하듯 쓰러졌다. 목말라. 으으……. 하지만 차가운 물 주머니를 품고 있으니 조금은 낫다.

마차 밖은 완연한 봄 날씨다. 따사로운 오후의 햇살은 차가운 북풍을 날려 버린 뒤 따사로운 빛과 열기로 사람들에게 활력을 더해주었다. 문제는… 그놈의 활력이 이 마차 안에는 너무 많이 쏟아지고 있다는 것! 차라리 겨울이었으면 좋겠어! 으아아아……. 그렇다고 로브를 벗어 던질……. 제기랄! 그냥 로브를 벗고 있는 거였는데! 이 안에 숨어 있는 걸 누가 본다고 이렇게 꽉 끼어입고 있을 필요가 없었잖아! 미친다! 끄아아!

그렇게 혼자서 발광하고 있을 때였다. 갑자기 내 머리 위에서 뭔가가 툭툭 치는 소리가 들리더니 덜컹거리는 짐마차 굴러가는 소리 사이로 마차 주인의 목소리가 들려왔다.

"꽉 잡으십시오. 다 왔습니다."

난 그의 말에 따랐다. 바닥에 등을 기댄 채 나무 상자를 단단히 움켜쥐었다. 그러자 잠시 뒤 덜컹 하고 마차가 크게 흔들리더니 왼쪽으로 꽤나 기울었다.

"이 멍청이 자식! 바퀴를 빠뜨리다니! 바보 자식! 갈 길이 멀단 말이야! 이걸 어쩔 거야? 앙?"

"죄송합니다, 주인님. 지금 당장……."

"바보 자식! 머저리 같은 놈! 나가 뒈져!! 죽어버려! 병신 같은 놈아!"

밖에서 욕설이 들려왔다. 그리고 연신 죄송하다고 말하는 마부─겸 짐꾼─의 손을 싹싹 비는 소리가 들렸다. 잠시 뒤 마차 뒷켠을 막고 있던 나무 상자가 사라졌다. 바로 저 앞에 밝은 빛이 보이는군.

"당장 짐 다 내려! 오늘 내로 도시에 도착하지 못하면 네놈을 산적에게 팔아버릴 테다! 빨리해! 빨리!"

연신 고함을 질러대면서 마차 주인이 뚫려진 상자들 사이로 얼굴을 들이밀고는 내게 나오라고 손짓했다. 잽싸게 그의 말대로 마차를 뛰어내려 밖으로 나오자 선선하게 불어오는 바람이 내 몸을 휘감았다. 우아아아!! 살 것 같다.

"마차 옆에 숨으십시오."

난 그의 말대로 대로 반대 쪽으로 몸을 움직였다. 슬쩍 보니까 짐마차는 대로 한 켠의 낮은 구덩이에 바퀴가 빠져 있다. 대로가 지면보다 30㎝정도 높은 위치에 있어서 낮은 턱이 있었고 그 사이에 마차 뒷바퀴가 빠진 것이다. 난 잽싸게 가도를 빠져나와 경사진 둔덕 밑에 숨었다. 그리고 잠시 뒤 반대 편에서 다가온 마차가 이들 앞에 멈춰 서는 게 보였다.

"도와줄까요?"

"됐소. 저 멍청한 놈 혼자서 고생 좀 해봐야 하오. 마음만은 고맙소."

"그래요? 그럼 수고하시오. 근처에 산적들이 출몰한다니 해지기 전에 출발하는 게 좋을 겁니다."

"그거 큰일이구려. 나도 이러고 있을 때가 아니네. 아무튼 고맙소."

마부가 짐을 나르는 걸 보고만 있던 마차 주인도 짐마차에서 나무 상자를 내리는 걸 도왔다. 그리고 반대 편에서 온 여행자로 보이는 마차 무리는 다시 길을 따라 대로를 달려갔다. 상대 마차가 어느 정도 멀리 떨어지고 이쪽으로 오는 여행자나 상인 무리가 없는 것을 확인한 마차 주인은 여전히 넙죽 엎드린 채—사실은 그늘진 바닥이 시원해서 엎드려 있는 거였다—두리번거리고 있는 나를 불렀다. 내가 흙을 털고 대로 위로 올라오자 마차의 짐을 거의 반이나 내려놓은 주인이 내게 짐마차 뒷꽁무니에 묶어놓은 내 말들을 건네주면서 말했다.

"저쪽 큰 나무가 보이시지요?"

"응."

"거기까지 가시면 다른 일행을 만나실 수 있을 것입니다. 중간에 인가도 없고 길에서 벗어난 초원이니 그냥 직선으로 달리시면 금세 도착하실 겁니다."

그가 가리킨 곳은 지평선 끝에 가물가물하게 보이는 커다란 나무였다. 난 고개를 끄덕이고 그가 건네주는 말고삐를 잡았다. 자기 일을 끝낸 주인은 다시 짐을 내리느라 정신이 없었다.

"도와줄까?"

"예?"

"시간도 남는 것 같으니 조금 도와주지 뭐. 비켜봐."

난 당황하는 마차 주인을 옆으로 비키라고 손짓하고는 짐마차의 뒷꽁무니를 두 손으로 붙잡았다. 그리고 힘을 주었다. 사두마차라 그런지 약간 힘이 들기는 했지만 짐마차의 뒷바퀴는 금세 바닥에서 떨어져 나왔고 난 옆으로 몇 발짝 걸은 뒤 천천히 마차를 밑으로 내려놓았다.

"후우……"

조금 힘들긴 하군. 난 힘을 쓰느라 흘러내린 땀을 소매로 닦아낸 뒤 가볍게 말 위에 올라탔다. 그리고 입을 쩍 벌린 채 짐마차와 나를 번갈아 바라보는 마차 주인과 마부를 남겨두고는 그가 알려준 방향으로 말을 몰았다.

대충 보기에도 수백 년은 됐음 직한 커다란 나무까지 도착하자 사방은 어두컴컴한 밤이었다. 이래서는 누가 있더라도 알아보기 힘들겠군.

이전에는 숲이었겠지만 대부분 베어 넘겨서 초원으로 만들어진 작은 언덕 위에 멈춰 선 난 말을 근처의 나무에 묶어놓은 뒤 바닥에 주저앉았다. 엉덩이가 차거워. 체에. 모포라도 가져다가 바닥에 깔까? 에… 에… 귀찮아라.

"우선… 불부터 피워야겠지?"

어쨌든 여기서 만나기로 했으니 불이라도 피워서 내가 여기 있다는 걸 알리면 알아서 찾아오겠지. 난 그렇게 생각하고 내 키가 닿을 만한 곳의 나뭇가지들을 꺾었다. 그리고 주변의 풀들도 박박 긁어모아서 한 무더기로 만들어놓은 뒤 짐 상자에서 불씨 주머니—소뿔을 잘라내 속을 파낸 뒤 숯과 솜으로 불씨를 넣어두는 물건—를 꺼내 들었다. 그리고 주머니의 코르크 마개를 뽑아낸 뒤 거꾸로 뒤집었다.

후두둑…….

불똥과 함께 숯덩어리와 까맣게 그슬린 솜 뭉치가 떨어져 내렸다. 웃. 앗, 뜨거. 손등에 불똥이 튀었잖아! 에이씨! 내가 왜 이런 짓을 해야 하는 거야? 짜증나게시리! 거기다 왜 불은 이렇게 안 붙어? 캬악! 바보 같은 어린 녀석이 할 때는 째깍째깍 잘만 붙었는데 말이야. 우아악!! 왜 연기만 나고 불은 안 올라오는 거야?

"콜록, 콜록."

젠장할!! 망할! 짜증나! 크아앗! 신경질이 나 연기만 모락모락 피어오르는 나무 무더기를 발로 차버렸다.

파앗.

앗, 따거! 작은 불똥들이 사방으로 튀어 올랐다. 우씨!

바닥에 털썩 주저앉았다. 멍하니 앉아서 깜깜한 하늘을 올려다보니 작은 별빛들이 반짝거렸다. 동쪽 하늘에는 둥근 달이 빛나고 있다. 후우… 정말이지 여기서 뭘 하고 있는 건지 이젠 나도 모르겠다, 모르겠어. 난 그대로 뒤로 드러누웠다. 에이… 귀찮아. 아무나 와서 찾아주겠지 뭐. 잠이나 잘까? 바닥이 좀 배기긴 하지만… 두터운 로브 덕분에 그럭저럭 참을 만하군.

 잠깐 잠이 들었는데… 주변의 시끄러운 소리 때문에 깼다. 눈을 비비며 몸을 일으키자… 왠지 주변이 환한 기분이 들었다. 우웅?
 "물을 가져와! 물!"
 "내 발에 불이 붙었어!"
 "끄아아악!"
 "어서 꺼! 번지잖아! 이 머저리 같은 놈들아!"
 뭐가 이렇게 시끄러운 거야? 앙? 흐릿한 눈가를 소매로 몇 번 쓱쓱 닦고 나니 한결 또렷한 광경이 눈에 들어온다. 거적때기 같은 옷을 입고 뛰어다니는 사내들과 얼굴에 검댕이를 잔뜩 묻힌 채 물동이를 들고 뛰는 사내들, 그리고 활활 타오르고 있는 수풀… 불타고 있는 숲? 어라? 어라라?
 "에에?"
 내 목소리를 들은 사내들 중 일부가 자리에서 일어난 내 쪽으로 다가온다. 모두들 얼굴에 숯 검댕이를 잔뜩 묻힌 채 무시무시한 얼굴로 나를 노려보고 있다. 거기다 바닥에서는 작은 연기가… 엥? 바닥에서 연기가 올라와? 나를 노려보는 사내들의 눈빛이 심상치 않다. 우우……. 저기 불타고 있는 숲은 암만 봐도 내 탓 같거든? 하지만… 난 고의성은 없었는데…….
 주위를 빙 둘러싼 사내들을 헤치고 한 사내가 내 앞으로 뛰어왔다.

그의 등 뒤로 활활 타오르고 있는 조명(?) 덕분에 난 그가 누군지 단번에 알아볼 수 있었다. 크렌이었다.

"마마, 아주… 자알… 하셨습니다. 뿌득."

"저기… 이거 내 탓?"

"그럼 누구 탓이겠습니까? 여기 마마밖에 더 있습니까?"

"…미안."

"뭘 보고 있나? 어서 가서 불 꺼! 기지로 불길이 들이치지 않게 조심하고! 구멍을 뚫어서라도 연기를 빼! 밑에 있는 놈들 모조리 질식사하기 전에!"

어째… 미안하다는 말도 안 통하는 것 같은걸? 체에. 이 내가 순순히 잘못을 인정했는데도 불구하고 말이야. 괘씸하긴! 하지만… 솔직히 눈앞에서 불타고 있는 숲을 보고 있자니… 진짜 미안하다. 우우.

불길은 숲의 1/4를 태우고 난 뒤에야 꺼졌다. 크렌의 말을 들어보니 이곳의 지하에는 토굴 형식의 비밀 기지가 있었는데 내가 통풍구 주변의 잡목들을 모조리 태워 버렸다는 것이다. 통풍구를 마련하기 위해 박아 넣은 나무 지지대와 구멍을 가리고 있던 위장목이 활활 타버려서 불길은 지하 기지로 번졌다는 것이다. 그리고 이 나를 찾기 위해 정찰병과 경계병들이 사방에 흩어져 있던—내가 너무 늦게 도착했단다. 난 아침 일찍 출발했는데—덕분에 불길을 조기에 진화하는 게 늦었고, 또 막상 이곳에 도착해 보니 기지로 통하는 입구 세 곳 중 두 군데가 이미 접근조차 하기 힘들 정도로 잘도 타고 있더란다. 후후. 한마디로 나 혼자서 두 개 중대 200명의 병사를 모조리 작살낼 뻔했다는 소리다. 우에……. 난 고의가 아니었다고! 거기다 불이 났는데 다들 뭐 한 거야?

가출 277

왜 내 탓만 하냐고! 우씨! 하여간 덕분에 여기서 8km쯤 떨어진 곳에 있는 다른 화격단 중대까지 끌고 온 덕에 불길을 잡을 수 있었다.

"마마 덕분에… 이곳 기지는 버려야겠군요."

"왜?"

"이런 일을 벌여놨는데 여기 계속 있을 수 있겠습니까? 당장 내일이라도 근처 영주들이 조사단을 파견할 겁니다. 갑자기 불이 나고 또 갑자기 꺼졌으니……. 하여간 이곳은 포기하고 병사들은 다른 지역으로 돌리도록 하죠."

"……."

난 아무 말도 못했다. 솔직히 내 앞에 서서 불만이 가득한 표정으로 날 노려보고 있는 근 삼백에 가까운 병사들—그중에는 콜록거리거나 정신을 잃은 환자들도 끼어 있다—앞에 서 있다 보니 할 말이 있어도 못하는 게 당연하지. 우우. 거기다 대부분 불길에 쫓겨서 도망치듯 빠져나온 터라 무장도 엉망이었고 말이야. 흠흠. 하여간 그렇다 해도 일은 해야지. 일은.

"흠흠. 크렌, 이곳 말고 무기와 식량을 조달받을 수 있는 곳 있어?"

"이 일대에서 이 기지가 가장 많은 물자를 적재했던 곳입니다. 다른 지역에서 받을려면 최소 3일은 걸릴 겁니다."

"그래? 흐음……. 그렇다면 할 수 없지. 댄에게 연락은 받았겠지?"

"예, 마마. 하지만 지금 상태로는……."

"그래도 할 수 없어. 우선 장비를 모아서 1개 중대라도 무장시켜 봐. 나머지는 근처 다른 지역으로 분산시키도록 하고 말이야."

"…알겠습니다, 마마."

좀 찔리긴 하지만 말이야, 일은 일이라고. 흠흠. 거참… 날 노려보는 눈빛이 살벌하다 못해 무서울 정도다. 잘하면 폭동이라도 일으킬 것 같은 눈빛들이야.

"크렌……."

"예? 마마."

"이번 일… 끝나면 특별 수당 마련해 줄게. 참가하는 중대에 월급의 두 배를 하사한다."

귀를 쫑긋거리는 병사들. 후후후. 역시 세상은 돈이야! 단번에 눈빛이 바뀐다. 오호호홋! 이로써 일에는 지장이 없겠구나. 그리고 나를 물 먹인 아르케네스! 어디 특별 예산이라도 짜보라고! 죽어봐라! 우후후.

댄의 지령서는 이미 아침나절에 도착했단다. 그리고 원래는 세 명이었지만 이제는 둘로 줄어든―한 명은 연기를 너무 마셔서 아직까지도 오락가락한다―정보부 출신 요원들을 앞세우고 나와 화격단 1개 중대는 도둑 길드에서 구입하고 정보부에서 확인한 자료를 토대로 전 국왕을 암살한 무리를 잡으러 출발했다. 원래는 3개 중대가 가기로 했었는데… 쯧.

우리들과 마찬가지로 그쪽 조직―인지는 확실치 않지만 왕을 암살할 정도면 일개인 정도로는 불가능하다―역시 사람들 눈을 피해서 생활할 게 뻔하기에 나와 내 군대 역시 인적이 드문 숲이나 언덕 등을 타고 이동해야 했다. 나야 말을 타고 있으니 그나마 나았지만 중무장을 한 채 속보로 걷고 있는 병사들은 겨우 두어 시간 만에 완전히 녹초가 다 되었다. 난 말을 멈춘 뒤 잠시 휴식을 명했고 그 다음 크렌을 불러왔다.

"여기서 얼마나 걸리지?"

"대충 10km쯤 진군했으니 제대로 왔다면 앞으로 두 시간 안에 도착합니다."

"그래? 그럼 10분간 쉰 뒤에 다시 이동한다. 낙오하는 병사가 없도록 잘 살펴봐. 알았지?"

"화격단에게 이 정도쯤은 아무것도 아닙니다. 걱정 마십시오, 마마."

흠. 뭐… 크렌이 그렇다니 그런 거겠지. 뭐… 밑에 있는 부하들이 알아서 다 해주니 나야 그냥 고마운 마음으로 잘만 써주면 그만이니까 말이야.

"휴식 끝! 이동한다! 어서 일어나! 중대장! 소대장! 낙오하는 병사가 없도록 철저히 관리하도록!"

"꾀부리지 말고 어서 일어나, 이 망할 자식들아!"

"야간 행군은 지겹도록 해봤잖아! 어서 안 일어나? 앙?"

"죽는다고 말해 봐라. 진짜 죽여주마!"

노련한, 그리고 실력있는 장교들인 소대장들은 적절한 주먹질, 발길질 등과 협박, 욕설을 무기로 효과적으로 병사들을 통솔했다. 밍기적거리면서 앓는 소리를 하던 병사도 소대장이 엉덩이를 걷어차면 단번에 뻣뻣하게 일어서서 즉시 출발할 태세를 갖추었다. 후후. 난 말 위에서 손을 들어 올렸다. 그리고 앞으로 내리면서 말했다.

"출발."

"출발! 5소대 척후. 10소대 후위. 대열은 2열 종대! 어서 움직여!"

내 앞으로 한 무리의 병사들이 지나갔다. 그리고 우리들이 걸어온 뒤쪽으로도 약간 떨어진 곳에서 병사들이 이동했다. 그렇게 앞뒤로 병사들을 내보낸 중진은 빠른 걸음으로 행군을 개시했다.

우리가 행군하는 동안 작은 사건 하나가 있었지만 그것을 제외하고는 별 탈 없이 목적지 근처까지 도착할 수 있었다.

 작은 사건? 쇠스랑과 밭에서 쓰는 큰 포크, 그리고 조잡해 보이는 단검 등을 들고 튀어나온 일곱 명의 간이 부은 산적들 이야기다. 아마도 먹고살긴 힘들고 돈 되는 곳에는 다른 조직—주로 화격단들—이 좌다 꿰차고 있어서 이런 사람도 안 지나가는 오지로 밀려난 산적 부스러기 같았는데 우리가 척후 소대만 횃불을 들고 달려가다 보니 소수의 여행자인 줄 알고 달려든 듯하다. 그들은… 지금 속옷 차림으로 벌벌 떨면서 우리들 뒤를 따르고 있다. 싸우기도 전에 무장한 병사들을 보고 두 손 번쩍 드는 녀석들이었으니 뭐… 죽일 정도는 못 되고 말이야, 가다가 근처 도시나 마을에 산적질한 놈들이라 말하고 가져다 버릴 생각이다. 이 화격단의 중대장인 잭 드와이스는 그 녀석들을 발가벗겨서 쫓으려고 했는데 말이야, 사람이 좀 인정을 베풀어야지. 최소한 속옷은 입혀줘야 할 거 아니겠어? 속옷조차 없으면 얼마나 춥겠어. 안 그런가?

 하여간 별다른 문제 없이 우리는 적들이 모여 있다는 폐성에 도착할 수 있었다. 한때 잘나가던 세력가의 성이었던 석조성은 100여 년 전에 반란으로 귀족 일가가 모두 처형당한 뒤 버려졌던 곳인데 그놈들이 슬쩍 들어앉아서 쓰고 있다고 한다.

 "크렌, 놈들은?"

 "우리 측 요원들의 말에 따르면 적의 숫자는 대략 10~20명 수준이라고 합니다. 그리고 북쪽과 동쪽 성벽이 무너져 있어서 쉽게 침입할 수 있을 거라고 하더군요. 워낙 오랫동안 방치된 데다가 별다른 보수 작업도 없었던지라 주로 실내전이 될 듯합니다."

 "그래? 그렇다면 역시 머릿수로 미는 게 좋겠지?"

 "아마도요. 특별히 계획 세우고 자시고 할 것도 없겠더군요."

"그래, 좋아. 그렇담 여기서 잠시 쉬고 바로 쳐들어가도록 하자고. 될 수 있는 한 생포하도록 하고 반항하면 죽여도 좋아."

"예, 마마. 장교들에게 전하도록 하겠습니다."

내게 대답한 크렌은 이내 부하 장교들과 병사들 쪽으로 갔다. 그동안 난 로브를 벗어던진 뒤 말 등에 얹혀져 있는 나무 상자를 내렸다. 작고 촘촘하게 짜여져 있는 허벅지까지 내려오는 체인 메일 셔츠를 웃옷 위에 껴입고 바지 형태로 된 체인 메일 래깅스를 끼워입은 뒤 벨트에 고정시켰다. 그리고 그 위에 브래스트 플레이트 아머를 껴입었다. 이것을 입는 동안에 등 뒤로 손이 닿지 않아서 다른 병사의 도움을 받아야 했지만 다른 건 나 혼자서도 할 수 있었다. 정강이를 보호해 주는 철제 래깅스를 차고 가죽 부츠를 벗어 던진 뒤 강철로 보강된 전투용 철제 부츠를 신었다. 그리고 앞부분이 십자 형태로 뚫린 둥그런 투구를 쓴 뒤 헤쉬케린 늙은이에게 고가로 사들인 목걸이와 작은 은반지를 각각 목과 팔에 찼다. 그리고 팔꿈치까지 올라오는 철제 건틀렛을 찼다. 그러고 나자 준비가 다 끝났다. 아! 내가 쓰는 두 개의 강철 단봉이 빠졌군.

난 상자에 손을 넣고 검 손잡이처럼 생긴 단봉 두 개를 꺼내 들었다. 검날 부분이라 할 수 있는 육각형의 쇠봉은 보기엔 별로지만 나같이 힘이 좋은 인간—물론 내 수준의 근력을 자랑하는 인간은 단연코 없다. 단 한 명도!—들이 쓰기엔 좋다. 끝 부분을 원추형으로 깎아놓아서 찌를 수도 있고 엔간한 검이나 도끼와 부딪쳐도 자그만 홈집 정도밖에 안 날 두꺼운 쇠봉이기에 이보다 내게 어울리는 무기도 없었다. 두 개의 무게만 20kg 가까이 나가는 녀석이니 나 이외엔 제대로 들고 휘두르는 것도 불가능하겠지만 말이야.

그렇게 준비를 마치고 마른고기—맛없어!!—로 간단히 요기를 하고 난 뒤 푹 쉬었다. 그리고 크렌은 내게 신호를 한 뒤 병사들을 이동시켰다. 하품이나 쩍쩍 해대고 투덜대기만 하던 쓸모없어 보이는 병사들이 어느새인가 발소리조차 잘 안 들릴 정도로 고도의 정숙성을 보이면서 몸을 낮춘 채 폐성 쪽으로 향했다. 휴… 크렌 녀석, 대단하잖아?

"감탄만 하고 있을 때가 아니지."

난 그 병사들의 뒤를 따라서 숲속으로 뛰어들어 갔다.

사삭. 사사삭…….

근 100명이 가까운 이들이 움직이는데도 아주 미약한 소리밖에 안 났다. 오히려 내가 입고 있는 체인 메일이 더 큰 소리를 낸다랄까? 이거 괜히 짐만 되는 게 아닌지 몰라. 역시 정숙성을 요하려면 가죽 갑옷류를 입어야 하는 거였는데 말이야. 흠……. 하여간 성에서 대략 20m쯤까지 조용히 이동하고 나자 반쯤 부서진 성벽 위와 폐성 앞마당에 모닥불을 피운 채 졸고 있는 두 무리의 사내들이 보였다. 크렌이 중대장에게 손짓으로 무언가 명령을 하자 이내 각 소대당 대여섯 명이 앞으로 나서면서 등 뒤에서 반원형의 물건을 꺼냈다. 활? 크기가 작은 걸 보니 숏 보우류인가 보군.

투둥. 퉁.

하프 현이 튕겨지는 듯한 소리가 들리더니 이내 적들은 각각 7~8발씩 날아오는 화살을 봐야 했다.

"크악……."

"꺼어억……."

성벽 위에 몸을 내놓고 있던 자들과 아래서 불을 쬐고 있던 적들이 순식간에 몸에 다섯 발 이상의 화살을 꽂은 채 그대로 쓰러졌다.

"중대 돌격! 각 소대장의 명에 따라 돌격한다! 선두 5소대!"

"젠장! 매번 우리야! 소대 돌격한다! 뒤처지는 놈은 내가 엉덩이에 친히 단검을 꽂아주마!"

"우와아아아악!!"

고함인지 비명인지 구분하기 힘든 함성을 지르면서 5소대가 뛰어들어 갔다. 그리고 그 뒤를 따라서 다른 화격단 소대들이 뒤따랐고 다른 방향에서도 세 개 소대가 무너진 성벽 틈을 따라 성 안으로 뛰어들었다. 그리고 나도 크렌과 1개 소대 병사들을 데리고 안으로 뒤따라 들어갔다.

내가 들어가 보니 이미 외각의 적들은 모조리 처리된 상태였다. 나와 크렌이 성벽을 넘어 성의 저택 입구에 도착하니 다른 소대와 함께 돌격했던 중대장이 우리 쪽으로 뛰어왔다.

"적 13명 중 사살 7명, 포로 6명입니다! 아군 피해는 사망 1인, 부상 6명입니다. 명령을!"

"입구는 발견했나?"

"예! 포로들의 말에 따르면 정문 쪽은 통과가 불가능하고 뒤쪽으로 돌아가면 돌벽 사이에 비밀문이 있다고 합니다."

"그래. 두 개 소대는 외부에서 경계를 한다. 포로들은 끌고 가서 심문해야 하니 죽이지 않게 잘 다루도록 하고 나머지 병사들은 나와 같이 성안으로 돌입한다. 크렌."

"예! 마마."

"잘 지켜."

"하지만… 괜찮으시겠습니까? 제가 가도 되는데요."

"됐어. 그래도 명색이 두목인데 저쪽 두목 면상이라도 봐줘야 예의지. 자, 가자!"

"옛! 1소대와 2소대는 외각을 경계한다. 부상자와 포로를 잘 돌보도록! 나머지는 이동한다! 모두 이동!"

중대장의 명령에 따라 병사들이 착착 움직였다. 난 크렌을 밖에 놔둔 채 잭 드와이스라는 중대장과 함께 성의 뒤쪽으로—볕이 들지 않는 북쪽—향했다. 그곳에 가보니 과연 포로들의 말처럼 비밀문이 있었다. 겉보기엔 돌벽이지만 슬쩍 밀어보니 안쪽으로 열렸다. 안이 어둡군. 이제… 들어가 봐야겠지?

"돌입한다! 5소대 앞으로!"

"또야? 아~ 정말! 소대 앞으로! 젠장! 한 번 죽지 두 번 죽냐?"

"으아아……."

"꾸물대지 말고 빨리 못 들어가? 엿 같으면 네가 중대장 하던지!"

…뭘까? 계급 체계의 폐단을 보는 듯한 기분이었다. 하여간 내 앞으로 서른 명쯤 더 안으로 들어간 뒤 나도 안으로 뛰어들어 갔다. 내 뒤로도 줄줄이 병사들이 좇아 들어왔고 난 앞서 가는 병사의 뒷통수만 따라서 달렸다.

탁탁탁.

복도는 어두운 편이었지만 안으로 뛰어든 병사 두 명 중 한 명이 횃불이나 랜턴을 들고 있어서 어둠이 시야를 가리지는 못했다. 그렇게 앞서서 뛰어간 병사들의 뒤를 따라가던 난 병사들이 복도에 모여 있는 걸 볼 수 있었다. 그들이 서 있는 앞쪽으로는 세 방향으로 나 있는 복도가 보였다. 아마도 어느 쪽으로 수색을 할 것인지 정하는 것 같았다. 중대장은 아직 뒤쪽에 있으니 우선 내가 나서려고 했는데 네 명의 소대장들이 모여서 쑥덕거리고 있다.

"역시 좌우는 한 소대씩 맡고 나머지는 직진하는 게 좋겠지?"

"그래. 그럼 왼쪽은 3소대, 오른쪽은 7소대가 맡고 정면의 선두는 5소대로 하자."

"아씨! 왜 또 5소대야? 내 소대가 그렇게 만만해? 앙? 중대장도 그러더니 말이야. 같은 소대장끼리 이래도 되는 거야? 응?"

"엿 같으면 일찍 들어오지 그랬냐?"

"맞아. 그러게 누가 늦게 들어오래? 하여간 그렇게 결정난 거다. 자! 이동한다!"

"에이! 쌍! 정말 내 더러워서……. 뭐 해? 빨리 선두로 나가! 멍청이 들아!"

군대라는 곳… 무서운 데구나. 하여간 좌우로 1개 소대씩 빠져나간 뒤 5소대를 필두로 한 다른 소대 병사들은 앞서서 조심스럽게 걸어가는 전방 병사들과 약간 거리를 벌린 채 뒤따라갔다. 그렇게 막 선두가 왼쪽으로 꺾이는 통로로 들어섰을 때였다.

타닥… 퍼억!

"아아악!"

"맞았어!"

"살려줘!"

앞서서 돌던 선두의 소대 병사들 중 두세 명이 쓰러졌고 멀쩡한 자들이 그런 동료들을 급히 끌어당기면서 돌아서 도망왔다.

"뭐야? 어떻게 된 거야?"

"무슨 일이야?"

"젠장! 저 자식들이 활을 들고 있다! 방패 가진 놈 없냐? 빌어먹을! 만물상이라고 자랑할 땐 언제고 화살 막을 방패조차 지급을 안 하는 거야? 망할!"

저 5소대 소대장인지 하는 인간 꽤나 쌓인 게 많은가 보네. 아직도 꺾여진 벽 쪽에서는 화살이 간간이 날아들며 타닥 하는 소리가 났다. 난 웅성대는 병사들을 헤치고 앞쪽으로 다가간 뒤 부상당한 병사들을 지나쳐서 몸을 낮춘 뒤 모서리 밑 쪽에서 고개를 내밀었다. 어두컴컴해서 안 보여—그나마 등 뒤에서 비치는 빛 덕분에 흐릿하게 저 멀리 무언가를 쌓아놓은 듯한 모습이 보이긴 하지만—적이 몇인지 어느 정도 화력인지는 알아보기 힘들었다. 난 고개를 돌린 뒤 랜턴을 들고 있는 병사들에게 소리쳤다.

"랜턴 가져와. 촛불로 된 거 말고. 기름등잔으로 된 걸로. 어서!"

일반 병사들과 다른 중갑을 입고 있는 내 명령에 병사들 중 몇 명이 서너 개의 랜턴을 들고 왔고 난 그중 하나를 들고 가만히 기다렸다.

타악……. 타닥.

세 개의 화살이 시간 차를 두고 날아왔다. 저쪽도 우리 쪽을 못 보니 그저 무작정 화살을 날리는 것 같은걸? 자… 기다리고… 탁. 이때다! 난 몸을 내밀면서 손에 든 랜턴을 힘껏 던졌다. 출렁거리면서 미약한 빛을 발하는 랜턴은 당장이라도 꺼질 것 같은 모습이었지만 다행히 바닥에 떨어질 때까지 빛을 발하고 있었다. 그리고 콰직… 하는 소리와 함께 바닥에 부딪친 랜턴이 산산이 부서졌고 이내 바닥에 흥건히 묻은 기름에 불이 붙기 시작했다.

화르륵…….

왠지 오늘 불과 아주 친해진 기분인걸? 어디 보자. 하나… 둘… 셋… 흠, 다 해서 여섯 명 정도인가?

"적은 여섯. 놈들 앞에 상자와 푸대 자루가 쌓여 있다."

"활 가진 놈들은 다 나서! 어서! 왕비 마마, 뒤로 물러서십시오. 전투는 저희가 합니다."

중대장 잭이로군. 벌써 온 거야? 흠……. 하지만 나도 싸울 수 있다고. 난 고개를 저은 뒤 벽에 찰싹 달라붙었다. 이미 부상자들은 다른 동료에 의해서 뒤쪽으로 물러섰고 손에 활을 든 수십 명의 병사들이 화살을 매기고는 줄줄이 늘어섰다. 그리고는 단번에 세 명씩 뛰어나가더니 화살을 쏘고 바닥에 엎드렸다.

투두둥…….

앞서 엎드린 병사들은 그대로 앞으로 기어가기 시작했고 뒷열의 병사들이 또다시 뛰어들며 화살을 날린 뒤 엎드린다. 호오… 체계적인걸? 그렇게 20명쯤이 울퉁불퉁한 바닥을 기어갔고 그들 뒤에서는 화살을 든 병사들이 지향 사격으로 마구 화살을 날려댔다. 간간이 날아오던 상대 쪽 화살도 어느 순간 뚝 끊겼다. 고개를 빼꼼이 내민 채 보고 있던 난 앞서서 기어가던 병사가 손을 들어 흔들어대는 모습을 보았다. 그러자 내 옆에 주르르 늘어서서 화살을 쏴대던 궁수들이 활을 내리고 검을 치켜들기 시작했다.

"와아아아!"

열심히 기어가던 병사들이 단번에 일어서면서 안쪽으로 달려들어갔다. 무기 부딪치는 소리와 비명 소리가 울려 퍼졌고 뒤에서 대기 중이던 병사들도 약간의 시간 차를 두고 앞서 달려간 병사들의 뒤를 따라갔다. 이에 나도 그들의 뒤를 따라 달리기 시작했다. 등 뒤에서 중대장의 외침이 들렸지만 무시!

겨우 1~2초 만에 10m에 달하는 긴 복도를 주파했다. 바로 코앞에 내가 던져 놓은 불타오르고 있는 기름등이 보였다. 앞서서 뛰어가던 병사들은 그 불길 위를 뛰어넘어 갔고 나 역시 뒤따라가면서 뛰어넘었다.

쿵. 아야!
천장에 부딪쳤잖아! 우앗! 떨어진다아!
쿠웅…….
젠장. 제대로 넘지도 못하고 엉덩방아를 찧었다. 아파……. 앞으로 뛰어야 했었는데 위로 뛰어버렸어… 크으. 하여간 잽싸게 일어선 난 적들이 쌓아놓은 상자들을 향해 발길질을 가했다. 콰아앙~ 단번에 상자들과 푸대 자루들이 비산하며 날아갔고 복도가 뻥 뚫렸다. 훗. 이 정도쯤이야. 난 한때는 넓은 홀이었을 폐허 속으로 뛰어들어 갔다.
"죽어! 죽어!"
"셋! 셋씩 상대해!"
"배를 갈라 버릴 테다! 개자식들아!"
"모가지를 따버려!"
"쿨럭… 엄마아아……."
안쪽에서 저항하던 적 중 하나가 쓰러지자 병사 셋이 달려들어 그자의 등에 숏 소드를 세 자루나 꽂아 넣었다. 그것으로도 모자른지 확인 삼아 두세 번씩 더 찔러 넣은 병사들은 적이 축 늘어지자 다른 동료들 쪽으로 뛰어갔다. 이거… 내가 할 일은 없겠잖아? 방 안의 적들은 대충 열서넛쯤 되어 보였지만 대부분 둘셋씩 흩어진 채 포위된 상태였다. 거기다 병사들은 적 한 명당 세 명씩 달려들어서 확실하게 목숨을 끊어 나갔기 때문에 시간이 지날수록 적들은 하나둘씩 쓰러져 나갔다.
마지막 적이 쓰러졌을 때였다. 갑자기 우리들 머리 위에서 펄럭거리는 소리가 났다. 나와 몇몇 병사들이 위를 올려다보자 검은 옷을 입은 사내가 역시나 검은 망토를 흩날리면서 위에서 떨어져 내렸다. 그것도 1~2층 높이가 아니라 검은 하늘이 보이는 부서진 지붕 위에서 뛰어내린 듯했다.

쿠우우웅…….

그자는 육중한 소리를 내면서 지면에 착지했다. 바닥이 출렁거리면서 흔들렸고 그자가 뛰어내린 지점의 바닥이 약간 움푹 파고들어 갔다.

"큭큭큭. 쥐새끼들이 죽을려고 발악을 하는군."

"누가 쥐새끼인지는 두고 봐야 알겠지? 공격해!"

"우와아!"

병사들이 달려들었다. 검을 든 자들이 그자의 사방에서 뛰어들면서 찔러 들어갔다.

푸욱… 퍼억.

단번에 여덟 개의 검이 그자의 몸에 박혔다. 뭐야? 저 녀석 말뿐인 거잖아? 시시하…….

"큭? 겨우 이 정도냐?"

"어어억?"

그 검은 옷의 사내가 손을 뻗더니 자신의 가슴에 검을 박아 넣은 병사의 머리를 움켜쥐었다.

퍼억……. 우지직.

그 병사가 쓰고 있던 철제 투구가 우그러지면서 피와 뇌수가 주르륵 흘러내렸다.

"무… 물러서! 저 자식… 정체가 뭐야?"

"으아아……."

"괴물이다!"

"안 죽다니……."

병사들이 단번에 패닉 상태에 빠졌다. 그 검은 옷을 입은 사내는 검을 내던지고 뒤로 물러서는 병사 중 하나를 쫓아가더니 손을 뻗었다.

퍼억.

"커어어……."

그의 손이 병사의 가슴을 뚫고 들어갔다. 등의 갑옷을 뚫고 나온 붉은 손… 쳇. 차라리 빛이라도 없었다면 이 나조차도 두려움과 역거운 감정이 드는데 다른 일반 병사들이야 보나마나겠지. 내 생각대로 그렇게 통제가 잘되고 사기가 높던 병사들이 단지 인간이 아닌 괴물이 출현했다는 것 때문에 단번에 사기가 뚝 떨어진 채 사방으로 흩어지고 있었다. 뭐… 하긴 나로서는 이쪽이 더 좋지만 난 허리춤에서 단봉을 양손에 꽉 쥔 뒤에 그자에게 달려갔다.

내가 자신에게 달려드는 모습을 보며 씨익 웃던—새하얀 이를 드러내며 웃고 있었다—그자는 병사의 시체를 바닥에 던져 버리고는 나를 향해 몸을 돌렸다. 그리고 내가 단봉을 휘두르자 왼 팔뚝을 들어 올렸다. 아마 검이라고 생각했겠지? 미안하지만 그게 아닌걸?

퍼억… 빠직. 우지직…….

뼈와 근육이 부서지는 소리가 생생하게 들려왔다. 온 힘을 다해 후려친 덕분에 단번에 팔뚝을 뭉개 버리고도 모자라 그자의 가슴까지 후려쳤다.

뻐어억…….

"크어어억……."

주르르륵… 쿠웅.

뒤로 날아간 그자는 그대로 쓰러지면서 바닥에 쓰러졌다. 인간이었다면 충분히 중상이었겠지만 저놈은 온몸에 검을 꽂고도 멀쩡하던 자식이다. 방심할 수야 없지.

"크으윽! 겨우 인간 주제에!"

"그런 넌 인간이 아니냐? 웃기는 놈이로군."

"크오오오오!!"

어… 어라? 인간이 아닌가 본데? 놈이 일어섰다. 그리고는 갑자기 인상을 쓰면서 몸을 굽히기 시작했다. 찌지직… 그자가 입고 있던 옷의 뒤쪽이 찢어지면서 털이 북실북실한 등이 나타났다. 거기다 놈의 팔다리도 불끈거리면서 근육이 생겨나기 시작했고 주욱 늘어났다. 발은 마치 개나 말의 뒷다리처럼 구부러졌으며 온몸에 털이 돋기 시작했다. 그리고 그자의 턱과 코가 앞으로 튀어나오면서 늑대의 주둥이처럼 변하기 시작했다. 새하얗던 치아는 길쭉한 송곳니로 변해갔다.

"큭큭… 카르르… 인간… 찢어버릴 테…….."

콰아앙!

날 찢어버린다 어쩐다 하는 놈의 턱주가리를 단봉으로 올려쳤다. 단번에 놈이 위로 튀어 올랐고 공중에서 바둥거리는 놈이 떨어지자 반대쪽 봉을 수평으로 휘둘렀다.

퍼억!

그놈의 몸이 빠르게 날아가 벽에 부딪쳤다.

콰아아앙……. 우르릉…….

이거 무너지는 거 아닌지 모르겠네. 흠……. 그런데 별다른 타격은 없었나 본데? 몸을 최대한 굽힌 채 벽에 처박혔던 놈은 이내 툭툭 털고는 벽에서 뛰어내려 와 몸을 굽히는 게 아닌가?

"크르……. 감히 변신 중에 공격하다니! 괘씸한 계집!"

"어라? 내가 여자인 건 어떻게 알았대? 목소리로?"

"냄새로 알았다. 계집! 어디서 힘 좋다는 소리 좀 들었는지 몰라도 내겐 소용없지! 죽인다!"

파앗.

놈이 눈앞에서 사라졌다. 난 반사적으로 오른쪽으로 힘껏 뛰었고 방금 전 내가 있던 곳을 보니 놈의 육중한 체구가 바닥을 후려갈기고 있었다.

콰앙!

이거 손해잖아! 젠장할! 저놈은 맞아도 아무렇지도 않은 건가?

"활 가진 놈 앞으로! 조준 사격!"

투둥… 퉁.

갑자기 그놈에게 화살이 날아들었다. 호! 저 표식은 5소대장인가 뭔가 하던 인간이잖아? 우아앗! 나한테도 날아온다! 멍청이들!

난 급히 화살을 피해 그놈에게서 멀찍이 물러섰고 양팔로 눈과 가슴을 가린 놈은 단번에 고슴도치 같은 형상이 되었다. 하지만…….

"크르륵! 캬아아!!"

"으아아아아아……"

"피햇!"

퍼거걱.

보통 사람보다 배는 커 보이는 놈이 몸을 쫙 펴며 가까운 병사들에게 달려들었다. 단번에 사방에 피가 튀면서 살점과 팔다리가 허공으로 비산했다.

"빌어먹을! 모두 비켜! 내가 상대한다!"

솔직히… 저런 괴물과 싸우기 싫었지만 암만 봐도 저놈을 상대할 만한 사람은 나뿐인 것 같았거든. 체에.

난 즉시 몸을 날려서 병사들을 해체하고 있는 놈에게 달려들었다.

부우웅…….

내가 날린 단봉이 바람을 가르며 놈에게 휘둘러졌다. 그놈은 그런 날 보더니 양팔을 뻗어서 봉 끝을 붙잡으려 했다.

퍽! 지이이익…….

막혔다?

"크어어!! 망할 계집!"

"왜? 개 대가리야!"

"뒈져라!"

"너나 뒈져!"

파앙.

놈이 두 손으로 단봉을 쳐내고는 20㎝는 될 법한 긴 손톱으로 날 후려치려 했다. 이에 난 뒤로 펄쩍 뛰면서 단봉 끝을 앞으로 찔렀다. 덕분에 놈의 오른 손바닥을 꿰뚫을 수 있었지만 1.8m는 되어 보이는 놈의 왼손까지 피하지는 못했다.

까강. 가가가각…….

가슴 쪽에서 불똥이 튀었다. 뒤로 물러서면서 보니까 강철판이 그대로 뜯겨져 나가있다. 거기다 조금씩 쓰라려 오는 걸 보니 속에 입은 체인 메일도 뜯겨져 나간 듯했다. 이건 완전 손해라고! 난 데미지를 못 주는데 저놈에게 제대로 맞으면 난 그대로 죽잖아!

놈의 오른손은 거품이 부글부글 끓어오르고 있다. 재생 중? 그때였다. 갑자기 놈의 등 뒤에 빛이 나는 화살이 날아들었다.

타닥. 탁.

"크아아앗! 이 쥐새끼들이!!"

갑자기 놈이 등을 돌렸다. 놈의 등을 보니 기름을 잔뜩 먹인 천을 감아둔 화살이 박혀 있었다. 일반 무기나 화살에는 반응도 안 하던 놈이? 불인가?

"죽여 버린다!"

"너나 죽어!"

파앙!

난 온 힘을 다해서 바닥을 박차고 뛰었다. 덕분에 바닥이 약간 부서져 내렸지만 내 것도 아니라고.

불화살을 날린 병사들을 향해 뛰어들려던 놈은 내가 머리 위쪽에서 뛰어내리자 당황한 얼굴―개머리로 이런 표정을 지을 수 있다는 건 처음 알았다―로 날 올려다보았다. 난 양손의 봉을 휘둘렀다.

퍼억! 콰득!

오른팔의 단봉이 놈의 어깨 근육을 휘저으면서 뚫고 나왔고 왼팔의 단봉은 놈의 머리를 후려갈겼다.

"크어어억……."

"허억… 허억… 죽어버려!"

난 단봉 하나를 버리고 오른손에 들린 봉을 양손으로 잡았다. 그리고 모로 쓰러진 놈의 머리 쪽으로 다가가 머리 위로 높이 들어 올린 뒤 있는 힘껏 내려쳤다.

콰드득…….

웃. 이건 마치 사과를 나무 방망이로 후려친 듯한 몰골이잖아. 에이… 찐득찐득한 피와 살점이 온몸에 묻어 내렸다. 한데…… 머리가 아작난 놈이 아직도 꿈틀거렸다. 정말 징그러운 자식일세!

"기름 가져와! 아무거나! 끼얹어서 불태워 버려! 당장!"

"기… 기름을!"

펄떡거리면서 일어서려고 하는 그놈에게 병사들이 몰려들어서는 가지고 있는 기름을 몽땅 쏟아 부었다. 그리고 멀리서 활을 든 병사가 불화살을 한 대 날리자 10초도 되기 전에 놈이 몸에 온통 불이 붙은 채 바닥을 굴러다녔다. 정말 질긴 생명력이야. 질릴 정도로…….

"끼에으으으으으……."

성대가 날아가 버린 괴물은 괴상하고 끔찍한 비명을 지르면서 몸에 붙은 불을 끄려는 것처럼 바닥을 뒹굴거리면서 굴러다녔다. 조금은… 불쌍했다.

놈이 완전히 멈춘 건 불이 붙고도 무려 30분이나 지난 뒤였다. 보통 인간이었으면 오래전에 죽었을 텐데도 끈질기게 살아서 꿈틀거리던 녀석은 결국 한 덩어리의 시커먼 고깃덩어리가 될 때까지 버티다가 죽었다. 솔직히… 저런 놈은 상대하고 싶지 않아.

"수색이 끝났습니다, 마마."

"응, 그래. 특별한 거 없지?"

"포로 세 명을 더 잡은 것과 서류 몇 장을 압류한 것 외엔…….."

"그래, 나가자."

난 아직도 주변 수색을 하는 몇 개 소대 병사들을 뒤로한 채 우리가 들어왔던 곳으로 발길을 돌렸다. 뭐 하는 놈들인지는 알 수 없지만… 한 가지 확실한 건 보통의 인간뿐만 아니라 괴물 놈들도 섞여 있다는 것이다. 저런 괴물이 수백, 아니, 수십만 되어도 굉장히 끔찍할 것 같은 기분이 들었다. 아마도 전 국왕 폐하를 암살한 건 저런 괴물 놈일 것이다. 검에 찔리고 화살을 맞아도 멀쩡히 돌아다니고 무시무시한 힘에다 눈에 보이지 않을 정도로 빠른 몸놀림. 최악이다. 돌아가자마자 당장 대책을 강구해야겠어.

"응?"

"왜 그러십니까?"

"아니… 아니야."

누군가 머리 위에서 날 노려보는 듯한 기분이 들었는데……. 흠… 구멍난 천장 위로 작은 별들이 반짝거렸다. 신경이 너무 예민해졌나 봐. 솔직히 이렇게 기분 나쁜 곳에 더 있고 싶지 않았다. 어서 나가야지. 난 발걸음을 재촉했다.

몇몇 병사들과 함께 난 밖으로 나왔다. 동쪽 하늘이 푸른빛을 띠는 걸 봐서 새로운 날이 시작되는 듯했다. 매일 이 모양이니… 휴우……. 나도 남들처럼 낮에 일하고 밤에는 편히 쉬고 싶다. 응? 그런데… 어두워서 그런가? 왠지 병사들 숫자가 좀 많은 듯…….

"마… 마마, 사방에……."

푸르릉…….

무너진 성벽 너머로 수십은 될 법한 기마병이 보였다. 거기다 그나마 멀쩡한 성벽 위와 성벽 너머에도 체인 메일이나 플레이트 메일을 입은 기사와 병사들이 보였다. 또한 성벽 위의 병사들은 대부분 장궁을 들고 있었고 그들은 성벽 너머가 아닌 성벽 안쪽, 그러니까 내 쪽을 향해 활을 겨누고 있었다. 이게 도대체……. 어엇?

"근위대?"

크레센트 왕국 근위대다! 왕실 문장을 군의 깃발로 쓸 수 있는 부대는 그 부대뿐이니까. 내 예상이 맞았는지 왕실 깃발을 든 기사 무리가 무너진 성벽 너머로 모습을 드러내더니 이내 안쪽으로 들어왔다.

다각. 다각.

거기다 그들 뒤로는 양손을 높이 들고 있는 크렌과 그 부하들이 뒤따라 들어왔다. 무장을 빼앗긴 걸 보니 포로가 된 것 같다. 이게… 어떻게 된 일이지?

그때 기사 무리 안에서 한 명이 말을 몰아 앞으로 나오더니 바로 내 앞에 말을 멈춘 뒤 투구의 바이져를 위로 올렸다. 드러난 그의 얼굴을 본 나는 나도 모르게 신음 소리를 냈다.

"끄응……"

"보기 좋군, 아넬리안."

"폐하……"

빌어먹게도… 내 앞에 말을 타고 있는 사람은… 이 나라의 국왕인 로이드 1세였다.

그 뒤 화격단 병사들은 모두 양손을 높이 들고 항복했으며 난 로이드에게 손이 잡힌 채 질질 끌려갔다. 그렇게 숲을 지나 밖으로 나오자 수십 개는 될 법한 커다란 막사들이 죽 늘어서 있다. 언제? 그리고 어떻게?

"우선… 씻지 그래? 그 몰골은 과히 보기 좋지 않으니까. 요즘… 당신 피에 절어 사는 것 같군."

"…씻고 오도록 하죠."

국왕의 막사까지 끌려 들어갔던 난 그의 손을 쳐낸 뒤 밖으로 뛰쳐나왔다. 곧이어 나를 위해 작은 막사가 만들어졌고 이내 거기에 뜨거운 물이 가득 들어 있는 욕조가 올려졌다. 후훗. 영광이로군. 국왕 폐하의 욕조를 다 사용하고 말이야. 난 물동이에 물을 한껏 퍼 올린 뒤 그대로 옷을 입은 채 머리 위로 쏟아 부었다.

촤아아악…….

조금 뜨겁다. 에이! 물 온도도 제대로 못 맞추는 거냐?

"휴우……."

하긴 지금 그게 문제가 아니지. 우선은… 씻고 보자. 아까부터 찝찝해 죽을 것 같았으니까!

구석구석까지 깨끗하게 씻고 로이드가 보내온 드레스를 껴입은 난 천막 밖으로 나오기 전 내가 입고 있던 브래스트 플레이트를 들어 올렸다. 강철판 위에 네 가닥의 길고 두터운 선이 나 있었다. 그것도 갈라진 모습이 아니라 누군가 잡아 뜯은 듯한 몰골이었다. 물론 나도 이 정도는 할 수 있지만…… 맨손으로 했다간 손마디가 부러질 거야. 후우……. 이런 괴물과 싸워야 하는 건가? 내키지 않는걸……. 걱정이다, 걱정이야.

다시 로이드에게 돌아갔다. 그는 이미 갑옷을 벗고 평상복으로 갈아입고 있었는데…… 솔직히 말하자면 이쪽이 훨씬 어울린다. 기사들이나 입는 플레이트 메일을 입고 있는 로이드는… 왠지 안 어울린다. 피식…….

"뭐가 웃겨?"

"아니에요, 별거."

"그래? 흠… 하지만 난 지금 별로 기분이 안 좋아. 내 아이의 어머니이자 내 부인인 왕비가 개인 사조직에 군대까지 거느리고 야밤에 정체 모를 적들과 전투를 벌였더군."

"그건……."

"아아, 크렌 경에게 대충 듣기는 했지. 내 아버지의 원수를 찾았다는 것과 독단적으로 개인 조직을 이끌고 이곳으로 몰려와서 격전을 벌였다는 것 말이야."

"그렇다면 상대가 보통 인간이 아니라는 것도 알겠군요, 폐하."

"글쎄……. 믿어야 할지는 조금 의문이지만……. 검과 활이 안 통하고 오직 불로써만 죽일 수 있는 늑대같이 생긴 괴물이라……. 후훗. 마치 고대에 나돌았던 몬스터 같군. 지금은 거의 사라졌지만 가끔 오지에서 모습을 보이는 괴물들 말이야. 하지만 그런 괴물들은 보통 지능이 없는 게 보통인데 그대들의 말을 들어보니 마치 인간처럼 지능적이고 조직적이야. 이걸 어떻게 해석해야 할지 모르겠어."

"중요한 건 전 국왕 폐하께서 그놈들에게 암살당하셨다는 거죠. 안 그런가요?"

"그래… 그렇군. 이 건에 대해서는 내가 알아서 하도록 하지. 하지만 당신도 각오하는 게 좋을 거야. 나도 모르게 군을 조직하다니. 대충 살펴봐도 상당히 단련된 병사들이었어. 내가 이끌고 온 병사들과 비교해 봐도 훨씬 훌륭해. 어떻게 그렇게 단기간 동안 이만한 숫자의 병사들을 손에 넣었는지는 모르겠지만… 그것도 이제 끝이야."

"……."

"감히 왕을 능멸하고도 처벌받지 않을 거라 생각한 건 아니겠지? 여기서 붙잡은 자들을 제외하고도 그대의 병사라고 밝혀진 놈들을 이백 명이나 더 체포했다. 그쪽은 다행히 무장하지 않아서 손쉽게 붙잡아 들였다."

이걸 다행이라고 해야 할지… 아니면 지금 국왕 폐하께서 끌고 온 병력의 서너 배는 되는 병사들이 내 휘하에 있다고 밝혀야 할지 고민이로구나. 어디 보자… 한 번 초강수를 두어볼까?

"겨우 이백 명뿐이었나요? 아쉽군요, 폐하. 제 휘하의 사병은 최소 육천 이상. 그것도 전국 각지에 퍼져 있죠."

"…뭐?"

"폐하께서 의기양양해하시면서 붙잡은 부대는 겨우 말단의 몇몇 조직일 뿐이에요. 그리고… 각 지방 영주군들과 중앙군 일부에도 침투해 있어요. 실제적인 세력은 그보다 더 넓지요. 이것이 제가 2년 동안 일궈낸 성과예요."

"…왜 그런 말을 지금 하는 거지? 지금 당신이 처한 상황이 어떤지 모르겠어? 내 명령 한마디면 당신은 여기서 목이 잘릴 수도 있다고!"

"죽이세요. 제 목숨을 당신의 손으로 거둬가세요. 하지만 댄 이하의 부하들은 폐하께서 거두어들이세요. 그들을 손에 넣으시면 폐하는 막강한 권력을 움켜쥐실 수 있을 거예요."

"왜? 도대체 왜? 당신 목적이 뭐야? 이렇게까지… 피에 절어가면서… 당신은 도대체 뭘 원하는 거지? 응?"

로이드의 목소리가 조금 떨렸다. 후후. 생각해 보니 정말 내가 해놓은 짓들은 단 한 발만 삐끗해도 크레센트라는 나라 하나를 말아먹기 딱 좋은 짓거리들뿐이었다. 이 힘들이 단 한 명에게 집중된다면 그보다 좋을 수 없겠지만… 만약 둘로 나뉘지기라도 했다간 이 나라는 당장에 조각조각 갈라질 테고 로세니아와 케센의 맛있는 먹이가 될 게 뻔했다. 하지만 난 죽으면 죽었지 내 것을 남에게 주기는 싫어. 크레센트도 로이드도 말이야. 그런 꼴을 보느니 차라리 죽는 게 낫지. 암.

"말해 봐! 당신의 목적이 뭐야? 엉?"

"…힘이요. 권력이기도 하고, 무력이기도 하고, 정치력이기도 한 힘이요. 금력도 거기에 포함되겠군요. 그 누구도 날 내려다보지 못하고

함부로 대하지 못하게 할 만한 강한 힘이요. 그것이 제가 원하는 것이에요."

"이 나조차 말인가? 하하하."

"틀려요, 폐하."

난 로이드에게 천천히 다가갔다. 딱딱한 나무 침상에 앉아서 날 바라보고 있던 로이드의 두 눈이 흔들렸다. 그런 그에게 다가간 난 허리를 굽힌 채 두 손을 뻗었다. 로이드의 따뜻한 양 볼이 내 손에 잡혔다. 그의 눈동자가 더욱 커졌다. 얼굴을 그에게 가까이 하면서 난 살며시 눈을 감았다.

소설책에 나온 달콤한 키스라는 것…… 그런 느낌이 바로 이런 걸 말하나 보다. 마치 공중에 붕 뜬 채 하늘로 날아오르는 듯한 기분이 들었다. 그렇게 긴 키스를 끝마친 난 살며시 고개를 들며 눈을 떴다. 당혹한 표정이 역력한 로이드의 얼굴이 내 앞에 드러났다.

"이건… 무슨……."

"부인이 남편에게 키스도 못하나요? 후훗."

"하… 하지만……."

난 뭐라고 중얼거리려는 로이드의 입가에 손가락을 가져다 대었다. 그리고… 그의 입술을 다시 한 번 덮쳤다. 이 행복한 기분을 조금 더 느끼고 싶었거든.

끝나지 않을 듯한 이야기라도 끝은 있기 마련. 네 번의 길고 긴 키스가 끝난 뒤 난 그의 몸에서 떨어져 나왔다. 이제는 아쉬운 표정이 역력한 로이드였지만 한 가지 확실히 해야 할 게 있으니까. 난 그의 앞에 털썩 주저앉았다. 흙바닥인지라 드레스가 더러워졌지만 그런 사소한 것에 신경 쓰고 싶지 않았다. 로이드의 앞에 주저앉은 덕분에 이젠 내가 그를 올려다보는 자세가 되었다.

"폐하."

"으응……."

"전 폐하의 것이에요. 하지만……."

"하… 하지만?"

"폐하 역시 제 것입니다. 아무한테도… 그 누구한테도 안 줄 거예요."

"……."

"절대로. 그 누구한테도. 설사… 죽음의 신이 찾아온다 해도 말이죠. 전 오직 영광스러운 크레센트 왕국의 국왕이신 로이드 1세 폐하만을 위해서 일할 거예요. 폐하는 이 세상에서 유일하게 제게 명령을 내리실 권리가 있는 분입니다. 폐하… 부디… 한마디만 해주세요. 폐하만을 위해 일하는 걸… 부디 허락해 주세요."

"크흠… 흠흠… 그런 간지러운 말을 잘도……."

뭣이! 누군 부끄럽지 않은 줄 아나? 정말이지! 이 남자는 너무 무드가 없어! 우씨이이!!

"폐하!"

"아… 아니, 미안… 갑자기 그런 말을 들으니까 마치… 신혼 때로 돌아간 것 같아서 말이지. 뭐… 하여간 허락할게. 그대의 말을 믿겠어. 나 역시도 아넬리안 당신을 아무한테도 주고 싶지 않으니까 말이야. 그대는 내 여자야."

"폐하!"

"우와아악!!"

털썩… 쿵.

갑자기 내가 몸을 날린 덕분에 로이드가 나무 침상에 머리를 찧었다. 덕분에 로이드가 아픈지 눈물을 글썽거렸지만… 그래서 쬐끔 미안하긴 했지만 그보다는 기쁨에 벅차서 숨조차 쉬기 힘들었다. 나 역시 그와 마찬가지로 눈물을 글썽거렸다. 물론 그 내용은 조금 달랐지만… 뭐… 로이드도 지금 무지 행복할 거야. 그럴 거야. 암암. 난 로이드를 꽉 껴안은 채 숨이 막힐 때까지 길고 긴 키스를 나누었다.

"푸우우우… 숨 막혀 죽는 줄 알았네. 그런데… 당신은 왜 그렇게 힘에 집착하는 거지?"

"우후후. 그건… 아주 아주 긴 이야기가 될 것 같은데요? 들어보실래요?"

"으응……."

로이드는 괜히 말했다, 라는 표정으로 슬며시 고개를 돌렸다. 난 그 옆에서 꼬물거리며 그의 품에 파고들어서는 로이드의 가슴을 쓰다듬으면서 입을 열었다.

"제가 아주 어릴 때……."

로이드의 팔을 베고 그의 체향을 맡으면서 난 누워 있다. 이건 현실이다. 우후후. 드디어 로이드가 내게 돌아온 거야. 난 쉴 새 없이 내 과거를 그에게 말해 주면서 로이드의 가슴에 볼을 부벼댔다. 이 시간이 영원하길…….

〈제4권 끝〉